suhrkamp nova

Carole L. Glickfeld

Meines Vaters Liebling

Roman

Aus dem Amerikanischen von
Mirjam Pressler

Suhrkamp

Die Originalausgabe erschien 1989
unter dem Titel *Useful Gifts*.

Umschlagfoto: Edward Steichen. Stieglitz und Kitty, 1904.
Wiedergabe mit freundlicher Erlaubnis von Joanna T. Steichen.

suhrkamp taschenbuch 4036
Erste Auflage 2008
Deutsche Erstausgabe

Druck: CPI – Ebner & Spiegel, Ulm
Printed in Germany
Umschlag: Göllner, Michels
ISBN 978-3-518-46036-8

1 2 3 4 5 6 – 13 12 11 10 09 08

Meines Vaters Liebling

Für Blume Mandelbaum

I.

Arden Street

Was meine Mutter weiß

Frankie Frangione stand unten auf der Straße und brüllte hinauf zu seiner Mutter im zweiten Stock gegenüber.

Meine Mutter beobachtete ihn vom Schlafzimmerfenster aus. »Er schreit, ist zu faul«, sagte sie zu mir. In der Gebärdensprache, sie war gehörlos. Übersetzt hieß das, Frankie brüllte zu seiner Mutter hinauf, weil er zu faul war zum Treppensteigen. Das machten alle Kinder so, denn in diesem Block gab es nur Treppen. Die Häuser in der Arden Street, die Fahrstühle hatten, waren einen Block weiter, gegenüber von der Kirche.

Wir wohnten im dritten Stock. Vier Doppeltreppen, jede Hälfte neun Stufen, und dann noch die Stufen unten im Flur und die drei Treppenabsätze vor dem Haus. Sechsundsechzig, ich hatte sie gezählt. Ich mußte nämlich ständig rauf- und runterlaufen, wenn ich etwas wollte, ich konnte schließlich nicht einfach von unten rufen wie die anderen Kinder, weil meine Mutter mich ja nicht hörte.

Die meiste Zeit war sie mit Kochen oder Putzen beschäftigt. Oder mit Bügeln. Sie bügelte alle meine Schürzen. Nur wenn sie zufällig aus dem Fenster schaute, konnte sie mich unten auf der Straße sehen. Dann lehnte sie sich vor, die weichen, wabbeligen Arme auf ein Kissen gestützt, damit der rauhe Verputz vom Fenstersims sie nicht kratzte. Wenn sie in die andere Richtung schaute, zur Nagle Avenue, dann winkte ich einfach so lange, bis sie den Kopf zu mir drehte und ich ihr sagen konnte, was ich wollte. Mit Gebärden. »Ball werfen« hieß zum Beispiel, bitte wirf meinen Basketball runter. Und das tat sie auch, in einer Papiertüte, damit er nicht bis in alle Ewigkeit auf dem Boden aufsprang.

Morgens spielte ich draußen, und nachmittags ging sie mit mir zum Fort Tryon Park. »F-r-i-s-c-h-e Luft schnappen«, nannte sie das. Die Gehörlosen saßen immer am Spielplatz, auf den Bänken, die rund um den Sandkasten standen. Das war ideal für sie, weil sie sich so gegenseitig sehen und sich miteinander unterhalten konnten. Manchmal fragten sie mich etwas in der Gebärdensprache, zum Beispiel, was ich mal werden wollte, wenn ich groß war. »Lehrerin«, antwortete ich. Oder sie fragten mich, ob ich ein braves Mädchen sei. Ich lächelte und nickte. Ab und zu gaben sie mir einen Nickel für eine Tüte Eis. Dann bat ich meine Mutter um einen Penny für die Streusel drauf, die man extra bezahlen mußte. Sie sah mich fragend an und küßte ihre Hand – ob ich für den Nickel auch danke gesagt hatte? Ich lächelte und nickte.

Es war gut, daß sie so viele gehörlose Freunde hatte, die sie im Park treffen konnte. Das war eine ganz andere Welt als die in der Arden Street, und meine Mutter wußte in beiden genau, was los war. Sie bekam jeden Tratsch mit, sogar mehr, als meine große Schwester sich einbildete mitzukriegen, und die konnte hören, genau wie ich.

Meine Ma war es auch, die uns gesagt hatte, daß Frankie Frangiones Mutter wieder schwanger war. Dazu hatte sie sich beide Hände vor den Bauch gehalten und sie dann nach vorn geschoben, als würde der Bauch immer dicker werden. Und sie hatte uns erzählt, daß sich die O'Briens hätten scheiden lassen. »Bestimmt«, hatte sie gesagt, »ich habe sie lange nicht gesehen.« Nur daß sie sie nicht die O'Briens nannte. Sie sagte: »Der Säufer, weißt du?« Also der Kerl, der sich samstagabends immer betrank. »Er ist unglücklich, hat Streit mit seiner Frau, Scheidung.« Daran sah man, daß meine Mutter stets die Augen offenhielt.

So hatte sie zum Beispiel auch gesehen, wie Frankie und ich einmal heimlich zum Gäßchen geschlichen waren. Wir hatten sie ebenfalls beobachtet, von der Straße aus. Als sie zur Nagle Avenue hinunterschaute, rannten wir zum Gäßchen.

Dort forderte ich Frankie auf, mich anzufassen, und er tat es. Eine schnelle Berührung da unten. Er wurde ganz rot im Gesicht, als hätte er Nesselsucht. Ich drängte: »Weiter, Frankie«, aber er wollte nicht mehr. Er faßte mir nur kurz in die Unterhose, wurde rot und hörte auf. »Nee, ich muß das dem Priester beichten«, sagte er.

»*Was*?« Ich konnte es nicht glauben. Also erklärte er es mir. Ich hatte zwar schon andere Kinder sagen hören, sie gingen zum Beichten, aber ich hatte keine Ahnung, wovon sie sprachen. Das mußte man sich mal vorstellen! Man wurde gezwungen, einem völlig fremden Mann zu erzählen – und auch noch im Dunkeln –, daß man einem Mädchen in die Unterhose gefaßt hatte. Verrückt.

»Gehst du nicht beichten?« fragte er mich.

»Dummkopf, ich bin doch Jüdin.«

»Und?«

»Deshalb mach ich so was nicht.«

»Wieso?«

»Juden beichten nicht.«

»Dann kommst du in die Hölle.«

»Komm ich nicht!«

»Wetten?«

»Frankie«, sagte ich. »Fran-kie!«

Irgendwie machte er ein komisches Gesicht, deshalb schlug ich vor, lieber wieder zu gehen, bevor der Hausmeister kam. Frankie wohnte zwar hier, aber trotzdem. Dann taten wir so, als würde der Hausmeister wirklich kommen, wir schrien aus vollem Hals und rannten um unser Leben, bis wir wieder draußen auf dem Gehweg standen. Ich schaute als erstes zu unserem Haus hinüber, um zu prüfen, ob meine Mutter immer noch am Fenster lehnte, aber sie war nicht mehr da. Sie kam gerade die Treppe herunter, und ihre flachen Pantoffeln klapperten wie die von Mrs. Frangione. Da wurde mir klar, daß ich in Schwierigkeiten war, denn meine Mutter ging sonst, im Gegensatz zu Mrs. Frangione, nie in ihren Pantoffeln aus dem Haus.

Frankie verdrückte sich, während ich die Straße überquerte und auf dem unteren Treppenabsatz vor meiner Mutter stehenblieb. Unauffällig legte ich die großen Zehen über die zweiten.

»Hast dich versteckt, heimlich«, sagte sie. »Das mag ich nicht.«

Sie war nicht böse, das sah ich ihr an. Wenn sie sich wirklich ärgerte, verzog sich ihr Mund, als hätte man sie tief gekränkt.

Ich antwortete nicht.

»Stimmt es? Sag«, forderte sie.

»Es tut mir leid«, erwiderte ich. In der Gebärdensprache hielt man sich dafür die Faust vor die Brust und bewegte sie im Kreis, als würde man sich mit einem Waschlappen waschen. Ich nahm meine Zehen wieder auseinander.

»Böses Mädchen, du bekommst Prügel«, sagte meine Mutter. Aber sie hatte mich noch nie geschlagen, nur ein einziges Mal, vor vielen Jahren. Ich sah ihr nach, als sie die Stufen hinaufstieg. Auf dem oberen Treppenabsatz drehte sie sich um, seufzte, mahnte: »Sei vorsichtig«, und betrat das Haus. Ich spielte noch eine Runde Karten mit ein paar anderen Kindern, dann ging ich hoch zum Abendessen.

Später, als sie mir erlaubte, eine Scheibe Schweizer Käse ohne Brot zu essen, erkundigte ich mich, warum sie sich so aufgeregt hatte. Nur daß ich »böse« sagte, weil ich kein Zeichen für »aufgeregt« kannte. »Warum warst du heute nachmittag böse?«

»Gefährlich.« Sie buchstabierte das Wort sorgfältig: »G-e-f-ä-h-r-l-i-c-h.« Damit meinte sie das Gäßchen. »Da sind F-r-e-m-d-e-, spiel da nicht«, fügte sie hinzu, was hieß, da könnten sich Fremde aufhalten, das sei kein Platz zum Spielen. »Fremde« mußte man buchstabieren, es gab kein Zeichen dafür. Bis man das, was man sagen wollte, in der Gebärdensprache ausgedrückt hatte, konnte es ganz schön lange dauern. Deshalb versuchte man sich bei allem so kurz wie möglich zu fassen, sonst brauchte man ewig.

»Wer ist g-e-f-ä-h-r-l-i-c-h?« fragte ich.

»Kann jeder sein«, erklärte sie. »Weiß nicht. Wenn etwas passiert, ist es z-u s-p-ä-t. Schrecklich.« Obwohl das Messer, mit dem ich die Zellophanhülle des Schweizer Käses geöffnet hatte, sauber war, spülte sie es. Dann trocknete sie es mit dem Geschirrtuch ab, das ich bestickt hatte, und zwar nicht nur mit einfachen Kreuzstichen. Sie hatte mir beigebracht, wie man meine Lieblingsmotive stickt, Stengel und Blätter.

»Wenn du nicht hörst, wird es dir leid tun«, sagte sie. Das hieß, es würde mir noch leid tun, wenn ich ihr nicht gehorchte. »Deine Tante ist v-e-r-g-e-w-a-l-t-i-g-t worden.«

Meine Tante Sadie? Vergewaltigt? Aber ich hielt den Mund. »Vergewaltigt« war eines der Wörter, die ich in der *Daily News* gelesen hatte, die ich nicht kannte, nach deren Bedeutung man aber schlecht fragen konnte. Und das Lexikon erklärte die Sachen auch nicht immer so gut. Ich wußte nur, daß es um etwas Schmutziges ging, aber ich hatte keine Ahnung, woher ich das wußte.

»Schwester S-a-d-i-e hat es mir erzählt. Niemand weiß es. Sie hat immer Angst. Sehr t-r-a-u-r-i-g.«

Ich wollte wissen, ob es im Gäßchen passiert sei.

»Nein, nein, nein.« Sie schüttelte den Kopf und machte gleichzeitig die Zeichen. »In Brooklyn, als Jugendliche.« Wir lebten in Manhattan. »Immer dran denken«, sagte sie.

Ich betrachtete die Spuren meiner Zähne in der Käsescheibe, bevor ich mich daranmachte, auch die Kruste zu essen. Sie schüttelte den Kopf. »Vorsichtig, das macht krank.« Dabei wußte sie doch, daß ich immer die Kruste aß und nie krank wurde.

Draußen war es noch hell, es war mitten im Sommer. Ich hatte eigentlich keine Lust, jetzt schon ins Bett zu gehen, tat es aber trotzdem. Zumindest für eine Weile. Meine große Schwester war noch nicht vom Babysitten zurück, so daß ich unser Schlafzimmer für mich hatte. Ich zog das Rollo hoch, um das Fenster zu öffnen und meinen Kopf hinauszuschieben. Allzu weit konnte ich mich nicht hinauslehnen, weil meine Mutter es sich vermutlich am Fenster nebenan gemütlich gemacht hatte und mich gesehen hätte.

Lange starrte ich hinüber zu Frankie Frangiones Fenster auf der anderen Straßenseite. Alle Lichter brannten, und die Rollos waren hochgezogen. »Verschwendung«, nannte meine Mutter es, wenn man das Licht anmachte, bevor es draußen ganz dunkel war. Die Frangiones hatten immer in allen Zimmern Licht, zumindest in denen, die man von uns aus sehen konnte. Wie wir auch hatten sie Fenster, die zum Gäßchen hinausgingen.

Mir war übel, aber das lag nicht am Schweizer Käse. Es fühlte sich an wie manchmal, wenn ich in Coney Island mehrmals hintereinander auf der Schiffschaukel gewesen war. Ich überlegte, ob ich Frankie morgen bitten sollte, mich mit zur Beichte zu nehmen, weil ich nun doch Angst hatte. Aber was würde passieren, wenn ich im letzten Moment kniff? Und wie konnte ich dem Priester sagen, ich sei vergewaltigt worden? Sogar wenn es dort dunkel war, würde ich das nicht über die Lippen bringen. Und dann würde bestimmt Frankie alles abkriegen. Vergewaltiger kamen ins Gefängnis, das hatte ich in der *Daily News* gelesen. Einmal stand da sogar, man solle sie auf den elektrischen Stuhl bringen.

Mir war gar nicht klar gewesen, daß es so schrecklich war, was wir gemacht hatten. Ich dachte an Tante Sadie. »V-e-r-g-e-w-a-l-t-i-g-t.« Wie würde meine Mutter reagieren, wenn sie wüßte, daß ich Frankie höchstpersönlich dazu aufgefordert hatte, mich noch ein bißchen länger zu befummeln? Daß nur die Aussicht auf das Beichten ihn daran gehindert hatte? Ich würde der Polizei sagen müssen, daß alles meine Schuld war. Frankie hatte es ja noch nicht mal gewollt. Ihm wäre es lieber gewesen, wir hätten Jacks gespielt. Du lieber Himmel, ich war schuld. Meine Schwester sagte zwar, Juden kämen nicht in die Hölle, aber es gab eine Menge Möglichkeiten, wie Gott einen strafen konnte, noch bevor man tot war.

Ein seltsames Geräusch ließ mich aufspringen. Die Stimme meiner Mutter. Gehörlose hatten keine richtigen Stimmen, wenn sie versuchten zu sprechen. Manchmal, wenn sie etwas mit Gebärden ausdrückten, gaben sie Töne von sich, als würden sie weinen, aber natürlich konnten sie sich selbst nicht hören. Jedenfalls machte meine Mutter ein Geräusch, um mich zu rufen. »Ruuuh.« Das sollte Ruth heißen. »Ruuuh«, rief sie direkt hinter mir. Ich erschrak und stieß mir den Kopf an der Ecke des Fensterrahmens. Nun war sie an der Reihe zu sagen, daß es ihr leid tat. Man sah es ihr an. »Weh getan?« fragte sie. »Tut mir leid.« Ihre Faust beschrieb einen Kreis nach dem andern vor ihrer Brust.

»Nein«, log ich.

»Geh schlafen«, sagte meine Mutter. »Morgen gehen wir einkaufen.«

Und dann fiel mir ein, daß wir am nächsten Morgen zu Alexander's in die Bronx fahren würden, mit der Straßenbahn in der 207. Straße. Alexander's war ein großes Kaufhaus, viel größer als die Geschäfte in der Dyckman Street. Ich fand es toll, auch wenn mir nicht klar war, warum dort dauernd Glöckchen bimmelten, die ganze Zeit. Ding, ding, ding. Ding, ding, ding. Aber so etwas konnte ich meine Mutter kaum fragen.

Bei Alexander's wühlten immer alle in den Sonderangeboten, die auf den Tischen lagen, nur meine Mutter nicht. Sie öffnete die Schubladen darunter, denn sie wollte, daß die Sachen f-r-i-s-c-h waren.

Ich legte mich ins Bett und sah meiner Mutter dabei zu, wie sie langsam die Tür hinter sich zuzog. Und als nur noch ein Spalt offen war, strich sie sich mit den Fingerspitzen über die Lippen, das hieß süß, und bewegte ihren gekrümmten Zeigefinger in einer Linie vom Kopf Richtung Zimmerdecke, das bedeutete Träume. »Nicht aus dem Fenster schauen«, mahnte sie, dann war die Tür zu. Ein paar Sekunden später ging sie wieder auf, und meine Mutter fügte hinzu: »Nicht zuviel an die P-u-p-p-e denken«, dann fiel die Tür endgültig ins Schloß.

Wir würden bei Alexander's eine Puppe für mich kaufen. Zu meinem Geburtstag. Ich wünschte mir so sehr eine Puppe mit blonden Haaren und richtigen Augenwimpern. Wie sie heißen sollte, wußte ich noch nicht. Anna war mein Lieblingsname, aber so hieß Frankies große Schwester, und ich wollte nicht an Frankie denken. Nie mehr. Seine anderen Schwestern hatten solche katholischen Namen – Mary und Catherine und Patricia. Und wie sie das neue Baby nennen würden, wußte ich nicht. »Bestimmt ein J-u-n-g-e«, mutmaßte meine Mutter. »Noch ein kleiner Italiener.« Sie nannte Frankie nie bei seinem Namen, sie sagte immer »kleiner Italiener«. Aber sie wußte, wen ich meinte, wenn ich ankündigte, daß ich mit F-r-a-n-k spielen ging. Doch ab jetzt würde ich das nie mehr sagen. Auch nicht in der Gebärdensprache.

Wenn der Sommer vorbei war, würde ich ihn nicht mehr sehen müssen. Genau wie seine Schwestern besuchte er die katholische Schule, einen Block weiter. Sonntags gingen sie da auch zur Kirche. Dann stand meine Mutter immer am Fenster, um zu sehen, was die Leute so anhatten, wenn sie sich fein machen wollten. »Wie kann man so ein Kleid bezahlen, mit vielen Kindern?« fragte sie einmal. »Schuster verdienen nicht g-u-t.« Damit meinte sie Mr. Frangione. Ich hatte keine Ahnung, woher sie wußte, daß er Schuster war, denn wir gingen immer zu Angel's, dem Schuster um die Ecke. Sie wußte auch, daß Mrs. Frangione Probleme mit ihren Füßen hatte. »Schickt immer den kleinen Italiener zum Laden«, kommentierte sie. Das hieß, daß Frankies Mutter ihn zum Einkaufen schickte, um ihre Füße zu schonen. Ich hatte Mrs. Frangione gesehen, als Frankie mich mit in ihre Wohnung nahm, um die Spielsteine für Jacks zu holen. Bevor wir, na ja, bevor wir da im Gäßchen waren. Mrs. Frangione hatte im Wohnzimmer gesessen, mit den Füßen auf einem dicken Kissen.

»Du darfst meinen Vogel anschauen«, hatte Frankie gesagt. »Aber nicht den Finger in den Käfig stecken. Das darf nur ich.«

Mrs. Frangione hatte mich von oben bis unten gemustert. Ich trug die rot-weiße Schürze, die meine Mutter erst am Morgen gebügelt hatte. »Bist du eine Freundin von Frankie?« hatte sie gefragt. »Ich hab dich schon öfter gesehen. Mit deiner Mutter, dieser kleinen taubstummen Dame, stimmt's? Ich bewundere das, wie ihr mit den Händen sprecht.«

»Ma!« hatte Frankie gesagt, und dann waren wir schnell hinausgegangen. Die Steine hatten wir vergessen.

Im Schlafzimmer war es schließlich dunkel geworden, und meine Schwester Melva war noch immer nicht vom Babysitten zurück. Von meiner Mutter war nichts zu hören. Vielleicht las sie in der Küche Zeitung, oder sie bügelte. Manchmal schaute sie auch abends aus dem Fenster, vor allem, wenn Melva nicht zu Hause war. Meine Mutter hatte mir erzählt, was Frankies Schwester Anna und ihr Freund eines Abends getan hatten. »Küssen, küssen, küssen«, hatte sie gesagt. »Schleichen hinunter, man sieht sie nicht, und küssen.« Ich konnte mir gut vorstellen, wie sie im Eingang zu Mrs. O'Briens Wohnung im Tiefparterre gestanden hatten. Frankie und ich gingen da immer hin, wenn es regnete, damit Mrs. Frangione uns nicht sah und Frankie befahl, raufzukommen. Aber eigentlich ging Mrs. Frangione sowieso immer nur ans Fenster, wenn Frankie sie rief. Ihr taten beim Stehen die Füße weh, sagte Frankie. Wenn sie sie nicht auf dem Kissen ablegte, badete sie sie in Glaubersalz. Ich wußte alles mögliche über die Frangiones, von dem meine Mutter keine Ahnung hatte.

Und dann fiel mir etwas ein, ich richtete mich auf. Ich wußte genau, daß Frankie einen Sittich hatte und daß es bei ihnen im Wohnzimmer seltsam roch und daß Frankie beim Jacks-Spielen nicht gut war. Wie konnte er dann ein Fremder sein?

Ich legte mich wieder hin und beobachtete die hellen Lichtstreifen, die die Autos draußen an meine Zimmerdecke warfen, bis es mir zu unheimlich wurde. Dann versuchte ich einzuschlafen. Ich stellte mir vor, meine neue Puppe würde bereits neben mir liegen. Ich nannte sie Anna, aber nur für diese Nacht, bis ich mich endgültig entschieden hätte.

Ich erzählte ihr, daß ich, sobald wir von Alexander's heimkämen, mit ihr und Frankie zum Priester gehen und ihm alles erzählen würde. Vorsichtshalber. Und dann würden wir in den Fort Tryon Park gehen, und wenn sie brav wäre, würde sie einen Nickel für ein Eis bekommen. Und ich würde ihr beibringen, wie man in der Gebärdensprache »danke« sagte.

Sie wollte, daß ich ihr das ganze Alphabet zeigte. »O-K«, buchstabierte ich. Das »O« war leicht, aber das »K« war schwer. »O-K«, buchstabierte ich noch einmal, und dann machte ich das Zeichen für süße Träume.

Im Schatten der Strandpromenade

»Coney Island ist eine Müllhalde«, war die Antwort meiner Schwester auf meine Frage, warum sie nicht mit uns kam.

»Ist es nicht«, entgegnete ich, und das nicht, weil ich dort geboren war. Ich mochte den Ozean so gern, weil es da ganz anders war als hier, wo wir jetzt lebten, in der Nähe des Hudson River, in Inwood in Manhattan.

»Du hast ja auch noch nie Far Rockaway gesehen«, sagte Melva, »dort ist der Sand ganz weiß. Frag Sidney, wenn du mir nicht glaubst.«

Mein Bruder war natürlich nicht zu Hause. Er war bei der Arbeit. Ich versuchte mir einen Strand voll mit Salz oder etwas Ähnlichem vorzustellen, aber es gelang mir nicht. »Fährst du da jetzt hin?« fragte ich.

»Was man nicht weiß, macht einen nicht heiß«, sagte sie und zog ihr schulterfreies schwarzes Oberteil bis zum Rand ihres Büstenhalters hinunter. Wahrscheinlich wollte sie unten an der Ecke herumhängen und darauf warten, daß Howie Teitelbaum vorbeikam, ein Junge aus ihrer Highschool. Falls sie nicht mit ihrer Freundin Lucille in die Stadt ging, ins Kino oder in eine Bühnenshow.

Einmal hatte sie mich an meinem Geburtstag mit in die Stadt genommen, ins Roxie. Es war eines der größten Erlebnisse in meinem ganzen Leben. Ein Mann namens Jack Carson mit einem orange angemalten Gesicht machte Witze, und eine Reihe großer hübscher Mädchen in silbernen Glitzerkostümen und hochhackigen Schuhen warfen ihre Beine in die Luft, an denen sie nichts anhatten außer Netzstrümpfen. Von der fünften Reihe aus konnte man alles genau sehen, sogar die Schweißtropfen auf dem Gesicht des Magiers, während er eine Frau durchsägte und wieder zusammensetzte.

Nachdem meine Mutter alle belegten Brote in Butterbrotpapier gewickelt hatte, nahmen sie, mein Vater und ich die U-Bahn in der Dyckman Street. Dann stiegen wir in den Expreß um, der ab Brooklyn als Hochbahn fuhr. Er donnerte direkt an den Hinterhöfen von Wohnhäusern vorbei, so daß man die Büsche und Blumen sehen konnte und sogar die Leute, die sich in ihren Liegestühlen einen Sonnenbrand holten. Diesmal winkten ein paar Kinder dem Zug zu, und ich winkte zurück, wie es mir mein Bruder beigebracht hatte.

Als wir in Brighton am Strand ankamen, waren schon einunddreißig Gehörlose da, meinen Vater und meine Mutter nicht mitgerechnet. Dienstags waren immer viele da, wegen des Feuerwerks am Abend. Es war ziemlich heiß, deshalb lief ich los, nachdem ich die Freunde meiner Eltern begrüßt hatte, und legte mich unter die Bretter der Strandpromenade. Dort war ich vor der Sonne in Sicherheit. Meine Schwester sagte, es liege an meiner hellen Haut, daß ich so schnell Sonnenbrand bekam.

Unter der Promenade war der Sand anders, schwerer und richtig kühl. Ich genoß es, auf dem Bauch zu liegen und mit den Zehen im Sand zu graben, bis tief unten die feuchte Erde zu spüren war. Das gleiche tat ich auch mit den Fingern und stellte mir dabei vor, durch einen Tunnel aus Sand zu schwimmen.

Ich konnte die Gehörlosen am Strand sehen, auf halber Strecke zum Wasser. Sie fuhren beim Sprechen mit den Händen durch die Luft. Ich war zu weit entfernt, um die seltsamen Geräusche aus ihren Kehlen zu hören, die immer so klangen, als würden sie Wortfetzen bellen oder gurgeln. Wenn meine Mutter solche Geräusche von sich gab, sagte ich es ihr, damit sie aufhörte.

»Ich merke es nicht«, meinte sie dann immer, aber wenn man sie darauf aufmerksam machte, ließ sie es sein. Allerdings sagte ich es ihr nur, wenn wir irgendwo draußen waren und andere Leute sie hören konnten. Es war schon schlimm genug, wie Gehörlose von den Leuten angestarrt wurden, nur weil sie mit den Händen redeten.

Eine ganze Weile gehörte die schattige Welt unter der Promenade mir allein. Ich konnte von dort aus die vielen Leute am Strand beobachten. Eine Frau war bis zur Taille eingebuddelt, als hätte sie keine Beine. Andere Frauen dagegen hatten enorme Beine, mit Oberschenkeln, die fast dicker waren als meine Taille. Von meinem Platz aus zählte ich acht fette Frauen und sechs fette Männer. Meine Schwester konnte fette Leute nicht ausstehen.

Wenn ich die Augen zukniff, vermischten sich die Farben der Badeanzüge, der Handtücher und der Sonnenschirme zu beweglichen Mosaikstückchen, wie bei einem Kaleidoskop. Auch die Geräusche mischten sich, sogar die von einem Hubschrauber mit dem Rauschen der Wellen.

Nicht weit von mir entfernt saß ein sehr hübsches blondes Mädchen in der Sonne. Die Träger ihres zweiteiligen Badeanzugs hingen locker nach vorn. »Nicht, Stevie«, sagte sie, als der sommersprossige Junge neben ihr anfing, an den Trägern zu zupfen. Er zog sie näher zu sich heran, und sie küßten sich lange. Ich fragte mich, ob sie nun Petting machen würden, was, wie Melva gesagt hatte, eine Sünde war. Aber sie taten es nicht. Er cremte sie reichlich mit einer weißen Lotion ein und schaltete das Radio an, bevor sie sich hinlegten. Ich kannte das Lied, das gespielt wurde: »You Gotta Accentuate the Positive.« Mein Bruder hatte mir beigebracht, wie man Swing tanzte.

Plötzlich hörte ich hinter mir ein Kichern. Erst jetzt bemerkte ich einen Jungen und ein Mädchen, die ganz weit hinten unter der Promenade lagen. Sie hatten eine Decke über sich ausgebreitet, ein Zeichen dafür, wie kühl es hier unten war. Das Mädchen fing an zu lachen, und die Decke bewegte sich wie verrückt, wahrscheinlich kitzelte er sie, bis sie auf einmal Töne ausstieß, die sich eher anhörten, als würde er ihr weh tun. Vermutlich entschuldigte er sich aber gleich dafür, denn sie legte ihm über der Decke die Arme um den Hals und drückte ihn an sich.

Als sie merkte, daß ich ihnen zuschaute, winkte sie mir und sagte »Hallo, da drüben«, dann kicherte sie in seinen Hals.

»Hallo«, antwortete ich, sonst fiel mir nichts ein. Also stand ich auf und ging zum Strand. Ich rannte über den heißen Sand, bis ich meine Mutter mir entgegenkommen sah. Um mir nicht die Fußsohlen zu verbrennen, fragte ich eine Frau, ob ich mich auf den Rand ihres Handtuchs stellen dürfe. Sie erlaubte es.

»Wohin?« erkundigte ich mich bei meiner Mutter in Gebärdensprache.

»Pipi«, antwortete sie.

Ich deutete auf den Ozean. »Wasser?« fragte ich, was soviel hieß wie, warum pinkelst du nicht ins Wasser, denn das sagte sie immer zu mir.

»U-n-w-o-h-l«, antwortete sie. »Blut, ich will nicht, daß alle gucken.«

Ich hatte schon einmal eine blutige Binde gesehen, von meiner Schwester, und das war ziemlich eklig. Unwohlsein gehörte zu den Dingen des Erwachsenwerdens, auf die ich mich nicht freute. Aber ich wußte, daß man das brauchte, um Babys zu bekommen, also würde ich mich wohl oder übel daran gewöhnen müssen.

Ich begleitete meine Mutter zu den Toiletten. Während ich auf sie wartete, kamen zwei Liliputanerinnen aus der Kabine. Eine fragte die andere, ob ihre Haare in Ordnung seien. Der Spiegel hing zu hoch, als daß sie sich darin hätten betrachten können. Ihre Haare sahen okay aus, fand ich, obwohl sie große Köpfe und richtig fette Beine hatten.

»Schlecht geboren, sehr s-c-h-l-i-m-m.« Meine Mutter war aus der Kabine gekommen und hatte einen Blick auf die beiden geworfen.

»Wie geboren?« fragte ich.

»Ein U-n-g-l-ü-c-k«, antwortete sie. Sie wusch sich die Hände und trocknete sie ab. »Arme Z-w-e-r-g-i-n-n-e-n«, sagte sie beim Hinausgehen. An der Tür blieb sie kurz stehen. »Besser nicht geboren.«

Draußen, bevor wir zum Strand zurückgingen, erzählte sie mir wieder einmal, wie sie mich hatte loswerden wollen, als sie merkte, daß sie schwanger war. Meine Schwester und mein Bruder waren damals schon ziemlich groß. »Daddy meint, zwei reichen«, sagte sie und erklärte, daß es nicht so gut war, ein Baby zu bekommen, wenn man alt war. »Z-u-r-ü-c-k-g-e-b-l-i-e-b-e-n wie der Junge am D-o-n-g-a-n.« Das hieß, man könne dann ein Baby bekommen wie den zurückgebliebenen Jungen am Dongan Place, der die ganze Zeit am Fenster saß und einen Strohhalm zwischen den Fingern drehte.

»Ich habe es mit Spritzen probiert«, sagte sie und meinte die Spritzen, die ihr der Arzt gegeben hatte, um mich loszuwerden. »Seilgehüpft, S-e-n-f-b-ä-d-e-r gemacht, nichts hat geholfen.«

Auf dem Rückweg zum Strand blieben wir auf irgendeinem fremden Handtuch stehen, weil sie mir noch etwas sagen wollte und der Sand wie verrückt brannte. »Wenn du eine M-i-ß-g-e-b-u-r-t gewesen wärst, hätte ich dich weggegeben«, erklärte sie. Das hatte sie mir noch nie erzählt.

»Bin ich eine M-i-ß-g-e-b-u-r-t?« fragte ich, obwohl ich die Antwort wußte.

»Nein, nein, zum G-l-ü-c-k hast du K-ö-p-f-c-h-e-n. Manchmal sind S-p-ä-t-g-e-b-o-r-e-n-e gescheit.«

Ich wußte, daß ich in der Schule besser war als meine Schwester und mein Bruder, aber meine Schwester war die

Schöne von uns, und mein Bruder war Mamas Liebling, vermutlich weil er der Älteste war.

Mein Vater hatte schlechte Laune, als wir zurückkamen. »Ich habe lange gewartet«, bedeutete er. »Bin hungrig.«

Meine Mutter packte die belegten Brote aus, Eiersalat und Erdnußbutter und Gelee. Sie hatte auch etwas gekochtes Huhn und hartgekochte Eier dabei. Ich aß ein Brot mit Eiersalat. Es machte Spaß, die Milch aus der roten Plastiktasse zu trinken, obwohl sie nach dem Thermoszeug roch.

Eine gehörlose Frau, die ich nicht kannte, fragte meine Mutter, ob ich die Gebärdensprache könne, was wirklich blöd war, denn meine Mutter und ich unterhielten uns schon die ganze Zeit so.

»K-l-a-r«, sagte meine Mutter. »S-e-i-t sie zwei Jahre alt ist.«

Ich konnte mich nicht daran erinnern, die Gebärdensprache je gelernt zu haben. Für mich war es so, als hätte ich sie immer schon beherrscht.

Eine andere Frau fragte mich: »Kannst du hören?«

Ich nickte.

»Nicht gehörlos geboren«, bedeutete sie dem Mann, der neben ihr saß. Meine Mutter erklärte ihr, daß mein Vater mit acht Jahren Meningitis bekommen habe und sie selbst als Baby durch irgendeine Krankheit taub geworden sei, vermutlich Scharlach. Alle anderen in ihrer Familie könnten hören. »Unmöglich, taub geboren.« Damit meinte sie, daß ich es nicht geerbt haben konnte.

Weil keiner der Gehörlosen von irgend etwas Interessantem erzählte, sagte ich meiner Mutter, ich wolle ein bißchen spazierengehen.

»P-a-s-s a-u-f«, mahnte sie.

Ich sammelte ein paar Muscheln, dann lief ich zurück, holte meine Bademütze und ging ins Meer. Einmal drückten mich die hohen Wellen fast unter Wasser, deshalb hielt ich mich am Seil der Absperrung fest, während ich ein Werbeflugzeug beobachtete, das etwas an den Himmel schrieb. »Coca Co–« stand bereits da. Die ersten beiden Buchstaben verblaßten schon. Sie sahen aus wie Wolken, solche länglichen, die sich an den Rändern aufrollten und die ich am liebsten mochte. Möwen flogen umher, und über uns schwebte wie immer das Luftschiff mit der Goodyear-Reklame.

Inzwischen waren so viele Sonnenschirme am Strand aufgestellt worden, daß ich die Gehörlosen gar nicht mehr sehen konnte. Ich wußte aber, daß sie sich in der Nähe des Schildes »Keine Abfälle wegwerfen« aufhielten, hinter dem Ausguck für den Bademeister. Die Wellen warfen mich immer wieder um. Am meisten Spaß machte es zu beobachten, wie sie an den Strand schlugen, was manche Kinder immer wieder aufschreien ließ. Es waren viele kreischende Kinder am Strand. Auf einmal merkte ich, daß etwas nicht stimmte. Der Bademeister pfiff auf seiner Trillerpfeife, stürzte sich ins Wasser und fing wie verrückt an zu schwimmen. Er kam dicht an mir vorbei, dann verschwand er unter der Wasseroberfläche.

Als er wieder auftauchte, hatte er ein kleines Mädchen an seiner Seite. Ihre Haut glänzte wie die meiner Puppe Betsey. Er legte sich einen ihrer Arme um den Nacken und zog sie, auf der Seite schwimmend, hinter sich her ans Ufer.

Ich hielt mich am Seil fest und watete zurück zum Strand. Dort stellte ich mich zu all den Menschen, die einen Kreis um die beiden gebildet hatten und das Mädchen anstarrten, das jetzt auf dem Bauch lag. Der Bademeister hockte auf ihr und drückte ihr mit rhythmischen Bewegungen beide Hände auf den Rücken. »Bitte«, sagte er immer wieder, »bitte.« Ein Schwall Wasser kam aus ihrem Mund, als würde sie sich erbrechen.

Plötzlich entdeckte ich auf der anderen Seite des Kreises

meinen Vater, der versuchte, sich einen Weg durch die Menge zu bahnen. Dabei geriet er sich fast mit einem Mann in die Haare. Die Leute schrien ihn an, er solle zurückgehen, was er natürlich nicht hören konnte, und dann packte ihn jemand an der Schulter. Mein Vater deutete auf seine Ohren und schüttelte den Kopf, um zu erklären, daß er gehörlos war. Der Mann bewegte seinen Zeigefinger hin und her und zeigte auf die Leute. Ich nehme an, er meinte, mein Vater solle dort stehenbleiben.

Mein Vater sagte etwas mit seiner seltsamen Stimme, aber ich konnte ihn von meinem Platz aus nicht verstehen. Er rannte zum Bademeister, kniete sich neben ihn und brachte sein Gesicht dicht an das des Mädchens heran. Er sah ziemlich komisch aus, als würde er gleich anfangen zu weinen.

Da lief ich los, damit er auf mich aufmerksam wurde. Er blickte überrascht von dem Mädchen zu mir. »Ich dachte, das bist du«, sagte er und legte eine Hand auf sein Herz. »G-o-t-t s-e-i D-a-n-k«, bedeutete er und legte noch einmal die Hand aufs Herz, als er aufsprang und zu mir kam. Er nahm mich fest in den Arm, und gemeinsam gingen wir auf den Kreis von Menschen zu, der uns umstand. Ich schaute noch einmal zu dem Mädchen zurück. Ihre Haare hatten die gleiche schmutzigblonde Farbe wie meine.

Als wir die Leute hinter uns gelassen hatten, hob er mich hoch, als wäre ich ein kleines Kind, und trug mich den ganzen Weg bis zu meiner Mutter. Er erzählte ihr, wie er mich für das ertrunkene Kind gehalten hatte.

»Was für ein Schreck«, sagte meine Mutter. »Z-u viel Phantasie.«

Als ich den Gehörlosen erzählte, was passiert war, konnten sie es kaum fassen.

»Er hat geglaubt, es ist H-a-n-n-a-h-s Tochter«, meinte Mrs. Mazzoli, und alle lachten, weil sie auch Hannah hieß, wie meine Mutter. Mein Vater fand das gar nicht witzig.

Ich erzählte ihnen von der Sirene, die jetzt zu hören war, und wir beobachteten, wie die Männer eine Trage zum Krankenwagen auf der Promenade trugen. Inzwischen packte meine Mutter unsere Sachen zusammen. Es waren noch immer ein paar Erdnußbutterbrote und etwas von dem bei A&P gekauften Kuchen übrig, alles in Butterbrotpapier gewickelt. »Nicht gegessen«, sagte meine Mutter, und das hieß, daß ich nicht viel gegessen hatte.

Mein Vater ging zur Herrenumkleide und wir zu der für Damen, um uns umzuziehen. Drinnen war es dämmrig, denn das einzige Licht kam von den hohen Fenstern unter der Dekke. Der Boden war naß und schmutzig wegen des Sandes, den alle den ganzen Tag über hereingetragen hatten. Ich paßte auf unsere Sachen auf, während meine Mutter sich duschte, dann duschte ich, und sie paßte auf. Manche Menschen duschten nackt, aber wir ließen unsere Badeanzüge an. Das schlimmste war, daß es an den Kabinen keine Türen gab. Während wir warteten, konnten wir den Leuten beim Ausziehen zusehen, obwohl man natürlich eigentlich nicht hinschauen sollte.

Endlich war eine Kabine leer, und ich half meiner Mutter, den Reißverschluß ihres Badeanzugs aufzumachen; sie zog ihn aus und rollte ihn in ein Handtuch. Nackt sah meine Mutter riesig aus, obwohl sie nicht viel größer war als ich. Ihr Bauch hatte die Form eines Wasserballs, und ihre Brüste hingen ihr bis zur Taille, was man aber nicht merkte, wenn sie etwas anhatte. Dann sah sie ganz normal aus. Ich hakte ihr den Büstenhalter zu. Über ihren Schlüpfer streifte sie, statt eines Korsetts, eine Miederhose, weil sie es bei dieser Hitze bequemer haben wollte, wie sie sagte. Danach befestigte sie ihre Strümpfe an den Haltern und zog ihre Schuhe und das blaue Kleid mit den weißen Punkten an. Nun war ich an der Reihe.

Wir gingen zum Spiegel, wo sie meine Haare bürstete und zu Zöpfen flocht. Obwohl sie hinter mir stand, konnten wir uns unterhalten, denn wir sahen unsere Hände im Spiegel. »S-ü-ß«, sagte meine Mutter über das Baby, das eine Frau neben uns auf dem Arm trug. »Wie eine P-u-p-p-e.«

Nachdem sie mir die karierten Haarbänder um meine Rattenschwänzchen gewickelt hatte, meinte sie: »Du warst bei der Geburt auch wie eine P-u-p-p-e, ich hatte viele Sorgen.«

»Warum Sorgen?«

»Ich dachte, du bist eine M-i-ß-g-e-b-u-r-t«, erklärte sie mir die Angst, die sie gehabt hatte wegen all ihrer Versuche, mich loszuwerden, als ich noch in ihrem Bauch war. Sie hatte sofort den Arzt gefragt, ob ich in Ordnung sei. Auf einen Zettel hatte er geschrieben, ich sähe perfekt aus.

Meine Mutter hatte ihre Haare gekämmt und schminkte sich die Lippen. Ihr Gesicht und ihre Arme waren knallrot von der Sonne.

Als wir herauskamen, war mein Vater sauer. »Ihr habt getrödelt«, sagte er und beschwerte sich darüber, wie meine Mutter sein Hemd gebügelt hatte. Er achtete immer peinlich genau auf sein Aussehen, stutzte sich den Schnurrbart und putzte seine Schuhe, bevor er zur Arbeit ins Postamt ging.

Inzwischen waren wir bei Nathan's angekommen, wo schon viele Gehörlose auf dem Bürgersteig standen, aßen und gestikulierten. Es war so ein Gedränge an der Theke, daß es eine Weile dauerte, bis ich meine Chow-Mein-Sandwiches und Pommes frites bekam und dazu all das, was mir meine Eltern zum Bestellen aufgetragen hatten. Meiner Meinung nach gab es bei Nathan's die besten Pommes frites von der ganzen Welt.

Wir gingen zur Promenade zurück, zur 23. Straße, und warteten, bis es dunkel wurde und das Feuerwerk anfing. Eine der gehörlosen Frauen fragte mich, in welche Klasse ich ging. Ich sagte es ihr, und da ich wußte, was sie als nächstes fragen würde, fügte ich gleich hinzu, ich wolle später einmal Lehrerin werden. Eigentlich würde ich lieber Garderobenfräulein werden, wie die Mutter meiner Freundin Gloria, aber das erzählte ich niemandem, denn dafür mußte man wirklich eine Granate sein, und ich wollte nicht, daß mich jemand auslachte.

»Lehrerin«, lächelte die Frau. »Taube Kinder?«

»Nein, nein«, antwortete meine Mutter. »Z-u schwierig, wie wilde Tiere«, sagte sie über die gehörlosen Kinder. Sie erzählte mir von ihrer Schulzeit in Fanwood, einer Gehörlosenschule, und von dem Ärger, den die Lehrer mit den Kindern gehabt hatten.

»D-u-m-m-e-s Zeug«, fand mein Vater. »Wer kennt schon die Zukunft?« Er stellte die Dame vor. »M-r-s. R-o-s-e-n. Lebt in B-B«, was Brighton Beach bedeutete. »Ihr Ehemann heißt A-b-e.«

Mr. Rosen war nicht dabei, aber mein Vater sagte, er habe früher in Lexington, einer anderen Gehörlosenschule, mit ihm zusammen Basketball gespielt. In Lexington wurde einem beigebracht, von den Lippen abzulesen, aber die Mühe machte sich mein Vater nur bei Fremden.

Ich dachte, er würde mir jetzt ein paar lustige Geschichten darüber erzählen, wie er mit Mr. Rosen zusammen in der Schule war, so wie die Geschichten über Mr. Hurwitz. Einmal hatten sie Mr. Hurwitz ein Glas Wasser in den Mund gegossen, als er schlief, und er hatte daraufhin mit den Armen gerudert, als würde er schwimmen. Aber über Mr. Rosen sagte mein Vater nur, sie seien gute Kumpel gewesen.

»Schön, dich kennenzulernen«, sagte Mrs. Rosen zu mir.

»Schön, Sie kennenzulernen«, erwiderte ich.

Sie nahm meinen Vater am Arm. »S-ü-ß wie Z-u-c-k-e-r.« Sie meinte mich.

»Ganz der Vater«, witzelte er.

Ich schlug aber eher nach meiner Mutter, denn mein Vater war schrecklich launisch.

Um halb zehn fing das Feuerwerk endlich an. Es war toll, aber auf die Raketen, die wie Kanonen ballerten, hätte ich verzichten können. Mein Lieblingsfeuerwerk waren die Fontänen, die in immer mehr Fontänen auseinanderbrachen. Das Beste war der Schluß, wenn die Raketen ganz schnell hintereinander explodierten und dabei knallten wie Spielzeugpistolen. Als es zu Ende war, wurde es plötzlich ganz ruhig, bis auf die Wellen, die an den Strand schlugen, und die seltsamen Stimmen der Gehörlosen auf der Promenade.

Am Eingang zur U-Bahn standen sie noch ein wenig herum und verabschiedeten sich voneinander. Einige von ihnen wohnten da, sie konnten also zu Fuß nach Hause gehen. Manche nahmen einen anderen Zug als wir. Es waren wohl an die hundert Leute, die da standen.

»Guck sie dir doch an, guck mal«, hörte ich einen Jungen sagen. Ein paar Kinder, die vor der Toffee-Bude standen, starrten zu uns herüber. Die Mädchen deuteten mit den Fingern auf uns und kicherten.

»Was starrt ihr so blöd?« rief ich.

»Die taub-dummen Leute«, sagte ein kleinerer Junge. Er fuchtelte mit Händen und Armen, als wolle er sie nachäffen. Seine Freunde lachten, einige machten es ihm nach.

»Sie sind nicht dumm, sie sind gehörlos«, rief ich. »Es ist nicht ihre Schuld, warum macht ihr euch dann über sie lustig?«

»Weil sie behindert sind«, antwortete ein anderer Junge.

»Du bist selber behindert, weil du so blöd bist.«

Als er auf mich zukam, rannte ich zu meinem Vater.

»Krüppelgesicht«, schrie der Junge, aber mehr konnte er nicht machen. Ein Mädchen zog ihn fort.

Normalerweise waren es Erwachsene, die meine Eltern und ihre Freunde anstarrten. Kein Kind in der Arden Street oder in Fort Tryon hatte das je getan. Mir war ganz elend zumute.

Sogar wenn es dunkel war, mochte ich die lange Fahrt nach Manhattan. Ich schaute die ganze Zeit aus dem Fenster, aber weil sich die Gesten meiner Eltern in der Scheibe spiegelten, verstand ich, worüber sie sprachen. Es ging darum, was für ein wunderbarer Präsident Roosevelt gewesen war, bevor er starb, und wie tapfer Mrs. Rosen war, weil ihr Ehemann einen Schlaganfall gehabt hatte und nun Pflege brauchte.

In den Hinterhöfen war jetzt nichts mehr zu erkennen, aber es gab Straßenlaternen und Lichtreklamen, und manchmal konnte ich in Wohnungen hineinschauen, wenn das Licht brannte und die Rolläden hochgezogen waren. Ich fragte mich, ob ich je einem dieser Menschen begegnen würde, die ich vom Zug aus sah, oder ob vielleicht meine Doppelgängerin in einer dieser Wohnungen lebte. Meine Schwester hatte mir erzählt, daß jeder Mensch irgendwo einen Doppelgänger hatte.

Ich schlief ein und wachte erst am Times Square wieder auf. Die Lichter waren unglaublich grell. Wir stiegen in die Linie A um. Ich kannte alle Haltestellen: die 59. Straße, die 125., wo viele Schwarze ausstiegen, die 145., wo die restlichen Schwarzen ausstiegen, die 168., wo man mir im Presbyterian Hospital die Mandeln herausgenommen hatte, dann die 175., die 181., die 190. und schließlich die Dyckman Street.

Obwohl es inzwischen schon spät war, war es noch immer heiß, und viele Leute waren draußen unterwegs. In der Arden Street saßen sie auf den Feuerleitern, weil in unseren Blocks keiner eine Klimaanlage hatte. Ich sah meine Schwester aus dem Fenster lehnen und winkte. Melva entdeckte uns und winkte zurück. Bis wir die vier Stockwerke hinaufgestiegen waren, hatte sie schon die Tür für uns geöffnet.

»Mannomann, hast du einen Sonnenbrand!« sagte sie, als sie mich im Küchenlicht betrachtete.

Meine Mutter gab mir noch ein Stück von dem restlichen

Kuchen und ein Glas Milch. Melva setzte sich an den Küchentisch. Sidney war mit Judy ausgegangen, die jetzt seine Freundin war und eine Menge Pickel hatte, aber er mochte sie trotzdem, behauptete Melva. Ihrer Meinung nach lag es daran, daß sie ihm Zudringlichkeiten erlaubte.

»Warst du im Roxie?« fragte ich sie.

»Nein.«

»Was hast du dann heute gemacht?«

»Nichts«, sagte sie, als wolle sie nicht darüber sprechen.

»Hast du Howie Teitelbaum gesehen?« Ich wußte, daß sie hoffte, er würde sie auf Lucilles Party beim Flaschendrehen küssen. Jetzt sah ich ihr an, daß sie ihn getroffen hatte. »Also, was ist passiert?«

»Er war mit Myron unterwegs und hat noch nicht mal hallo zu mir gesagt. Und was habt ihr so gemacht? Warte, ich weiß: Ihr wart schwimmen und dann bei Nathan's und dann ...«

»Wenn du alles weißt, warum fragst du mich überhaupt? Weißt du auch, daß ich heute ein ertrunkenes Mädchen gesehen habe?«

Ich erzählte ihr die ganze Geschichte, einschließlich der Tatsache, daß mich mein Vater über den ganzen Strand bis zu meiner Mutter getragen hatte.

»Und dann habt ihr euch alle einen Sonnenbrand geholt«, sagte sie.

»Was meinst du?«

»Schau dich doch an, du wirst dich wie verrückt schälen.«

»Nein.«

»Doch. Aber dann schält sich die alte Haut ab. Das ist gut für dich.«

»Ich find's doof.« Ich dachte an die langen Fetzen, die sie manchmal meiner Mutter vom Rücken und den Hüften abgezogen hatte. Ekelhaft.

»Wart's nur ab. Du siehst dann aus, als hättest du Lepra. Vielleicht lebt deine Doppelgängerin in einer Leprakolonie.«

Melva hatte mir von Leprakranken erzählt, die so schrecklich aussahen, daß man sie auf eine Insel verbannte.

»Du hast selber Lepra«, sagte ich. »Deshalb wird dich Howie Teitelbaum auch nie küssen.«

Sie jagte mich quer durchs Wohnzimmer, aber ich entkam ins Bad und schloß mich ein. Nach einer Weile klopfte sie an die Tür. »Was machst du da?« fragte sie.

»Wie hört es sich an?« entgegnete ich. Ich hatte den Hahn aufgedreht.

»Weinst du?«

Ich hielt meine Hand unter das heiße Wasser, solange ich es aushielt, was nicht besonders lang war, zog sie weg und hielt sie wieder drunter. Aber das sagte ich ihr nicht.

»Sidney ist wieder da«, verkündete sie. »Er hat Lippenstift am Kragen.«

Ich drehte den Wasserhahn zu. »Was für eine Farbe?«

»Mach die Tür auf, dann sag ich's dir.«

Ich öffnete die Tür.

»Wie Borschtsch mit Sauerrahm. Ich weiß nicht, warum Judy ihm solche Freiheiten erlaubt.«

»Ich weiß es«, sagte ich. »Wegen der Pickel.« Als Melva mich auslachte, schlug ich die Tür wieder zu und verriegelte sie. Diesmal drehte ich das kalte Wasser auf, das nicht annähernd so kalt war wie das Meer, aber ich hielt meine Hand in den Strahl und ließ es lange, lange laufen.

Meine zweitliebste Sängerin

»Voll S-t-a-u-b«, sagte meine Mutter, als ich ihr bedeutete, daß ich zu Glory zum Spielen gehen wollte. Sie wedelte mit ihren Händen durch die Luft, als würde überall Staub herumfliegen. »Nicht g-u-t im E-r-d-g-e-s-c-h-o-ß«, meinte sie, um zu erklären, warum es da so staubig war. Außerdem war sie der Meinung, Dot, Glorys Mutter, würde nicht genug putzen. Wahrscheinlich hätte ich ihr nicht erzählen sollen, daß Dot die Götterspeise auf dem Fensterbrett aufhob statt im Kühlschrank.

Ich ging die Treppe hinunter und klingelte. Unter dem Türspion standen, in sauber gedruckten Buchstaben, die Namen von Dots drei Ehemännern: Kamahele war Glorys Nachname, den sie von ihrem hawaiianischen Vater hatte, Fallon war der Nachname ihres Halbbruders Roy Rogers. Eigentlich hieß er Nelson, aber so nannte ihn niemand. Und Rousse war Dots Name von ihrem letzten Ehemann, einem Franzosen, aber keiner sagte Mrs. Rousse zu ihr.

Sogar Glory und Roy Rogers nannten sie Dot. Das war auch etwas, was meine Mutter e-i-g-e-n-a-r-t-i-g an ihnen fand. Überhaupt hielt sie die ganze Familie für e-i-g-e-n-a-r-t-i-g, einschließlich Dots Schwester, die ihren Namen geändert hatte und sich jetzt Nicki nannte. Manchmal kam sie vorbei, um Dot die Haare zu färben. Eines war jedenfalls klar, sie waren anders als wir.

Glory öffnete mir die Tür und drehte das Radio aus. »All my children« konnte sie sowieso nicht leiden. Außerdem mußte sie die Wäsche weggeräumt haben, bevor Dot heimkam. Wir nahmen sie von der Leine, die quer durchs Wohnzimmer gespannt war. Wahrscheinlich besaß Dot noch nicht einmal ein Bügeleisen, wir hängten die Sachen nämlich einfach in den Schlafzimmerschrank, den Dot innen purpurrot angemalt hatte.

Das war echt toll. Wer machte das schon, einen Schrank purpurrot anzumalen? Meine Mutter wäre fast gestorben, als ich ihr davon erzählt hatte. Ich mußte ihr ja recht geben, es war e-i-g-e-n-a-r-t-i-g, aber gleichzeitig war es auch wundervoll. Unsere Schränke waren innen natürlich weiß. Meine Mutter liebte Weiß. Wenn ich erwachsen war, würde ich nie wieder etwas Weißes anziehen, vor allem keine weiße Unterwäsche.

»Möchtest du Hollywood spielen?« fragte Glory, als wir fertig waren.

Ich sagte immer ja, obwohl sie die meiste Zeit die Rolle von Dinah Shore spielen wollte und mir Peggy Lee überließ.

»Ich fange an«, bestimmte sie. »Du setzt dich da hin.«

Sie deutete auf die Ecke und warf ein Kissen auf den Boden, damit ich mich draufsetzen konnte. Meine Mutter wäre gestorben, wenn sie uns so hätte sehen können. Besonders als Glory sich mit ihren Lackschuhen aufs Bett stellte und so tat, als wäre es eine Bühne.

»Don't kno-ow why«, sang sie und hob die Arme zur Zimmerdecke, wie eine richtige Sängerin. Glory wußte, wie man das machte. Und sie sang wirklich gut. »There is no sun up in the sky. Stor-my wea-ther.«

Ich hörte die Wohnungstür aufgehen.

»Das ist nur Dot«, meinte Glory. Wieder warf sie die Arme hoch. »Don't kno-ow why. There's no sun up ...«

»... in the sky«, sang Dot im Nebenzimmer. Dots Stimme ähnelte ein bißchen der eines Mannes, war aber nicht ganz so tief. Meine Schwester nannte sie kehlig, wenn man sich darunter etwas vorstellen konnte.

»Mach die Tür zu«, befahl mir Glory.

Ich tat so, als wüßte ich nicht, was sie meinte. Mir lag gar nichts daran, die Tür zu schließen, denn ich wollte, daß Dot hereinkam. Sie war einfach etwas Besonderes. Ich hätte es nicht erklären können.

»Mach die Tür zu!«

»Ist das okay?«

»Ruthie, MACH DIE TÜR ZU!« Glory stampfte mit dem Fuß auf, verlor das Gleichgewicht und fiel aufs Bett. »Du bist so ein Idiot«, schrie sie mich an. »Weißt du das eigentlich?«

»Ziemlich gescheit für einen Idioten«, sagte Dot. Sie stand in der Tür. Dot hatte glänzende rote Haare, die auf ihrem Kopf zu einer Hochfrisur aufgetürmt waren, mit Löckchen, die ihr über die Stirn und die Schultern fielen. Wie bei Rhonda Fleming in dem Film, den ich gesehen hatte. Bezaubernd. Manchmal benutzte sie orangefarbenen Lippenstift, aber diesmal war er purpurrot. Einmal, als sie Glory und mich zum Spaß schminkte, hatte sie uns die Lippen auch purpurrot angemalt.

»Mag ich nicht«, urteilte meine Mutter, als ich es ihr erzählte. »Z-u jung.«

»Ich habe Essen vom Chinesen mitgebracht«, sagte Dot. »Aber wenn du so ein Sauertopf bist, bekommst du nichts.« Dot wußte, daß Glory chinesisches Essen lieber hatte als alles andere. »Zieh nicht so ein Gesicht, sonst kriegst du viel zu früh Falten.«

Dot machte sich große Sorgen wegen Falten. Glory hatte mir all die Döschen mit Cremes gezeigt, die Dot verwendete, um keine Falten zu bekommen. Glory und ich hatten sie uns auch mal ins Gesicht geschmiert. Es war eklig. Aber Dot sagte, das müsse man tun, wenn man erwachsen war und schön bleiben wollte. Das und eine Menge anderer Dinge. Sie kannte sich aus. Sie hatte eine spezielle Creme für die Augen und eine für die Hände und eine, die gut roch, für den ganzen Körper, außerdem solches Zeug, das sie mit Wasser mischte und aufs Gesicht schmierte und trocknen ließ. Ich hatte ihr schon mal dabei zugesehen. Es hieß Schönheitsmaske, was ziemlich komisch klang.

»Du siehst aus wie ein graues Monster«, hatte ich damals gemeint und mich dann ganz schrecklich gefühlt. Das hätte ich nicht sagen dürfen. Aber Dot hatte nur gelacht.

Sie besaß auch einen Stein, mit dem man die Ellenbogen und die Knie abrieb, und sogar eine Creme, um die Nagelhaut weich zu machen. Auf Dots Kommode standen mehr Döschen als bei Five and Ten.

Dot tischte uns also das Essen vom Chinesen auf, sechs verschiedene Kartons. Die einzigen Gerichte, die ich kannte, waren Chow Mein, Frühlingsrollen und gebratener Reis, der besonders teuer war. »Wo ist Roy Rogers?« fragte Dot.

»Woher soll ich das wissen?« sagte Glory. »Vielleicht im Gäßchen.«

»Geh und schau, ob du ihn findest«, befahl Dot.

»Jetzt?«

»Jetzt, junge Dame, und mir gefällt dein Ton nicht. Immerhin ist er dein Bruder, hast du gehört?«

Glory hatte mir erklärt, daß er eigentlich ihr Halbbruder war, weil sie verschiedene Väter hatten, aber jetzt entschuldigte sie sich ganz kleinlaut bei Dot. Sie hatte Angst, Dot könnte ihren Gürtel ausziehen, was sie manchmal tat, um sie und Roy Rogers zu verhauen, aber nur, wenn sie sehr wütend war.

»Kommst du mit?« fragte Glory mich.

Ich stand auf, aber Dot sagte: »Ruthie bleibt hier«, also setzte ich mich wieder hin. Nachdem Glory gegangen war, lächelte Dot mir zu. »Alles okay, Kleine?«

Ich nickte.

»Geht's gut in der Schule?«

Ich nickte wieder.

»Hat dir jemand die Zunge rausgeschnitten? Na ja, stille Wasser sind tief.«

Ich lächelte schief, ich wußte nicht, was ich sagen sollte. In ihrer Nähe wurde ich immer ganz schüchtern. Aber ich mochte es, wenn sie mich »Stilles Wasser« nannte.

Sie nahm meinen Kopf in beide Hände und betrachtete mich. Ihr Gesicht war meinem so nah, daß ich ihren warmen Atem spürte. Statt ihr in die Augen zu schauen, starrte ich auf den falschen Schönheitsfleck, den sie sich mit dem Augenbrauenstift neben den Mund gemalt hatte. Einmal hatte sie mir auch einen gemalt, und ich hatte ihn tagelang nicht abgewaschen, bis meine Schwester mich mit ihren Spötteleien verrückt machte. »Alles klar«, sagte Dot, womit sie meinte, daß ich keine Pickel hatte. Sie drückte sie mir immer mit ihren langen Nägeln aus, was eigentlich richtig gruselig war, aber wenn sie es tat, machte mich das tief drinnen glücklich. Es war schwer zu erklären.

»Du siehst gut aus, Kleine«, erklärte sie, worauf ich ein ganz flaues Gefühl im Magen bekam, denn in meinem Herzen wußte ich, daß ich häßlich war. Im Vergleich zu Glory und ihr war ich sogar noch häßlicher, weil die beiden so schön waren.

Glory hatte eine sehr dunkle Haut, als wenn sie am ganzen Körper braungebrannt wäre, weil sie Hawaiianerin war. Sie hatte dunkle Augen, und ihre Lider waren lang und schmal. Wie Mandeln, meinte meine Schwester. Glory war dünn und anmutig und die Beste in unserer Akrobatikklasse, laut Miss Marguerite.

Dot wechselte oft die Haarfarbe, gerade waren sie hellrot. Ich mochte sie blond am liebsten. Einmal, als sie ihre Haare gebleicht hatte, wurden sie sogar grün. Erst hatte ich es nicht glauben wollen, als Glory es mir erzählte, aber dann hatte Dot es bestätigt. Dot hatte blaue Augen, und sie war ziemlich groß, vermutlich mußten Garderobenfräulein so groß sein. Dots Schwester Nicki war ebenfalls Garderobenfräulein und die meiste Zeit blond. An der Wand hing ein Foto aus dem Nachtclub, in dem beide arbeiteten. Dot und Nicki trugen Herrenhüte und rückenfreie Oberteile mit Pailletten, außerdem Schuhe mit hohen Absätzen und an den Beinen nichts als schwarze Strümpfe. Ganz dünne. Um die Taille hatten sie Schachteln gebunden, wie offene Verkaufsschubladen, mit Zigarren und Zigaretten drin, und darunter hing ein Beutel für das Geld. Trinkgeld ging extra. Jedenfalls mußte man sehr schön sein, um ein Garderobenfräulein zu werden. Dot und Nicki waren schön, das war mal sicher.

Dot stellte einen Teller mit chinesischem Essen vor mich, aus jedem der sechs Schachteln etwas. Das eine sei Schweinefleisch, meinte sie, und ich wäre fast gestorben. Als ich anfing zu essen, sagte Dot: »Du hast dir die Serviette noch nicht auf den Schoß gelegt.« Du lieber Himmel, jetzt fühlte ich mich wirklich blöd, aber ich hatte nicht gewußt, daß man das so machte. Einmal hatte sie mich ermahnt, ich solle die Suppe nicht so laut schlürfen. Mir war nicht einmal klar gewesen, daß ich das tat und daß es falsch war. Seitdem schlürfte ich nicht mehr beim Suppeessen, aber mir war aufgefallen, daß es in meiner Familie sonst alle machten, besonders mein Vater. Natürlich bekam er das gar nicht mit, weil er ja nichts hörte.

Es klingelte an der Tür, und Glory kam mit Roy Rogers zurück. Er war erst sechs und hatte den Kopf voller langer brauner Locken. Meistens erzählte er selbst nicht viel, stellte aber gern viele Fragen. Glory sagte immer »Hau ab« zu ihm. Sein Vater arbeitete für eine große Firma in Kalifornien, deshalb bekam ihn Roy Rogers nie zu Gesicht. Glory sah ihren Vater manchmal, wenn er im Madison Square Garden einen Ringkampf hatte. Wir schauten uns samstags abends bei ihr im Fernsehen immer die Ringkämpfe an, aber ihr Vater war da noch nie aufgetreten, er war noch nicht berühmt genug.

Ich schluckte jeden Bissen von dem chinesischen Essen – das Schwein und alles –, obwohl ich um zwölf Uhr schon gegessen hatte und es jetzt gerade mal drei war. Das Mittagessen erwähnte ich erst gar nicht, aber als Dot fragte, ob ich eine zweite Portion wollte, antwortete ich: »Nein, danke.« Bei uns zu Hause bekam man nichts nach. Roy Rogers ließ sich eine zweite Portion geben.

»Du wirst noch so dick wie Tiger Joe«, behauptete Glory und streckte die Arme aus, um zu zeigen, wie dick ihr Vater war. Tiger Joe war sein Bühnenname. Sein richtiger Vorname war irgend etwas Hawaiianisches, das ich nicht aussprechen konnte. Ringer mußten dick sein. Je dicker, um so besser, sagte Glory.

»Ist mein Vater dick?« fragte Roy Rogers Dot.

»Nun ja, Mr. Fallon ist nicht so dick wie Tiger Joe, aber er ist groß. Ein Meter neunzig.« Dot stand auf, um uns zu zeigen, wie groß das war. »Er sieht richtig gut aus. Ich weiß noch, wie ich ihn zum ersten Mal gesehen hab. Die Art, wie er seinen Hut vor mir gezogen hat, das hat mich umgehauen.«

»Was heißt das, umgehauen?« fragte Roy Rogers.

»Ich war hin und weg, ich habe mich in ihn verliebt.« Sie lachte. »Das war ein Fehler. Ein geiziger Bastard. Wenn er die Alimente bezahlen würde, könnten wir hier ausziehen und ein Haus kaufen.«

Ich hätte gerne gefragt, was »Bastard« hieß, aber ich traute mich nicht. Mir war nur klar, daß es ein häßliches Wort war. Dot benutzte viele häßliche Wörter, und sie lachte immer, wenn sie es tat. Vermutlich glaubte sie, ich würde viel mehr verstehen, als tatsächlich der Fall war, weil ich immer mitlachte. Ich konnte gar nicht anders.

Nach dem Essen räumten Glory und ich das Geschirr in die Spüle, auf das andere schmutzige Geschirr. Erst wenn der Berg wirklich hoch war und es nichts Sauberes mehr gab, wusch Dot ab, aber vorher nicht. Meine Mutter spülte das Geschirr immer sofort nach dem Essen und trocknete es ab. »K-a-k-e-r-l-a-k-e-n krabbeln«, sagte sie und meinte damit, daß die Kakerlaken kämen, wenn man den Abwasch nicht gleich erledigte. Dot trocknete auch nie ab, sie ließ einfach alles zum Abtropfen stehen. »Ich hab Besseres zu tun«, hatte sie einmal gesagt, als ich sie danach gefragt hatte. Das war wahr, sie hatte immer etwas Besseres zu tun, entweder malte sie Schränke oder Wände oder ihr Gesicht an. Sie war ständig damit beschäftigt, irgend etwas zu verschönern. Mich eingeschlossen.

»Wißt ihr was?« fragte Dot, als das Geschirr in der Spüle untergebracht war. Sie holte eine lange Schere und verkündete: »Ich werde Ruthie die Haare schneiden.«

Mein Magen machte einen Sprung. Mein erster Gedanke war, daß ich das meiner Mutter irgendwie würde erklären müssen, der zweite, daß ich wie ein Monster aussehen würde. So sah ich immer aus, wenn meine Haare in der Friseurschule geschnitten wurden, zu der meine Mutter mich manchmal schleppte. Eigentlich wollte ich gern, daß Dot mir die Haare schnitt, aber gleichzeitig wollte ich es auch nicht. An mein jetziges Aussehen war ich wenigstens gewöhnt. Ich war völlig verwirrt und rührte mich nicht. Da sah ich, wie Glorys Augen plötzlich größer wurden, als wäre sie eifersüchtig, obwohl es gar keinen Grund dafür gab. Ihre glänzenden schwarzen Haare waren kurz und ganz gerade geschnitten, wie Dot es immer tat, mit geradem Pony. Todschick.

Glory zog einen Flunsch, als Dot ihr befahl, ein Handtuch zu holen, aber sie gehorchte und hängte es mir um, wobei sie eine Haarklemme benutzte, um es vorn zusammmenzuhalten. Roy Rogers saß auf dem Boden, mir zu Füßen, um nichts zu verpassen. Für einen kleinen Junge war das ein ziemlich seltsames Benehmen, aber Roy Rogers war sowieso seltsam. Er schmierte sich Dots Creme ins Gesicht und nahm seinen Hund Pluto mit ins Bett. Pluto war natürlich kein richtiger Hund, sondern ein Plüschtier. Einmal hatte Roy Rogers geweint, weil er Pluto nicht mit in die Badewanne nehmen durfte, also gab Dot nach, und Pluto wurde klitschnaß und war seitdem total runzelig, aber er schlief noch immer bei Roy Rogers. Weil es nur ein Schlafzimmer gab, teilten sich die beiden das Bett mit Glory, dasselbe, das wir immer als Bühne benutzten. Dot schlief auf dem Sofa im Wohnzimmer. Dort stand auch der Küchentisch, denn sie hatten keine abgetrennte Küche wie wir. Um den Eßplatz abzuteilen, hatte Dot einen Vorhang aufgehängt, der aber die meiste Zeit offen war.

Ich saß also auf einem Küchenstuhl und wäre am liebsten davongelaufen, aber ich wußte, wenn ich das tat, konnte ich nie mehr wieder zu Besuch kommen.

»Du hast sehr schöne Haare«, sagte Dot und fügte hinzu: »Wirklich«, als wollte sie ihre Aussage bekräftigen. »Das weißt du auch, nicht wahr?«

Ich schüttelte den Kopf. Meine Haare sahen nach nichts aus. Sie waren weder rot noch blond. Ich hätte wer weiß was dafür gegeben, blond zu sein. An den Seiten steckte ich sie mit den stärksten Haarspangen zurück, die es gab, und ansonsten hingen sie mir einfach über Rücken und Schultern.

»Am liebsten würde ich dir Dauerwellen machen. Wenn ich mal mehr Zeit habe, tue ich das.«

Ich wußte nicht warum, aber ich fühlte mich komisch. So wie wenn sie meine Pickel ausdrückte oder wenn sie sagte, ich solle in den Spiegel schauen und meine Bluse in den Rock stecken. Meine Mutter mochte es nicht, wenn ich in den Spiegel schaute. »Das gibt ein seltsames Gesicht«, argumentierte sie. Sie war davon überzeugt, daß man häßlich wurde, wenn man sich zu oft im Spiegel betrachtete. Dot hatte einen großen Spiegel auf der Innenseite einer der Kleiderschranktüren, und jedesmal wenn ich da war, gab es dann doch wieder irgendeinen Grund, in den Spiegel zu schauen. Manchmal probierten wir verschiedene Kleider und Hüte an. Oder wir spielten Ballerina.

Dot nahm die Spangen aus meinen Haaren und zog mir einen neuen Scheitel. Der Kamm, den sie benutzte, war schmutzig, aber ich hielt den Mund. Meine Mutter wäre gestorben. »Von einem schmutzigen Kamm kann man L-ä-u-s-e bekommen«, sagte sie immer. Ich betete zu Gott, ich möge keine Läuse bekommen. Glory hatte mal welche, und Dot hatte ihr die Haare mit Petroleum gewaschen. Es mußte schrecklich gestunken haben, der schlimmste Geruch auf der ganzen Welt. Glory hatte geweint, aber Dot hatte nur gelacht. »Das ist der Preis, den man fürs Leben zahlt, Kind.« Was immer das heißen mochte.

Dot brauchte ewig, um mir die Haare zu schneiden. Nach einer Weile wurde es Glory langweilig, und sie las einen *Super Woman*-Comic. Roy Rogers hörte nicht auf, mich anzustarren. Mit seinen Locken und den blauen Augen sah er aus wie auf einer Weihnachtskarte. Sogar sein Mund war gespitzt wie bei einem singenden Engel. An Halloween hatte Dot ihn als Engel verkleidet, mit Flügeln und einem Heiligenschein, der an einem Draht über seinem Kopf befestigt war. Für Glory hatte sie ein Katzenkostüm gebastelt mit einem langen Schwanz, der über den Boden schleifte, und mit Schnurrhaaren im Gesicht. Glory und Roy Rogers spielten Süßes-sonst-gibt's-Saures, aber ich durfte nicht mitgehen. »Z-u g-e-f-ä-h-r-l-i-c-h«, sagte meine Mutter. »Vielleicht sind die Süßigkeiten v-e-r-g-i-f-t-e-t. Viele F-r-e-m-d-e.« Dot hatte mir ein Päckchen mit ein paar von den Süßigkeiten zurechtgemacht, die sie bekommen hatten, aber ich hatte es natürlich nicht mit nach Hause nehmen können. Sie hob es für mich in einer Küchenschublade auf, damit ich immer davon essen konnte, wenn ich hier war.

»Entspann dich«, befahl sie und drückte mir den Kopf nach vorn, um mir die Haare im Nacken auszurasieren. »Es sieht toll aus. Wart's ab, du wirst der absolute Star sein.«

Das sagte sie natürlich nur, damit ich mich besser fühlte. Ich war ein hoffnungsloser Fall, jedenfalls was das Aussehen anging. Ich war ziemlich intelligent und gut in der Schule, aber ich war häßlich, häßlich, häßlich.

Als sie fertig war, schickte sie mich ins Badezimmer, damit ich mich im Spiegel anschauen konnte. Kaum zu glauben, wie hell es dort war. Dot hatte eine Kette mit fünfzehn Glühbirnen um den Spiegel herum angebracht, damit sie beim Schminken besser sah. Ich ging zwar hinein, stieg aber nicht auf den Hocker, um mich zu betrachten. Statt dessen wartete ich einen Moment, dann ging ich wieder hinaus. »Danke, es ist sehr schön.«

»Schön?« Dot lachte. »Schön? Du siehst todschick aus, Kind. Was für eine tolle Haut. Und für solche Wimpern würde ich glatt einen Mord begehen.«

Vielleicht konnte sie meine Gedanken lesen, denn ohne daß ich gefragt hätte, fing sie an, mir zu erklären, was sie meinte. »Kein Mensch hat solche Wimpern, einen Meter lang. Deine neue Frisur ist wie ein Rahmen für deine Augen. Wenn du so alt bist wie ich, wirst du jede Menge Herzen brechen.«

Ich blickte auf und sah, daß Glory mich betrachtete, als wäre ich giftig. Ich hätte ihr gern erklärt, daß Dot mir nur etwas Nettes hatte sagen wollen, aber das konnte ich natürlich nicht machen.

»Komm, gehen wir raus«, sagte Glory.

»Ich kann nicht«, antwortete ich. »Ich muß rauf, zum Abendessen.«

»Abendessen?« fragte Roy Rogers. »Aber du hast doch gerade erst gegessen.«

»Ich werde mal so eine dicke fette Ringerin im Madison Square Garden«, sagte ich.

»Eine fette Ringerin«, rief Roy Rogers, und wir fingen alle an zu lachen.

»Eine fette Dame«, sagte Glory, aber sie bekam die Worte kaum heraus, so laut mußte sie lachen.

Sogar Dot lachte. Bald rollten wir über den Boden und lachten und purzelten übereinander. Als wir aufhörten, lagen wir alle auf einem Haufen, Dot zuunterst, darüber Roy Rogers und ich und auf uns Glory. Meine Mutter wäre gestorben, wenn sie das gesehen hätte.

Dot sprühte mir ein wenig Festiger auf die Haare, bevor ich ging. »Ich hoffe, es gefällt deiner Mutter«, sagte sie und gab mir meine Spangen.

Auf der Treppe tastete ich sorgfältig über meine Haare, um eine Vorstellung davon zu bekommen, was Dot getan hatte. Die Seiten waren zu kurz, um sie zurückzustecken, also schob ich die Spangen in meine Tasche. Ich betete zu Gott, daß ich nicht allzu schlimm aussah.

Mein Vater öffnete mir die Tür, was ein Vorteil war, denn ihm fielen meine Haare gar nicht auf. Während er das Licht ausmachte, das aufblinkte, wenn jemand an der Tür klingelte, sauste ich ins Badezimmer und drückte die Tür hinter mir ins Schloß. Dann stieg ich aufs Waschbecken, um mich im Spiegel zu betrachten. Es sah anders aus, als ich gedacht hatte. Meine Ohren standen ein wenig hervor, weil die Seiten so kurz waren, und ich hatte einen Seitenpony, wie Dot gesagt hatte. Ich betrachtete meine Wimpern und fragte mich, ob sie wirklich so lang waren. Dann wusch ich mir die Hände und ging in die Küche.

»Wie siehst du denn aus?« sagte meine Schwester. »Was ist passiert?«

»Wie sieht es denn aus?« Ich spürte, wie mir schlecht wurde.

»Geschnitten?« fragte meine Mutter. »D-o-t hat dir die Haare geschnitten?«

Ich nickte.

»Warum?«

»Weiß nicht«, sagte ich. »Sie hatte einfach Lust.«

Alle am Tisch schauten mich jetzt an, und ich preßte meine Zehen ganz fest aufeinander. Meine Mutter befahl mir, mich umzudrehen, damit sie meine Frisur von hinten betrachten konnte. Ich gehorchte.

Sie nickte. »Sie hat Zeit«, sagte sie über Dot, »warum putzt sie nicht die Wohnung?«

»Du siehst aus wie Dinah Shore«, meinte meine Schwester.

Ich wäre fast gestorben, als sie »Dinah Shore« sagte.

»Du weißt doch, diese Sängerin?«

Ich wußte es, aber ich tat so, als wäre das nichts Besonderes. Ich nahm die Serviette vom Tisch, faltete sie auseinander und legte sie mir auf den Schoß.

»Warum machst du das?« fragte Melva.

»Nur so.«

»F-e-i-n«, sagte meine Mutter zu meiner Schwester. Obwohl sie uns nicht hören konnte, hatte sie verstanden, worüber wir sprachen. »D-o-t lehrt dich Manieren?« fragte sie und meinte damit die Serviette.

Ich nickte. Mir fiel auf, daß Melva die Ellenbogen auf den Tisch stützte und mein Vater über mich hinweg nach dem Salz griff, um sich das Essen zu würzen. Mein Bruder zerquetschte mit einer Gabel Kräcker in seiner Suppe.

»Du bist ein ganz anderer Typ als Dinah Shore, du bist zu ernst«, fand meine Schwester. »Aber es ist ein toller Haarschnitt.« T-o-l-l, buchstabierte sie für meine Mutter. Die sagte kein Wort.

»Egal, Dinah Shore ist noch nicht mal meine Lieblingssängerin«, teilte ich meiner Schwester mit, die Zehen übereinandergelegt. Ich sagte ihr nicht, daß sie meine zweitliebste war, nach Jane Powell. Insgeheim wunderte ich mich, woher Dot das wohl gewußt hatte. Langsam tauchte ich meinen Löffel in den Teller, hob ihn dann zum Mund und pustete, so wie Melva es gerade tat. Dann schlürfte ich die Suppe vom Löffel. Ich schlürfte sehr laut, jeden einzelnen Mundvoll, und platzte fast, weil niemand am Tisch wußte, daß ich es mit Absicht machte.

Nützliche Geschenke

Meine Mutter hielt viel von nützlichen Geschenken, aber als ich die Marionette bei Schiffman's Toys in der Dyckman Street hängen sah, wußte ich, was ich mir zu Chanukka wünschte. Sie baumelte in der Mitte des Schaufensters und trug ein rosafarbenes Tüllröckchen über einer rosafarbenen Satinunterhose. Ihre Schnüre waren so fixiert, daß sie eine Arabeske tanzte, die Hände nach vorn, ein Bein nach hinten in die Luft gestreckt, ein bißchen verdreht. Ihre Haare sahen weich aus, wie orangerote Baumwolle, und waren zu einem Knoten gesteckt, wie Tänzerinnen ihn tragen. Sofort nannte ich sie Mitzi, wie das Mädchen in dem Film mit Gene Kelly.

Plötzlich trat Mrs. Schiffman aus dem Laden. Sie hatte die Arme über der Brust verschränkt, wenn auch nicht ganz, weil sie zu fett war. »Was schaust du dir an?« fragte sie.

Ich erschrak und ließ den Vierteldollar fallen, für den ich Roggenbrot kaufen sollte.

»Ohne K-ü-m-m-e-l, geschnitten«, hatte meine Mutter mir aufgetragen, bevor ich ging. Sie hatte auch gesagt, ich solle auf das Geld aufpassen. Woher hatte sie gewußt, daß etwas schiefgehen würde? Das Geldstück rollte unter ein Auto.

Mrs. Schiffman verschwand im Laden und kam mit einem Besenstiel zurück, so daß ich mir das Geld zurückangeln konnte. Es tat mir leid, daß ich sie in Gedanken fett genannt hatte, aber ich sagte nur: »Vielen Dank.«

Als ich einen letzten Blick auf Mitzi warf, meinte Mrs. Schiffman: »Sag deiner Mutter, sie kostet dreizehn fünfundneunzig.«

Das war mir egal, es war sowieso hoffnungslos. Aber ich dachte trotzdem an Mitzi und schickte sogar ein Gebet zu Gott, für alle Fälle. Ich versprach ihm, nie wieder um etwas zu bitten, wenn ich nur bekäme, was ich mir diesmal wünschte.

Zu Chanukka bekam ich drei Sommerkleider aus Baumwolle, die mein Vater und ich bei einer Großhandelsfirma gekauft hatten. Sie waren alle drei gleich geschnitten, nur in verschiedenen Pastelltönen. Dann ging meine Mutter mit mir zu Miles, wo es ein Gerät gibt, das durch die Schuhe leuchtet und die Füße grün aussehen läßt. Ich wollte die schwarzen Lackschuhe mit den T-Riemen, aber meine Mutter fand, wenn ich später einmal hohe Absätze tragen wolle, müsse ich jetzt die braunen Oxford-Halbschuhe nehmen. Für sich kaufte sie auch ein Paar Oxfords, in Schwarz, mit einem breiten, nicht sehr hohen Absatz.

Am Tag danach lud mich meine Freundin Iris Opals ein, mit ihrer Familie den Weihnachtsvormittag zu feiern; damals wohnten sie noch direkt gegenüber, bevor sie dann weiter in die Stadtmitte zogen. Also mußten meine Mutter und ich noch einmal los. Wir gingen zu Five and Ten, um für Iris ein Geschenk zu kaufen.

Ich wußte genau, was Iris brauchte: ein Set Sternchen zum Jacks-Spielen. Wir nahmen immer meine, weil sie keine hatte. Aber meine Mutter strebte geradewegs zur Abteilung für Kinderkleidung. »Socken sind g-u-t«, erklärte sie. »N-ü-t-z-l-i-c-h-e-s ist schnell aufgebraucht«, was bedeutete, daß Socken sich abnutzten und man neue immer brauchen konnte.

Meine Mutter nahm eine Packung mit drei Paar Socken in meiner Größe von der Ladentheke. Iris war zwar ein Jahr älter als ich, aber nicht so groß. Die Socken waren weiß, weil Weiß die Lieblingsfarbe meiner Mutter war. Ich schwor mir, wenn ich erst einmal groß war, nie wieder etwas Weißes zu tragen, abgesehen von einem Hochzeitskleid natürlich.

Meine Mutter war schon dabei, die Socken auf Mängel zu untersuchen, als ich sie am Arm nahm. »Ich will das nicht«, bedeutete ich ihr. »Socken sind schrecklich.«

»Ein Dollar reicht«, entgegnete sie.

»Ich gehe nicht«, sagte ich, um ihr zu bedeuten, daß ich mit diesen Socken nicht zu den Opals gehen würde, um Weihnachten zu feiern. Aus irgendeinem Grund regte sie sich nicht auf. Sie legte die Packung zurück und fragte: »Hast du eine Idee?«

Ich zog sie zu dem Tisch mit den Spielsachen und zeigte ihr die Jacks-Sternchen. Als sie das Preisschild auf der Verpakkung studierte, war ich mir sicher, daß sie sie kaufen würde. Sie hatte schon etwas Geld in der Hand, da fiel ihr plötzlich das Geburtstagsgeschenk ein, das sie für Ellen Pruzan, eine Klassenkameradin meiner Schwester, gekauft hatte. Ellen wohnte in einem tollen Haus auf der anderen Seite vom Fort Tryon Park, mit Klimaanlagen und einem Teppichboden in der Eingangshalle. Meine Schwester hatte gesagt, sie würde lieber sterben, als mit diesen Taschentüchern zu Ellens Party zu gehen, deshalb hatte sie Bauchweh vorgeschoben und war zu Hause geblieben. Die Taschentücher lagen noch immer in der Küchenschublade.

»Verschwendung«, sagte meine Mutter und fand, daß Iris die Taschentücher bekommen solle. An diesem Punkt rannte ich aus dem Laden.

Meine Mutter lief mir hinterher und rief meinen Namen, nur daß sie nicht »Ruthie« sagen konnte, sondern »Ru-ta, Ru-ta« rief, mit dieser typischen Stimme einer Gehörlosen. Die Leute schauten sich immer nach ihr um, wenn sie das tat.

Auf einmal packte ein Mann sie am Arm. »Gnädige Frau, Sie haben dafür nicht bezahlt«, schrie er und deutete auf die Packung Sternchen in ihrer Hand.

»Sie ist gehörlos«, erklärte ich ihm.

Er fing noch lauter an zu schreien. Jetzt starrten uns alle an.

Meine Mutter versuchte, ihm den Dollar zu geben, aber er wollte ihn nicht nehmen. »Sie müssen mit mir kommen«, sagte er, und wir gingen zurück in den Laden. Er hielt meine Mutter am Arm, bis wir im Hinterzimmer waren. Dort roch es während der ganzen Zeit, die wir warteten, nach Bleistiften.

»S-t-i-c-k-i-g heiß«, sagte meine Mutter über den Heizkörper. Sie ließ mich meinen Mantel ausziehen und zog ihren ebenfalls aus.

Dann kam ein Mann mit einem dünnen Schnurrbart herein, der sich als der Manager, Mr. Gary, vorstellte. Statt auf einen Stuhl setzte er sich so auf den Holztisch, daß eine Ecke zwischen seinen Beinen herausragte. »Ist sie deine Mutter?« fragte er mich.

»Ja«, sagte ich. Nachdem ich meiner Mutter seine Frage übersetzt hatte, nickte sie ihm zu.

»Frag sie, ob sie weiß, daß man nicht stehlen darf«, befahl Mr. Gary.

»S-t-e-h-l-e-n ist falsch, weißt du das?« fragte ich sie.

»Komisch, die vielen S-t-i-f-t-e.« Meine Mutter beäugte die Stifte, die er sich hinter beide Ohren gesteckt hatte.

Mr. Gary starrte uns an und wartete auf meine Antwort.

»Vielleicht gibt es Ärger«, sagte ich zu meiner Mutter.

»Es war falsch, dir hinterherzulaufen.« Sie schaute Mr. Gary an, deutete auf mich und schwenkte die Arme, wie vorhin, als ich weggerannt war. Dann machte sie eine Bewegung, als wolle sie mich hauen, aber es war klar, daß sie es nicht ernst meinte.

Mr. Gary stand auf und stellte sich zwischen meine Mutter und mich. »Meint sie, du hättest es getan? Sag mir die Wahrheit.«

»Es war ein Versehen«, erklärte ich ihm. Nein, ich schrie es.

»Die Kleine hat Nerven.« Der andere Mann lachte, als wäre ich eine Lügnerin. Am liebsten wäre ich im Boden versunken.

Ich schaute wieder zu Mr. Gary, der sich mit dem Finger über den Schnurrbart strich. Er meinte, diesmal würde er meine Mutter noch gehen lassen, wenn sie die Sternchen bezahlte, aber beim nächsten Mal würde er die Polizei rufen.

»D-u-m-m.« Immer wieder schüttelte meine Mutter den Kopf.

Als ich am Weihnachtsmorgen aufwachte, wußte ich, daß es in der Nacht geschneit hatte, denn ich hörte die Schneeschaufeln über den Bürgersteig kratzen. Es widerstrebte mir, Iris die Sternchen zu schenken, aber mir blieb nichts anderes übrig. Ich wollte das lachende Gesicht des Mannes vergessen, das immer wieder vor mir auftauchte. Von jetzt an würde ich vermutlich jedesmal beim Jacks-Spielen daran denken, daß meine Mutter fast ins Gefängnis gekommen wäre.

Nach dem Frühstück zog ich meine neuen Halbschuhe und das Kleid an, das mein Vater und ich im vorigen Sommer zu meinem Geburtstag in der Großhandelsfirma gekauft hatten. Es hatte einen Faltenrock, so braun wie meine Halbschuhe, und ein Band um die Taille.

Da Iris auf der anderen Seite des Hofs wohnte, konnte ich ohne meine Galoschen gehen. Der Hausmeister hatte schon einen Weg freigeräumt. Das Gebäude war genau wie unsres, nur daß alles seitenverkehrt war, wie im Spiegel. Ich zählte die zweiundsiebzig Stufen zum vierten Stock und klingelte. An der Tür hing ein Schild, auf dem stand: »Die OPALS wünschen fröhliche Weihnachten.«

»Fröhliche Weihnachten!« kicherte Mrs. Opals, die die Tür öffnete. Sie roch seltsam, nicht nach »White Shoulders«, das meine Mutter Mr. Opals manchmal abkaufte. Er handelte nebenbei mit Parfüms und Schals, und laut meiner Mutter tat er das, um die ganzen Kurse für Iris und Ivy bezahlen zu können.

»Was ist das?« fragte ich Mrs. Opals und deutete auf das dicke gelbe Zeug in der Tasse, die sie in der Hand hielt.

»Schnaps«, antwortete sie. Dann kam Mr. Opals mit einer Flasche Likör und goß etwas davon in das gelbe Zeug. Es roch wie Hustensaft. »Oh, du-u-u«, sagte sie.

Während ich ins Wohnzimmer ging, hörte ich Mr. Opals hinter mir sagen: »Jetzt habe ich dich!« Ich drehte mich um und sah, wie er Mrs. Opals direkt auf den Mund küßte. Meine Eltern küßten sich immer nur auf die Wangen, aber wir hatten zu Hause auch nie Mistelzweige. Es war wie im Kino: Sie hielten sich umarmt, und ihre Augen waren geschlossen.

»Du kannst mein Geschenk hierher legen.« Iris deutete unter den Baum, wo eine Menge zerrissenes Geschenkpapier und Bänder lagen. Das Päckchen mit den Sternchen war in Papier eingewickelt, das meine Mutter vom letzten Jahr aufgehoben hatte, und das grüne Band stammte von einer Keksschachtel. Das Ganze sah nicht besonders gut aus. Der Baum dagegen war sehr schön und nahm die ganze Ecke des Zimmers ein, bis hinauf zur Decke. An der Spitze thronte ein Engel aus Silberfolie. An den Zweigen hingen rote, grüne und goldene Kugeln, außerdem Zuckerstangen und etwas, das Engelshaar hieß, wie Iris' Schwester Ivy behauptete. Vielleicht flunkerte Ivy aber auch. Sie war erst in der dritten Klasse der Konfessionsschule, die auch Iris besuchte.

Dann kam Ione angelaufen, die gerade mal zwei war, und stellte sich neben Ivy und Iris. Sie sahen aus wie die drei Bären in meinem Kinderbuch: klein, mittel und groß. Alle drei trugen sie blaue Samtkleider mit Organdykragen, hellblaue Kniestrümpfe und Lackschuhe. Ich fühlte mich so häßlich, daß ich am liebsten im Boden versunken wäre.

Iris und Ivy zeigten mir ihre Geschenke. Das beste waren die roten Hutschachteln, in denen sie alles mögliche unterbringen konnten, zum Beispiel die Gymnastiktrikots und das ganze Schminkzeug für ihren Schauspiel- und Mannequinunterricht. Oben auf den Schachteln waren in Goldbuchstaben ihre Namen geschrieben: Iris Dawne Opals und Ivy Deanne Opals. Das »I« stand für Mrs. Opals' Vornamen, Irene, und das »D« für Mr. Opals, der Donald hieß. Ich hatte keinen mittleren Namen, was schlimm genug war, und dann hatten meine Eltern mich ausgerechnet auch noch Ruth genannt. Ich hatte zwei Cousinen und zwei Klassenkameradinnen, die Ruth hießen, ganz abgesehen von Ruth Silberman in der Arden Street 42, dem Haus zwischen unserem und dem von Iris.

Iris zeigte mir, wie man den Arm unter das Band über der Hutschachtel schob und hin und her schritt wie ein Mannequin.

»Halt das Kinn hoch«, ermahnte mich Mrs. Opals, bevor sie sich erkundigte, was ich zu den Feiertagen bekommen hätte.

Ich tat, als hätte ich nichts gehört, und betrachtete die Figürchen, die auf der Heizungsabdeckung standen.

»Ist die Krippe nicht zum Sterben schön?« meinte Ivy.

Als ich fragte, was eine Krippe sei, war es einen Moment ganz still im Zimmer. Dann erklärte mir Ivy, es habe etwas mit Religion zu tun. Neben Stunden in Schauspiel, Tanzen und Eislaufen hatte sie auch Katechismusunterricht.

»Sehr hübsch«, sagte ich über die Figürchen, aber sie sahen irgendwie farblos aus, wie die Plastikblumen in unserem Wohnzimmer, die so blaß waren, weil meine Mutter sie immer wusch.

»Du hättest mit uns zur Mitternachtsmesse gehen sollen«, fand Iris. »Es war wie eine Aufführung in der Music Hall.« Mr. Opals warf ihr einen merkwürdigen Blick zu, sagte aber nichts. Sie spielte mir die verschiedenen Rollen vor, sogar wie die Chorknaben durchs Kirchenschiff geschritten waren und wie der Priester die Arme gehoben hatte.

Mrs. Opals lächelte verzückt. »Du bist eine geborene Schauspielerin«, sagte sie, und zu Mr. Opals gewandt fügte sie hinzu: »Ein Sohn wäre nicht halb so begabt gewesen.«

»Das ist eben meine Tochter!« antwortete er.

Ivy war wohl eifersüchtig geworden, denn sie zog plötzlich ihre Spitzenschuhe an, um mir zu zeigen, wie sie auf einem Fuß auf der Spitze stehen konnte. Ihre Arabeske sah aus wie die von Mitzi, weil ihr Bein auch nicht gerade nach hinten gestreckt war, und dann rutschten ihr die Haare aus der Hochsteckfrisur und fielen über ihre Schultern wie eine Pferdemähne. Mr. Opals konnte gerade noch den Baum vor dem Umfallen bewahren, als Ivy das Gleichgewicht verlor.

»Du nutzloses, ungeschicktes Kind!« schrie Mrs. Opals, aber Ivy tat, als mache es ihr überhaupt nichts aus. Ihre Mutter schrie sie immer an, weil sie nicht so graziös war wie Iris.

Ich ging mit Ivy in die Küche, damit sie mir ihre Pirouetten auf dem Linoleum vorführen konnte. Als Ione hinterherkrabbelte, traf Ivys Fuß sie am Arm. Ione schrie. Mrs. Opals konnte Ione gar nicht mehr beruhigen, was wiederum Mr. Opals ganz nervös machte.

»Du bist doch derjenige, der nicht wollte, daß Mrs. Zimmer babysittet«, sagte Mrs. Opals. Mr. Opals warf ihr einen Blick zu, als würde er sie am liebsten umbringen.

Da kam Iris herein. »Ich will jetzt endlich unsere Geschenke aufmachen. Und du?«

»Ja«, sagte ich zu meinen überkreuzten Zehen.

Wir gingen wieder ins Wohnzimmer. »Du zuerst«, sagte ich.

Iris riß das Papier ab. »Jacks!« schrie sie. »Wie wunderbar!« Flüsternd gestand sie mir, daß sie zehn Rosenkränze gebetet hatte, um mehr Spiele zu Weihnachten zu bekommen.

»Nicht flüstern«, mahnte Mrs. Opals. »Und du wirst nicht deine Zeit vergeuden, hörst du, du hast wichtigere Dinge zu tun.« Sie drehte sich zu mir um und lächelte breit, so daß ich die vielen Jackettkronen sah, die sie sich in ihrer Zeit als Mannequin hatte machen lassen. »Sag deiner Mutter, meine Liebe, daß das sehr aufmerksam von ihr war«, trug sie mir auf. »Aber ich fürchte, Iris muß sich darauf konzentrieren, das Beste aus den Gaben machen, die Gott ihr geschenkt hat.«

Ohne nachzudenken, erklärte ich, das mit dem Spiel sei meine Idee gewesen. Sie und Mr. Opals warfen sich einen Blick zu, er zuckte die Schultern. »Was man sät«, sagte er. Ich wußte, daß das aus der Bibel stammte, hatte aber keine Ahnung, was es bedeutete.

»Jetzt du«, forderte mich Iris auf.

Ganz offensichtlich war es ein Buch. Ich packte es aus, ohne das Papier zu zerreißen. Es war *Pollyanna*, das ich mir schon aus der Bücherei geliehen hatte, aber ich sagte trotzdem: »Vielen herzlichen Dank.«

Plötzlich fing Mrs. Opals an zu singen wie ein Opernstar. Mr. Opals erwähnte etwas von einer Marionette, zumindest dachte ich das zuerst, aber Mrs. Opals erklärte, *Naughty Marietta* sei ein Stück, in dem sie einmal aufgetreten sei. Dann blies Mr. Opals auf einer Mundharmonika, und wir hörten Iris und Ivy zu, die Weihnachtslieder sangen. Anschließend sangen wir alle gemeinsam »Away in a manger, no crib for a bed«. Die Worte über das Jesuskind sang ich nicht wirklich, ich bewegte nur die Lippen. Mr. Opals mußte es gemerkt haben, denn hinterher sagte er: »Jesus hat uns sein Leben geschenkt, das dürfen wir nie vergessen.«

»Spaß gehabt?« fragte meine Mutter, als ich heimkam. Sie war überrascht über das Geschenk, das Mrs. Opals mir für sie mitgegeben hatte: drei Bilder in Schwarzweiß von Iris, Ivy und Ione in verschiedenen Posen. Jedes Foto war signiert.

Auf der Rückseite von Iris' Foto stand: »Für Mrs. Zimmer mit lieben Grüßen, Iris Dawne Opals.«

Ivy hatte geschrieben: »Für Mrs. Zimmer: Ausrufezeichen! Punkt daneben. Sie vergess ich nie im Leben. In Liebe, Ihre Freundin Ivy Deanne Opals.«

Auf die Rückseite von Iones Bild hatte Mrs. Opals geschrieben: »Von der Familie Opals, in freundlicher Erinnrung, für die liebe Mrs. Zimmer und ihre entzückende Tochter Ruthi.« Sie hatte das »e« am Schluß meines Namens weggelassen, und ich schlug »Erinnrung« im Wörterbuch nach. Sie hatte es ebenfalls falsch geschrieben.

Als ich wieder in die Küche kam, saß meine Mutter noch immer da und starrte die Fotos an, die sie vor sich auf dem Tisch ausgebreitet hatte.

»Sie sind nicht natürlich schön«, urteilte sie. »Nur Show, wie eine S-c-h-a-u-s-p-i-e-l-e-r-i-n.« Das sagte meine Mutter immer, wenn Iris und Ivy zur Schminkschule gingen. Ich fand sie trotzdem großartig, sogar wenn sie nicht herausgeputzt waren. Ich hätte gern so ausgesehen wie sie, Unterricht gehabt und wäre eines Tages berühmt geworden, was sie laut meiner Mutter bestimmt einmal schaffen würden.

Schließlich legte meine Mutter die Fotos in eine Schublade. »Welches Geschenk?« grübelte sie und meinte damit die Frage, was wir Mrs. Opals im Gegenzug schenken könnten.

Meine Mutter machte drei Topflappen für Mrs. Opals und nahm sie mit, als wir sie am letzten Sonntag in den Weihnachtsferien besuchten. Ich sollte die ganze Familie zum Eislaufen begleiten, außer Ione, auf die meine Mutter inzwischen aufpassen würde. Doch Mrs. Opals verhielt sich sehr seltsam. Zuerst bedankte sie sich bei meiner Mutter für die Topflappen und betonte, wie hübsch sie seien, obwohl sie wußte, daß sie auf einem einfachen Rahmen gewebt worden waren. Das Blau und das Gelb paßten nicht zu ihrer Küche. Dann erklärte Mrs. Opals mir lang und breit, daß Iris und Ivy Unterricht im Figurenlaufen im Rockefeller Center bekommen würden, statt im Wollman Memorial zu laufen, wie ich angenommen hatte.

Langsam dämmerte es mir: Mrs. Opals wollte nicht, daß ich sie begleitete, wegen meiner Kleider. Ivy war in Pink angezogen, mit einem sehr kurzen Rock, der abstand wie bei einer Ballerina. Das Kostüm von Iris war grün und mit Glitter besetzt, und sie trug dazu passende Handschuhe ohne Finger, die bis zu den Ellenbogen reichten. Ich hatte nur meine braune Kordhose und eine Seemannsjacke an. Aber ich weinte erst, als sie weg waren.

Nicht lange danach stellte meine Mutter fest, daß Ione heftigen Durchfall hatte. Kaum hatte sie ihr die Windeln gewechselt, mußte sie es wieder tun. »Bestimmt etwas Falsches gegessen«, mutmaßte meine Mutter. Sie schaute in den Kühlschrank, öffnete die Milchflasche und roch daran. »Sauer.« Im Medikamentenschränkchen war nichts, was sie ihr hätte geben können, und Chernaks Drogerie an der Straßenecke war geschlossen, also schickte sie mich los, um nachzuschauen, ob die große Drogerie in der Dyckman Street aufhatte. Im Vorbeigehen sah ich das Schild »Geschäftsaufgabe« bei Schiffman's Toys, aber Mitzi hing noch im Schaufenster.

Als ich meiner Mutter berichtete, daß die Drogerie zuhatte, beschloß sie, mit Ione zur Ambulanz des Jewish Memorial zu gehen. Es war so voll, daß wir den ganzen Nachmittag dort verbringen mußten. Meine Mutter hatte die Milchflasche mitgenommen, um sie dem Arzt zu zeigen, was ich für ziemlich dumm hielt, aber er lächelte sie an und tippte sich an die Schläfe, als wolle er sagen, das habe sie sehr gescheit gemacht.

Mr. Opals mußte den Zettel gefunden haben, den ich auf dem Küchentisch zurückgelassen hatte, denn er kam in die Ambulanz gelaufen und schrie, er wolle unter vier Augen mit einem Doktor sprechen. Ein Arzt erschien, und sie schlossen die Tür hinter sich, aber ich konnte sie trotzdem hören. Mr. Opals sagte: »Meine Frau hätte die Kleine nicht unter der Aufsicht einer taubstummen Frau zurücklassen dürfen.« Der Arzt erklärte ihm, ohne meine Mutter wäre Iones Zustand kritisch geworden. Ich wußte nicht genau, was das bedeutete, vermutlich meinte er damit schwerkrank, vielleicht auch tot.

Als Mr. Opals wieder herauskam, war er sehr still, und er legte meiner Mutter den Arm um die Schultern. Inzwischen war auch Mrs. Opals eingetroffen, mit den Händen im Pelzmuff, mit dem sie beim Sprechen herumfuchtelte. Immer wieder forderte sie Mr. Opals auf: »Frag ihn, los, frag ihn.« Mr. Opals warf ihr einen seiner Blicke zu. »Gut, dann frage ich ihn eben selbst«, sagte sie und erkundigte sich beim Arzt, ob Ione wohl am nächsten Tag Modell stehen könne.

Ich machte mir nicht die Mühe, es meiner Mutter zu übersetzen, ich wußte, was sie erwidern würde. »Zuerst das Baby«, predigte sie immer, wenn wir an den Kinderwagen vorbeigingen, die vor den Bars in der Nagle Avenue standen. Meine Mutter trug Ione in ihrer Decke mit den Initialen IDO bis vor unser Haus, wo Mrs. Opals ihr das Kind abnahm. Sie lud uns beide zu einem festlichen Essen mit gebackenem Schinken ein, aber meine Mutter formte die Lippen zu einem »Nein, vielen Dank«.

Mr. Opals nahm seine Geldbörse heraus und gab meiner Mutter zusätzlich zu den zwei Dollar, die er ihr für die vier Stunden schuldete, noch fünf Dollar extra. Erst wollte sie das Geld nicht nehmen, aber er drängte es ihr auf. »N-ü-t-z-l-i-c-h für eine S-p-a-n-g-e«, sagte sie zu mir. Sie hatte vor, das Geld für die Spange zu sparen, die ich nach Meinung des Zahnarztes in der Junior Highschool brauchen würde. Ich begleitete die Opals hinauf, um meine Schlittschuhe zu holen, dann ging ich nach Hause.

Nach dem Essen befahl mir meine Mutter, Mrs. Opals anzurufen und mich nach Ione zu erkundigen.

»Ich wollte euch auch gerade anrufen. Frag deine Mutter, ob sie morgen nach der Schule auf Ivy aufpassen kann. Iris hat Vorsprechen, und ich muß mit Ione zu einem Fototermin. Cribs. Die haben Filialen im ganzen Land.«

»V-e-r-r-ü-c-k-t«, fand meine Mutter, aber sie sagte zu. Dann fragte Mrs. Opals, ob ich mit Iris sprechen wolle. Ich hatte keine Lust, aber Iris kam trotzdem an den Apparat und erzählte mir von Linda Lindemanns geplanter Party.

»Sie wird dich auch einladen«, sagte sie. Dann war es lange still, bis sie fragte: »Ruthie, darf ich dich um etwas bitten? Ich möchte Linda die Jacks-Sternchen schenken.«

Während ich Iris zuhörte, die mir von einer Sprechprobe zu einem Stück namens *McDonald's Farm* erzählte, war mir ganz übel. Sie versuchte die Rolle des Milchmädchens zu bekommen oder, falls es mit dem Milchmädchen nicht klappte, die der Gans. Das war die kleinere Rolle. Ihre Mutter hatte ihr aufgetragen, jeden Tag für beide Rollen zu üben. »Wenn ich eine Rolle kriege«, erklärte Iris, »werde ich ständig bei den Proben sein, dann habe ich sowieso keine Zeit mehr fürs Jacks-Spielen.«

»Okay«, sagte ich.

»Du bist nicht böse?«

»Warum sollte ich böse sein?«

Als ich aufgelegt hatte, dachte meine Mutter, ich sähe so traurig aus, weil sie mich nicht mitgenommen hatten zum Eislaufen, aber ich erklärte ihr, ich dächte darüber nach, was ich Linda Lindemann schenken könnte. Vor allem weil Alan Goldfarb, in den ich verknallt war, ebenfalls auf der Party sein würde, aber das sagte ich meiner Mutter nicht. Linda hatte praktisch schon alles, sogar ein Zimmer für sich allein und eine Clownsmarionette. »Hat viele S-p-i-e-l-s-a-c-h-e-n«, setzte ich meiner Mutter auseinander.

Ein paar Minuten lang saßen wir schweigend am Küchentisch. Dann winkte mir meine Mutter, um meine Aufmerksamkeit zu wecken. »Ich weiß was«, sagte sie und sah sehr glücklich aus. »Taschentücher sind n-ü-t-z-l-i-c-h.« Sie beugte sich vor und nahm sie aus der Schublade. Natürlich waren sie weiß.

Linda braucht Taschentücher ungefähr so dringend, wie sie weitere Jacks braucht, dachte ich. Sie besaß schon zwei Sets Sterne, eines in Silber und eines in Rot und Grün. Ich war mir sicher, daß Iris das nicht wußte, und fühlte mich auf einmal viel besser.

In der folgenden Woche kam Mr. Opals das erste Mal in unsere Wohnung. Er gab meiner Mutter zwei Päckchen, die in Papier mit winzigen roten Blümchen eingewickelt waren, und küßte sie, aber nur auf die Wange. »Danke«, sagte er, und sie zeigte ihm, wie man sich in der Gebärdensprache bedankte, indem man jemandem eine Kußhand zuwarf.

Mir erzählte er, daß Iris im Stück das Milchmädchen spielen würde und Ivy die Gans, denn das andere Mädchen sei krank geworden. Dann fragte er mich, ob es etwas gebe, was ich mir wünschte. Selbst wenn Schiffman's den Laden noch nicht aufgegeben hätten, was aber der Fall war, wäre Mitzi zu teuer gewesen. Also wünschte ich mir eine Hutschachtel.

Er machte schon den Mund auf, um mich zu fragen, was ich mit einer Hutschachtel anfangen wolle, überlegte es sich aber doch anders. »Es ist mir ein Vergnügen.« Bevor er ging, erinnerte ich ihn daran, daß Ruthie mit einem »e« am Schluß geschrieben wurde.

Als er weg war, öffnete meine Mutter die beiden Päckchen, sehr sorgfältig, weil sie das Geschenkpapier aufheben wollte. Im kleineren Päckchen war ein Halsband mit einer goldenen Kette und dem Buchstaben »H«, für Hannah, den Namen meiner Mutter.

»Woher weiß er das?« fragte sie.

Im anderen Päckchen war eine große Flasche »White Shoulders«. Sie öffnete sie und roch daran. »Wie Blumen.« Sie tupfte sich einen Tropfen hinter jedes Ohr und in den Nacken. Dann hielt sie mir die Flasche unter die Nase.

»S-t-i-n-k-t«, fand ich.

Sie lächelte so, daß ihre Grübchen zu sehen waren. »Nicht b-i-l-l-i-g, echtes Parfüm.«

»Geldverschwendung«, sagte ich.

Sie schüttelte den Kopf. »Nein, nein, n-ü-t-z-l-i-c-h«, antwortete sie. »Hält lange.«

Fort Arden

Das Gute an Glory und Roy Rogers war, daß sie keine Feiglinge waren und sich trauten, auf dem Dach zu spielen.

Mir kam die Idee, als wir vor dem Haus Fischer-welche-Fahne-weht spielten. Ich war der Fischer, und die anderen Kinder versuchten über den Fluß zu kommen. »Fischer, welche Fahne weht heute?« schrien sie.

Normalerweise gab ich Farben an. Sie konnten den Fluß überqueren, wenn sie ein Kleidungsstück in der Farbe anhatten, die ich nannte, aber als ich einen Heißluftballon über dem Dach unseres Hauses verschwinden sah, sagte ich: »Ja, ihr dürft rüber, wenn ihr bereit seid, mit aufs Dach zu gehen.«

Glory kam sofort her, und Roy Rogers folgte ihr. Die anderen blieben jedoch vor der kleinen Mauer zwischen dem Hauseingang und dem Garten stehen.

»Das ist nicht fair«, sagte Tommy, der Älteste der Shanahan-Kinder.

»Was ist los?« rief Glory.

»Ja, was ist los?« wiederholte Roy Rogers. Er war erst sieben, aber er machte Glory immer alles nach.

»Zu gefährlich«, behauptete Tommy.

Glory schnaubte. Roy Rogers versuchte ebenfalls zu schnauben, aber es hörte sich eher so an, als würde er die Nase hochziehen.

Dann kreischte Pat Shanahan: »Wir können nicht, unsere Mutter will das nicht.«

»Dann erzählt's ihr doch nicht.« Glory rollte ihre dunklen Augen.

»Du verstehst gar nichts«, erwiderte Tommy. »Wir müßten es dem Priester beichten, es hat also überhaupt keinen Zweck.«

»Das ist ja toll!« Ich tat, als würde ich mir den Bauch halten vor Lachen.

Robin Reinstein stand neben den Shanahan-Kindern und ließ eine ihrer braunen Haarsträhnen über den Finger rollen. Ich schaute sie an.

»Ich kann nicht«, sagte sie und ließ ihre Haare los, um zu ihrem Fenster im dritten Stock zu deuten. »Meine Mutter sieht's sofort, wenn ich weg bin.«

Ich blickte hinauf. Mrs. Reinstein stand am Herd gleich neben dem offenen Fenster, in einem rot-weiß karierten Hauskleid. Sie winkte uns zu.

Dann fiel mir ein, was wir am Memorial Day getan hatten. »Das hat dich aber nicht davon abgehalten, mit uns zum Gäßchen zu gehen und da du weißt schon was zu machen.«

Ich beobachtete, wie sie eine komische erdbeerrote Farbe annahm, es fing bei den Ohren an und breitete sich dann über die Wangen aus wie Nesselsucht.

»Sie wird rot«, sagte Tommy Shanahan.

»Nein, werd ich nicht!«

»Doch!«

»Ihr seid ja doof«, rief Robin, »genau wie Ruthies Mutter.«

»Meine Mutter ist nicht doof! Sie ist taubstumm! Du bist doof, wenn du nicht mal weißt, was der Unterschied ist.«

»Ach, mit so einem Feigling will man doch sowieso nicht spielen.« Glory warf den Kopf zurück, daß ihre schwarzen Ponyfransen flogen. Sie hakte sich bei Roy Rogers unter, und beide kamen zu mir herüber. Ich nahm Glorys anderen Arm. So marschierten wir zum ersten Treppenabsatz, dann drehten wir uns um.

»Angsthasen!« rief Roy Rogers nach unten.

Wir stiegen zum zweiten Absatz hinauf, wobei wir auf jeder Stufe fest aufstampften.

»Riesenangsthasen!« schrie Glory.

Auf dem dritten Absatz brüllte ich: »Die größten Angsthasen auf der ganzen Welt!«

Als wir auf dem Dach ankamen, war der Ballon nirgends zu sehen. Wir spähten über den Rand der Mauer. Unten auf dem Bürgersteig spielten die Shanahan-Kinder Ochs-vorm-Berg mit Iris und Ivy Opals.

»Was machen wir jetzt?« fragte Roy Rogers.

»Hör auf zu kratzen.« Glory schlug ihm die Hand aus den lockigen Haaren.

»Keine Ahnung«, sagte ich. »Was meint ihr?«

»Spielen wir doch Trau-dich«, schlug Glory vor. »Ich fang an.«

»Das müssen wir erst ausmachen«, widersprach ich.

»Eins, zwei, drei!« rief Glory schnell. Sie wußte, daß das mein Lieblingsspiel war.

Glory und ich hielten eine Faust hinter den Rücken. Roy Rogers zählte. »Eins, zwei, drei RAUS!«

Glory streckte zwei Finger aus, ich einen. Also fing sie an.

Es dauerte nicht lange, bis sie sich etwas ausgedacht hatte. Sie ging geradewegs zu den Wäscheleinen, an denen Wäsche zum Trocknen hing. »Du mußt die Sachen von zwei verschiedenen Leinen vertauschen.«

»Ha, ha«, machte ich und tauschte eine schwarze Socke von der einen Leine mit dem schwarzen von einer anderen. »Das merkt keiner.« Dann schaute ich mich nach etwas anderem um. Ich deutete auf eine blau gepunktete Boxershorts. »Die da gegen die Liebestöter.«

Roy Rogers und ich wären fast gestorben, als Glory hochsprang und die rosafarbene Hose von der Leine nahm. Als sie ihr herunterfiel, fingen wir hysterisch an zu lachen. Glory hob sie auf und ließ sie gleich wieder fallen, weil sie selbst so lachen mußte. Und dann war sie auch noch zu klein, um sie auf die andere Leine zu hängen, so daß ich die Leine herunterzog, während sie die Liebestöter festklammerte.

Nachdem wir auch die Boxershorts aufgehängt hatten, fingen sie und Roy Rogers an, kreischend auf der Dachpappe herumzurollen. Wir hörten nicht, wie Mrs. Krakowski die Tür öffnete, die normalerweise laut quietschte, aber wir hörten ihre dröhnende Stimme. »Gott!« sagte sie, als sie uns drei übereinanderpurzeln sah. Sie stellte einen großen Korb unter die Wäscheleine. Wir beobachteten, wie sie die Laken zusammenfaltete, und stießen uns an, als sie die Boxershorts abnahm.

»Ameisen in der Hose!« sagte Glory.

»Ameisen in der Hose!« sagte Roy Rogers. »Ich seh sie krabbeln.«

Ich fing an zu kichern und tat so, als bewegten sich die blauen Punkte auf dem Stoff.

Mrs. Krakowski murmelte etwas, was wir aber nicht verstanden. Sie schaute uns an, während sie die Liebestöter abnahm. Ich hätte sterben können. »So ein heißer Tag, nicht wahr?« sagte sie.

Glory trat nach mir, ich trat zurück. »Wirklich sehr heiß«, antwortete ich.

Danach sprach Mrs. Krakowski nur noch mit sich selbst. Als sie gegangen war, hatten wir solche Bauchschmerzen, daß wir nicht mehr lachen konnten.

»Und was jetzt?« fragte ich.

»Jetzt bin ich dran.« Glory machte plötzlich aus dem Stand eine Brücke. Mit dem Kopf nach unten meinte sie: »Die Wäsche ist weg, ich muß mir also was anderes überlegen.« Sie stand auf und hüpfte mit großen Ballettsprüngen über das Dach, bis sie am anderen Ende wie eine Statue stehenblieb, die Arme ausgestreckt. »Kommt her«, schrie sie.

Als ich bei ihr war, deutete sie mit dem Kinn zu der Mauer, die unser Dach von der Arden Street 26 trennte, deren Dach aber nicht so hoch war wie unseres. Mit zusammengepreßten Lippen lächelte Glory: »Trau dich und spring.«

»Das ist ja wohl zuviel«, sagte ich, »und wenn ich mir den Hals breche ...«

»Au«, sagte Glory.

»Au«, sagte Roy Rogers.

Selbst wenn ich es schaffte, auf die Mauer zu klettern, würde ich mich beim Runterspringen auf der anderen Seite blutig schlagen. Ich hörte schon meinen Vater: »Ich brech dir den Hals.« Dann schaute ich in Glorys schwarze Augen und hatte eine Idee. »Okay, paßt auf.«

Ich kniete mich auf das Mäuerchen am Dachrand, das ungefähr halb so hoch war wie die Trennmauer, und wandte mein Gesicht von der Arden Street ab, die sechs Stockwerke unter mir lag.

»Was machst du?« fragte Glory.

»Ich kann nicht hinsehen, ich kann nicht hinsehen.« Roy Rogers legte sich die Hand über die Augen.

»Das ist meine Trittleiter«, erklärte ich, stellte mich auf die Steinplatte und griff hinauf zur Trennmauer. Noch immer stand ich mit dem Rücken zur Straße. Ich hielt mich mit aller Kraft fest und zog mich hinauf. Dann saß ich oben, und meine Füße baumelten neben Glorys Kopf. Roy Rogers lugte zwischen den Fingern hindurch zu mir hoch. Sobald mein Herz aufhörte zu hämmern, drehte ich mich um, so daß meine Füße zur anderen Seite hingen. Aber das Mäuerchen am Rand von Nr. 26 reichte nicht so hoch, wie ich gedacht hatte.

Hinter mir kreischte Roy Rogers: »Sie macht's! Sie macht's!«

»Halt den Mund, Blödmann«, sagte Glory.

Wenn jetzt doch nur jemand aufs Dach käme, dachte ich, meinetwegen sogar Mrs. Krakowski. Es tat mir leid, daß wir uns über sie lustig gemacht hatten.

»Hast du's dir anders überlegt?« fragte Glory.

Während ich mich hinuntergleiten ließ, hielt ich mich fest, aber für die letzten paar Zentimeter mußte ich loslassen. Sobald ich fühlte, daß meine Füße das Mäuerchen berührten, stieß ich mich ab und rollte auf das Dach. Dabei schrammte ich mir die Hände und ein Knie auf.

Ich hörte Roy Rogers klatschen und rufen: »Sie hat's gemacht, sie hat's gemacht!« Als ich hochschaute, waren er und Glory, die beide phantastisch klettern konnten, schon auf die Trennmauer gestiegen. Aber in die Mitte, nicht an den Rand.

Glorys Mandelaugen waren wie schmale Schlitze. »Also los«, sagte sie zu ihm.

Er beugte sich vorwärts, als wollte er springen, doch er wiegte sich nur vor und zurück.

»Worauf wartest du?« fragte sie.

»Soll ich dich auffangen?« bot ich an. Glory setzte zum Sprechen an. »Ich wette, du traust dich, in meine Arme zu springen«, sagte ich rasch zu Roy Rogers. »Aber zuerst mußt du dich hinsetzen.«

Er setzte sich, und ich stellte mich unter ihn. Dann beugte er sich nach vorn. »Eins-zwei-drei«, rief er und kam auf mich zu wie ein Bomberpilot. Er landete auf mir und drückte mich mit seinem Gewicht zu Boden, was er sehr witzig fand. Ich schrammte mir das andere Knie auf.

»Und jetzt du«, sagte ich zu Glory. »Aber dich fang ich nicht auf.«

»Ohne Fairneß keine Wiederholung«, sagte sie und stellte damit eine neue Regel auf.

»Fei-fei-feigling«, reizte ich sie.

Wieder verwandelten sich ihre Augen in Schlitze. Sie lief oben auf der Mauer zum Rand des Dachs. »Wenn *du* das kannst ...«, sagte sie. Plötzlich wurde mir klar, daß sie mit den Füßen nicht einmal in die Nähe des Mäuerchens auf meiner

Seite kommen würde, denn sie war ein ganzes Stück kleiner als ich.

Ich rannte hinüber zum Rand und schaute auf den Bürgersteig hinunter. »Die Shanahans!« brüllte ich. Obwohl Johnny mich nicht gehört haben konnte, sah er genau in dem Moment hoch.

»Los, der gehört dir!« sagte ich zu Roy Rogers.

»Peng! Peng! Du bist tot!« rief Roy Rogers und eröffnete das Feuer.

So wurde Fort Arden gegründet.

»Halt nach weiteren Feinden Ausschau«, befahl ich Glory, und dann rannten Roy Rogers und ich die fünf Stockwerke der Arden Street 26 hinunter und die sechs Stockwerke der Nr. 28 wieder hinauf. Als wir oben ankamen, begrüßte uns Glory spöttisch: »Warum hat das denn so lang gedauert?«

Kurz vor dem 4. Juli stellte ich eine Flagge, die Glory mitsamt allen achtundvierzig Sternen gebastelt hatte, in einem Loch am Rand des Dachs auf. »Jetzt weiß jeder in der Arden Street, daß wir das Fort erobert haben«, sagte ich.

Das mit der Flagge wußte ich von Mrs. Landau, die mit unserer Klasse die beiden anderen Forts in Inwood besichtigt hatte, Fort Tryon und Fort Washington. Sie hatte uns auch etwas von Uniformen erzählt, aber es war zu heiß, also banden wir uns nur Halstücher um.

An diesem Tag hielt Glory an der Kanone Wache, und ich stand neben ihr und beobachtete die Feinde unter uns. Roy Rogers marschierte am anderen Dachende auf und ab und trug seinen Besenstiel wie ein Gewehr geschultert.

»Schau!« sagte ich zu Glory, als er versuchte, ihn herumzuwirbeln. Dabei stieß er sich selbst gegen den Kopf und ließ das Gewehr fallen.

»Er ist ein hoffnungsloser Fall«, meinte Glory. »Erinnerst du dich, wie wir ihm beigebracht haben, ›Wer da?‹ zu rufen?«

»Ja«, sagte ich, obwohl ich es gewesen war, die es ihm beigebracht hatte. Er hatte gekichert, bis Glory ihm eine Ohrfeige gegeben hatte. »Nelson, das ist wirklich ernst. Wir spielen hier nicht Cowboy, Nelson.«

»Nenn mich nicht Nelson«, hatte Roy Rogers erwidert und mit dem Blödsinn aufgehört.

»Ich hoffe, er kommt jetzt nicht rüber«, sagte Glory. »Ich wollte dich nämlich noch fragen, wen du hübscher findest, Doris Day oder June Haver?«

»Doris Day. Aber sie ist nicht so hübsch wie Jane Powell.«

»Die findest du hübsch?« Glory tat, als wolle sie sich übergeben.

»Mrs. Reinstein«, sagte ich und deutete zum Bürgersteig hinunter. »Feuer die Kanone ab.«

»Bumm! Bumm! Bumm!« Glory donnerte los. Sie war sehr gut, was Geräuscheffekte anging.

Mrs. Reinstein verschwand im Hauseingang. Dann tauchte der Wagen von der Altkleidersammlung auf. Der Altkleidermann stieg vom Kutschbock herab.

»Feuer!« kreischte ich.

»Ruthie, ich hab dir doch gesagt, keinen mit 'nem Pferd.« Ihre Ponysträhnen flogen, als sie den Kopf zurückwarf. »Gleich wirst du mir noch sagen, ich soll auf die Irische Rose feuern.« So nannten wir den Tenor, der manchmal in der Seitengasse gegen Geld sang. Einmal hatten wir ihm einen Penny hinuntergeworfen. »Und komm ja nicht auf die Idee, ich soll auf den Kohlenmann schießen.«

Auf einmal sah ich, wie Roy Rogers mit seinem roten Halstuch winkte. Wir riefen ihn zu uns. Er zog einen Flunsch. »Wieso bin ich eigentlich ganz allein?«

Glory verwuschelte seine Locken. »Weil du der Wachposten bist.«

»Wer bestimmt das?«

»Ich«, sagte Glory. Ich warf ihr einen Blick zu. »Wir«, verbesserte sie.

»Aber ... ihr seid Mädchen«, antwortete er. »Die Armee ist nur für Jungs.«

»Roy Rogers, wenn du nicht so doof wärst ...«, fing Glory an und zog ihre Schultern hoch, um mir zu zeigen, wie wütend sie auf ihren Halbbruder war. »Also, erstens sind wir größer als du. Zweitens, was weißt du überhaupt? Und drittens bist du doof, ein richtiger Doofie.« Sie drehte ihm den Rücken zu, aber er blieb unbeirrt stehen.

»Außerdem gibt's doch Mädchen in der Armee«, ergänzte ich. »Dienstfreiwillige.«

»Siehst du?« sagte Glory und wandte sich ihm wieder zu. »Du Schwachkopf, du darfst heute nicht mehr Fort spielen.«

Roy Rogers' Gesicht verzog sich, als würde er gleich losheulen. Langsam ging er zum anderen Ende des Dachs und hob seinen Besenstiel auf, dann kam er zurückgerannt. Er richtete sein Gewehr auf Glory. »Peng! Du bist tot, tot, tot.«

»Ach ja?« Sie tat so, als schwenke sie die Kanone herum.

Roy Rogers sprang mit einem Satz auf sie zu. »Peng, peng!«

»Peng! Getroffen!« sagte eine tiefe Stimme hinter uns. Es war der Milchmann, der aus der Tür von Arden Street 42 mitten aufs Dach trat. Er trug zwei übereinandergestapelte Kisten mit leeren Milchflaschen, so daß wir sein Gesicht nicht sehen konnten, nur seine weißen Hosen.

»Peng!« sagte Roy Rogers.

»Peng, peng!« sagte ich.

»BUMM! BUMM!« sagte Glory.

Der Milchmann stellte die Kisten ab. Es hörte sich an wie Donnern. »Hehehehehehe«, sagte er und tat so, als würde er uns mit einem Maschinengewehr angreifen.

Roy Rogers fiel auf die Dachpappe.

»Ich steeerbe.« Glory stürzte über ihn.

»Lebt woooohl.« Ich ließ mich nach vorn fallen und verschied.

»Bis dann«, sagte der Milchmann und lachte, als er seine Kisten aufhob und über das Fort zu Haus Nr. 38 ging.

»Uff! Die Dachpappe stinkt ganz schön«, sagte ich. »Sie ist richtig weich.« Das lag natürlich an der heißen Sonne.

»Ist doch egal!« sagte Glory. »Wir müssen einen anderen Plan machen. Ein Feind bricht durch unsere Linien. Ab jetzt bin ich der General.«

Als wir das nächste Mal hinaufgingen, stellte Glory Roy Rogers an die Kanone. Ich mußte lachen, weil sie sich selbst und mich zu Wachposten an verschiedenen Seiten des Forts ernannte. Wir konnten uns noch nicht einmal miteinander unterhalten, es sei denn schreiend. Ich bereute es, daß ich meine Mutter nicht zum Park begleitet hatte, wo der Teich war. Robin Reinstein war gleich nach dem Mittagessen losgezogen. Es war so heiß, daß mir der Schweiß runterlief. Glory schwenkte ihr rotes Halstuch.

Als ich bei ihr war, verkündete sie: »Wir sind jetzt Pfadfinder.«

Zusammen gingen wir auf und ab und bewachten das Fort. Jedesmal wenn wir in der Mitte ankamen, sprachen wir ein paar Worte mit Roy Rogers, damit er sich nicht einsam fühlte. Es war so heiß, daß unsere Turnschuhe bei jedem Schritt an der Dachpappe klebenblieben. Ich war froh, als am Himmel Wolken aufzogen.

»Wetten, du traust dich nicht, hierzubleiben, wenn es anfängt zu regnen?« sagte Glory.

Ich ging sofort darauf ein; mein Vater war sowieso nicht zu Hause, sondern zum Kartenspielen in seinem Club in der Stadt.

Der Himmel zeigte ein noch dunkleres Grau, und dann

blitzte es. Riesige Regentropfen zerplatzten auf unseren Kleidern und auf dem Dach und bildeten große Pfützen. Als wir es donnern hörten, rannte Roy Rogers zur Tür.

»Geh runter und hol den Eimer!« schrie Glory ihm nach.

Der Regen strömte nieder wie die Niagarafälle. In wenigen Minuten waren wir durch und durch naß. Durch Glorys Kleid hindurch konnte ich ihre Unterhose erkennen.

Als Roy Rogers mit dem Eimer zurückkam, ließ Glory ihn mit Regenwasser vollaufen. »Der nächste, der unten vor dem Haus die Treppe hochkommt, kriegt die volle Ladung«, verkündete sie.

Wieder donnerte es. Roy Rogers rannte los. »Nicht loslegen, bevor ich zurück bin!« rief er.

Solange er weg war, ging niemand über die Haustreppe. Und als er zurückkam, nieselte es nur noch. Dann erschien Mrs. Krakowski auf dem Bürgersteig.

»Paßt auf, daß sie euch nicht sieht!« warnte Glory.

Wir duckten uns hinter das Mäuerchen.

»Hol den Eimer!« befahl sie Roy Rogers.

Mrs. Krakowski setzte einen Fuß auf die Treppe.

»Eins, zwei, drei ...«

Bevor Glory »Feuer« sagen konnte, schob Roy Rogers den Eimer an den Rand. Er rutschte ihm aus der Hand, das Wasser schoß heraus, brausend wie ein Wasserfall, und platschte unten auf den Boden. Der Eimer kam krachend hinterher. Mit den Gesichtern nach unten drückten wir uns auf die Dachpappe.

»Ist da jemand verrückt geworden?« hörten wir Mrs. Krakowski rufen. »Verdammt, wohnen hier nur noch Spinner?«

Neben mir klammerten sich Glory und Roy Rogers fest aneinander, einer kicherte am Hals des anderen und zum Teil auch an meinem. Die Vorderseite von Glorys pastellgrünem Kleid war voller Teerflecken. Roy Rogers' Gesicht und seine

Hände waren schwarz. Ich schaute an meiner Schürze hinunter, weil meine Mutter sich immer so anstellte, wenn etwas schmutzig wurde, aber die roten und blauen Blumen sahen ganz in Ordnung aus.

Dann spähte ich vorsichtig über den Rand. Mrs. Krakowski war verschwunden. Das Nieseln hatte aufgehört. Der halbe Himmel war schon wieder blau, und über die graue Hälfte spannte sich ein großartiger Regenbogen.

»Macht die Augen zu und wünscht euch was«, sagte ich, schloß die Augen und wünschte mir, später einmal so hübsch zu sein wie Doris Day.

»Was hast du dir gewünscht?« fragte Glory Roy Rogers in dem Versuch, ihm eine Antwort zu entlocken.

»Gib mir einen Nickel, und ich sag's dir.«

»Dann wird dein Wunsch nicht erfüllt«, warnte ich.

»Das ist mir egal.«

»Gut«, sagte Glory, »einen Nickel.«

»Einen Nickel«, sagte Roy Rogers.

»Also, was hast du dir gewünscht?«

»Hab ich doch gesagt, einen Nickel«, erwiderte Roy Rogers und brach in hysterisches Gelächter aus.

Glory sah aus, als wolle sie ihn mit ihren schwarzen Augen durchbohren. Dann drehte sie sich zu mir. »Was ist daran so komisch?«

Ich lachte mich fast kaputt. Sie stapfte davon und ließ Roy Rogers zurück, der sich vor mir in einer Pfütze wälzte.

Bald hatte ich Seitenstechen vor Lachen, und meine Zähne klapperten, denn es hatte abgekühlt, und ich war noch immer klatschnaß. Roy Rogers und ich gingen hinunter. Glory stand im Flur vor ihrer Wohnungstür. »Was machen wir jetzt?« fragte sie Roy Rogers. »Der Eimer ist nicht da.« Sie schaute mich gar nicht erst an.

»Mrs. Krakowski fragen?« Roy Rogers klang, als wisse er, daß es die falsche Antwort war.

»Wetten, du traust dich nicht?« sagte sie.

»Selber!«

»Dot nimmt bestimmt den Gürtel«, mutmaßte Glory. Schon öfter hatte sie mir rote Striemen auf ihrer Rückseite gezeigt. Meine Mutter behauptete, Dot habe ein ganz schön schlimmes Temperament, obwohl sie immer so nett zu mir war.

»*Ich* werd sie fragen«, beschloß ich. Meinen Eltern würde Mrs. Krakowski sicher kein Wort verraten; sie erzählte mir immer, wie leid sie ihr täten.

Einmal hatte ich Mrs. Krakowski auf der Haustreppe getroffen, und sie hatte gesagt: »Schrecklich.«

»Was?« hatte ich sie gefragt.

»Daß deine Eltern taubstumm sind.«

»Sie sind nicht stumm«, sagte ich. »Sie sind gehörlos. Aber sie sind daran gewöhnt, weil meine Mutter schon als Baby so war, und mein Vater hatte Meningitis, als er acht war.«

Sie schnalzte mit der Zunge. »Nie das eigene Kind hören zu können ...« Sie wollte mir zehn Cent geben. »Für Bonbons«, sagte sie.

»Das darf ich nicht«, log ich.

»Dann für etwas anderes.«

»Nein, danke, Mrs. Krakowski«, hatte ich höflich geantwortet.

»Ruthie fragt Mrs. Ameisen-in-der-Hose«, sang Roy Rogers und hüpfte auf und ab.

»Bleibt hier«, sagte ich. Ich hatte Angst, sie würden mich zum Lachen bringen.

Als Mrs. Krakowski mich vor ihrer Tür stehen sah, rief sie: »Gott! Eine abgesoffene Ratte!«

»Ich hab aus Versehen den Eimer fallen gelassen«, sagte ich. »Könnte ich ihn bitte zurückhaben?«

»Du?« Sie schlug sich an den Kopf. Und während sie in der

Wohnung verschwand, murmelte sie: »Was kann man da schon erwarten.« Sie kam mit dem Eimer zurück. »Deine Eltern, Gott segne sie, wissen es nicht besser. Was für ein Durcheinander.«

Ich fand eigentlich eher, sie wirkte durcheinander, wegen der Bluse, die ihr halb aus dem Rock hing, und wegen der Strümpfe, die sich um ihre dicken Knöchel rollten, aber ich sagte nur: »Vielen Dank, Mrs. Krakowski.« Dann nahm ich den Eimer und rannte zu Glory und Roy Rogers zurück.

Glory betrachtete den Eimer: »Oh, verdammt! Wir müssen ihn ausbeulen!« An der Seite hatte er eine tiefe Delle.

Dot war nicht zu Hause, also trocknete ich mir die Haare mit ihrem Fön, während Glory anfing, die Delle auszuhämmern. Dann saß Glory unter dem Fön, und ich hämmerte.

»Laß mich auch mal, laß mich auch mal«, bat Roy Rogers. Glory gab ihm den Hammer. Wir zogen beide unsere Kleider aus und schlüpften in Morgenröcke, damit Glory unsere Sachen trockenbügeln konnte. Bei ihrem eigenen Kleid klappte es gut, aber an meiner Schürze versengte sie eine Schulterrüsche. Die Streifen zwischen den roten und blauen Blumen waren nun braun statt weiß. Roy Rogers fand das lustig, aber er hörte auf zu lachen, als er sich mit dem Hammer auf den Fuß schlug.

Sobald es Zeit zum Abendessen wurde, ging ich hinauf. Meine Schuhe quietschten bei jedem Schritt. Das kümmerte mich wenig, weil meine Mutter es sowieso nicht hören konnte, aber beim nächsten Bügeln würde sie die versengte Stelle entdecken.

Als sie mich sah, seufzte sie auf. »Wie eine Negerin.« Sie stand in der Badezimmertür, während ich mir Gesicht und Hände wusch. »Gehört, was passiert ist?« erkundigte sie sich.

Ich schüttelte den Kopf und fragte mich, ob sie den Eimer meinte. Sie sah richtig ernst aus.

»Der Milchmann«, bedeutete sie, dann buchstabierte sie: »N-i-e-d-e-r-g-e-s-c-h-l-a-g-e-n.« Sie bewegte die Hände, um mir zu zeigen, wie jemand dem Milchmann über den Schädel gehauen hatte und daß er bewußtlos gewesen war, als Mrs. Shanahan ihn gefunden hatte. Das hatte sie meiner Mutter erzählt, als der Krankenwagen kam.

Wir gingen in die Küche, und sie stellte eine Schüssel mit Heidelbeeren und Sauerrahm auf den Tisch.

»Wo ist es passiert?« fragte ich.

»Auf dem D-a-c-h. G-e-f-ä-h-r-l-i-c-h.«

Plötzlich hatte ich keinen Hunger mehr, obwohl ich Heidelbeeren besonders gern aß.

»Alles okay?« fragte meine Mutter, aber ich tat so, als hätte ich schon bei Glory gegessen.

Später rief Mrs. Shanahan wegen des Milchmanns an. »Sag deiner Mutter, im Jewish Memorial haben sie gesagt, er hat eine Gehirnerschütterung«, meinte sie. »Er wird wieder gesund. Aber ich frage mich, was wohl noch alles kommt, wenn jemand auf unserem eigenen Dach fast umgebracht werden kann.«

»Der Milchmann ist fast u-m-g-e-b-r-a-c-h-t worden«, teilte ich meiner Mutter mit. »Er wird wieder g-e-s-u-n-d.« Ich wußte nicht genau, was eine Gehirnerschütterung war, also machte ich mir nicht die Mühe, das Wort zu buchstabieren.

»N-e-t-t-e-r Mann«, sagte meine Mutter über ihn. »Tut mir leid.« Sie nahm eine Bürste und machte sich daran, die Knoten aus meinen Haaren zu bürsten. Dabei bemerkte sie die versengte Stelle an meiner Schürze. »Ich bin d-u-m-m«, sagte sie. »Unvorsichtig gebügelt.«

Fast hätte ich den Mund gehalten, aber dann sagte ich es doch: »G-l-o-r-y hat gebügelt, hat es v-e-r-s-e-n-g-t.« Und dann erklärte ich ihr, daß wir im Regen naß geworden waren. Aber ich erzählte ihr nicht, daß wir auf dem Dach gespielt hatten.

Weil meine Mutter nicht böse wurde, legte ich die Arme um ihre Taille und schmiegte mich an sie. Ihr Bauch und ihr Busen waren wie weiche Kissen. Sie drückte mich fest an sich, dann ließ sie mich los. »S-c-h-a-d-e, die Schürze ist kaputt«, sagte sie und lächelte, so daß ich ihre Grübchen sehen konnte. In diesem Moment fiel mir ein, daß Glory sich nicht für meine versengte Schürze entschuldigt hatte. Aber so war sie eben. Sie hatte sich noch nicht einmal wegen des Eimers bei mir bedankt.

Nachdem meine Mutter mir die Haare geflochten hatte, nahm ich mir das Buch aus der Bücherei vor, aber ich konnte mich nicht konzentrieren. Ich wollte mit Glory über einen neuen Standort für Fort Arden sprechen. Die Steinmauer oben an der Treppe vor der Haustür war bestimmt hervorragend geeignet. Es gab dort viele lange Ritzen zwischen den Steinen, wir konnten uns dahinter verstecken und trotzdem unsere Feinde im Auge behalten.

Eines stand für mich fest: Von nun an würde ich der General sein. Glory und Roy Rogers waren mir einiges schuldig dafür, daß ich ihnen das Leben gerettet hatte.

Peola und Petunia

»Sie war reizlos wie die Sünde«, erzählte mir meine große Schwester. »Total unscheinbar, wenn du sie auf der Straße triffst, würdest du nie auf die Idee kommen, daß sie ein Hollywoodstar ist.«

»Wieso denn?« Ich war nicht sicher, ob ich ihr glauben sollte, was Jennifer Jones betraf. Im *Photoplay*-Magazin, das wir offen vor uns auf dem Küchentisch liegen hatten, sah Jennifer Jones meiner Meinung nach toll aus. Aber meine Schwester hatte sie von ganz nah gesehen, zufällig, in unserem Viertel, weil oben am Fort Tryon Park ein Film gedreht wurde.

Sie schob das Magazin näher zu mir. »Schau dir doch das ganze Make-up an. In dem Film benutzt sie keinen Lippenstift und keinen Augenbrauenstift. Und außerdem hat sie wahrscheinlich einen Haufen Schönheitsoperationen hinter sich.«

»Hast du das irgendwo gelesen?«

»Das ist doch bei allen so. Glaubst du, sie sind so perfekt geboren worden?«

Ich hatte keine Ahnung. Dot, die Mutter meiner Freundin Glory, war wunderschön, und ich wußte genau, daß sie noch nie eine Schönheitsoperation hatte machen lassen, aber das sagte ich nicht. Ich hatte das Gefühl, Melva würde das nicht gerne hören.

»Hilf mir, eine Entschuldigung zu schreiben«, sagte sie, denn sie hatte geschwänzt, um Jennifer Jones beim Filmen zuzuschauen. Sie schlug ihren Block auf. »Was könnte ich angeben?« fragte sie mich, obwohl sie schon in die Highschool ging und ich noch in die Grundschule. Mein Lehrer hatte gesagt, ich wäre in Englisch sehr fortgeschritten für mein Alter. Melva schrieb, was ich ihr diktierte:

Liebe Mrs. Hornbaker,

bitte entschuldigen Sie meine Tochter Melva Zimmer, sie hatte starke Bauchschmertzen und konnte deshalb heute die Schule nicht besuchen.

Hochachtungsvoll,
(Mr.) Albert Zimmer

»Du hast ›Bauchschmerzen‹ falsch geschrieben«, stellte ich fest.

»Wetten, daß nicht?«

»Klar.«

»Um was?«

»Wer recht hat, wird gekitzelt?«

»Okay«, sagte sie.

Nachdem sie das Wort nachgeschlagen hatte, korrigierte sie es und schrieb anschließend den Brief auf ein sauberes Blatt Papier ab. Sie übte die Unterschrift meines Vaters so lange in ihrem Block, bis ich zwischen ihrer und seiner keinen Unterschied mehr fand, dann unterschrieb sie den Brief. »Ich schulde dir einmal Kitzeln«, sagte sie. »Los, gehen wir ins Schlafzimmer.«

Auf dem Weg dorthin kamen wir an meiner Mutter vorbei, die im Wohnzimmer saß und einen Pullover für mich strickte. Sie hielt uns zurück, um mir das Strickzeug anzupassen, von der Taille bis zu der Stelle, wo sie jetzt mit dem Armloch beginnen wollte.

»Warum für sie, nicht für mich?« fragte Melva.

»Ich mache dir auch einen«, antwortete meine Mutter.

»Nie. R-u-t-h ist dein L-i-e-b-l-i-n-g«, sagte sie. »Die alte G-e-s-c-h-i-c-h-t-e.«

»Nein, ich liebe euch gleich.« Meine Mutter schüttelte den Kopf.

Im Schlafzimmer meinte Melva zu mir: »Am liebsten würde ich das Strickzeug nehmen und alles aufziehen.«

Mir war schrecklich zumute. Manchmal hatte ich ja auch das Gefühl, daß meine Mutter mich lieber hatte als sie, aber meinen Bruder liebte sie ganz sicher am meisten. »Sidney ist ihr Liebling«, entgegnete ich.

»Und du bist Daddys Liebling«, sagte Melva. »Und wessen Liebling bin ich?«

»Meiner.« Ich umarmte sie heftig, bis sie mich wegstieß und mir befahl, meinen Pyjama auszuziehen. Sie schloß die Schlafzimmertür. Ich trug nur noch meine Unterhose, als ich mich mit dem Gesicht nach unten aufs Bett legte, wie Melva es sagte.

Sie hielt die offene Haarspange in der Hand und fuhr mit dem gerundeten Ende lange auf meinem Rücken auf und ab. Es fühlte sich an wie im Himmel. Keine von uns sprach ein Wort, so konzentriert waren wir beide. Dann fing sie an meinem linken Bein an, vom Oberschenkel bis zum Knöchel und über die Kniekehle wieder hoch. Ein komisches Gefühl überlief mich, ähnlich wie das, das ich manchmal hatte, wenn ich im Bett an mir herumspielte, während Melva schon schlief. Dieses Gefühl machte mir immer ein bißchen angst, weil ich nicht wußte, was es war. Manchmal klopfte mein Herz so laut, daß ich dachte, ich würde sterben, und dann schwor ich, mich nie mehr da unten zu berühren. Aber irgendwann machte ich es dann doch wieder.

Als ich plötzlich zusammenzuckte, fragte Melva: »Was ist los?«

»Nichts.«

Sie begann mit dem anderen Bein, und als sie mit der Haarspange über meine Kniekehle fuhr, fühlte ich es wieder. Ich setzte mich schnell auf. »Ich habe keine Lust mehr auf Kitzeln.«

Sie schaute mich mißtrauisch an. »Warum?«

»Darum.« Ich stand auf und zog meinen Pyjama wieder an.

»Wenn du's mir nicht sagst, schick ich dir Peola auf den Hals.«

»Mama ist zu Hause«, erinnerte ich sie. Peola tauchte nie auf, wenn meine Mutter daheim war. Manchmal hatte ich den Verdacht, daß es Peola in Wirklichkeit gar nicht gab, aber sicher war ich mir nie. Und selbst wenn, war sie trotzdem unheimlich gruslig.

»Na gut, aber morgen abend ist Mama nicht daheim«, antwortete Melva, »und Sidney hat Softballtraining.« Sie kicherte, ein bißchen so wie Peola. »Hee ... hee ..., ha ... ha.«

»Ich hasse dich«, sagte ich und rannte zu meiner Mutter, bevor Melva mir einen Klaps geben konnte.

Am nächsten Abend, als meine Mutter mit meinem Vater zum G. Z. aufbrechen wollte, zum Gehörlosenzentrum, bat ich sie, dazubleiben.

»D-u-m-m-e-r-c-h-e-n«, meinte sie. »Ich komme wieder.«

»Sei brav«, sagte mein Vater laut, mit seiner barschen Stimme. Und dann waren sie verschwunden.

»Willst du Halma spielen?« fragte meine Schwester.

»Klar.« Normalerweise spielten wir immer eine Serie von fünfundzwanzig Spielen. Das dauerte lange und bedeutete, daß Peola eine ganze Weile nicht auftauchen würde. Wir spielten am Küchentisch, hockten auf unseren gekreuzten Beinen und rieben die Füße an den Wachstuchbezügen, die meine Mutter für die Stühle gekauft hatte. Beim Spielen ging es hin und her, mal gewann sie, dann wieder ich. Ich kaute die ganze Zeit an meinen Nägeln, und sie pulte an der Nase herum.

Irgendwann hatte ich ein paar Spiele Vorsprung, als plötzlich eine Kakerlake hinter dem Herd hervorkam, eine richtig große. »Mach sie platt«, sagte Melva, also schlug ich die Kakerlake mit meinem Hausschuh tot.

Als ich mich wieder hinsetzte, sah es auf dem Spielfeld anders aus. »Du hast doch nicht geschummelt, oder?« fragte ich. Manchmal gab sie es zu, aber diesmal behauptete sie, nichts getan zu haben.

Ich schlug sie trotzdem. Ein paar Spiele später erklärte sie: »Mir ist langweilig. Komm, schauen wir uns die neue *Silver Screen* an.«

Weil ich Angst hatte, sie zu verärgern, stimmte ich zu, obwohl ich Filmzeitschriften eigentlich blöd fand. Wen interessierte es schon, wen Mickey Rooney heiraten würde oder wohin John Derek seine neue Flamme ausführte? Ich ging gerne ins Kino, aber die Geschichten handelten fast nie von echten Leuten, es sei denn, sie waren tot.

Zuerst betrachtete Melva verzückt die Fotos von Montgomery Clift, dann die von Elizabeth Taylor, die sie für die schönste Frau der Welt hielt. »Ist sie nicht toll? Monty liegt ihr bestimmt zu Füßen«, schwärmte sie.

Mir gefielen Blondinen besser, aber ich sagte lieber nichts.

»Hier, was glaubst du, was ist am schönsten an ihr?« Sie deutete auf ein Foto von Elizabeth Taylor und ihren Pudeln.

Da Melva dunkle Haare hatte, meinte ich: »Ihre Haare?«

»Rat noch mal.«

»Ihre Augen?«

»Noch mal.«

»Ihre Figur?« Auf dem Foto trug sie einen sehr engen Pullover.

»Du bist dumm. Ihre Taille sitzt doch viel zu hoch.«

»Was denn sonst?«

»Ihre Nase. Siehst du das nicht?« Melvas Fingernagel fuhr die Umrisse von Elizabeth Taylors Nase nach. »Perfekt!« Als ich nichts erwiderte, schaute sie mich streng an. »Was meinst du?«

»Ich weiß nicht.«

»Du weißt es nicht? Du bist echt dumm«, sagte sie. »Gut, dann müssen wir eben Peola fragen.«

»Bitte«, meinte ich, »ich will nicht.«

Doch es half nichts. Melva machte das Licht aus, packte mich am Arm und zerrte mich zum Badezimmer. Auf dem Weg dorthin sagte sie: »Peola gibt es schon ein paar tausend Jahre. Sie sieht alles, hört alles, weiß alles, und sie mag kleine Mädchen wie dich. Aber nur, wenn es dunkel ist.« Und dann hörte ich Peolas schreckliches Kichern.

Im Badezimmer zischte Melva: »Jetzt sind wir in Peolas Höhle. Still!« Dann schloß sie die Tür hinter uns. Ich gab keinen Mucks von mir. Es war stockdunkel, nur durch das schmale Milchglasfenster fiel ein wenig Mondlicht.

Sie stellte mich auf den Badewannenrand und drückte mich mit dem Rücken an die Fliesen, die bis zur halben Höhe die Wand bedeckten. Als sich meine Augen an die Dunkelheit gewöhnt hatten, konnte ich eine Gestalt erkennen, aber es war nicht meine Schwester. Sie war kleiner, irgendwie bucklig.

»Ich bin Pe-o-la«, knarzte langsam eine seltsame Stimme, die zugleich höher und tiefer war als die meiner Schwester, sie hörte sich an wie die einer alten Frau. »Wie geht es meiner Pe-tu-nia?« krächzte sie, wobei sie die Silben dehnte. »Hab keine Angst!« Wieder gab sie das Kichern von sich, das mich in Panik versetzte.

»Ich bin nicht Petunia, ich bin Ruth«, sagte ich.

Sie kam mit ihrem Gesicht ganz nah. Ihr Kiefer war zur Seite verschoben, sie hatte keine Zähne. Ihre Lippen rollten sich über das Zahnfleisch. »Wenn du nicht Petunia bist, dann muß ich dich wohl in den Kerker sperren, zu den Ka-ker-laken und den Spin-nen …«

Mir war klar, daß es nur ihre Finger waren, die über meinen Körper krochen, aber es fühlte sich furchtbar echt an.

»… und zu den Mäusen!«

Als etwas an meinem Bein hochstrich, machte ich einen Satz und rutschte vom Badewannenrand ab. Peola fing mich auf, kichernd wie eine Verrückte. »Hi-hi-hiii, ah-ha-haaa, jetzt hab ich dich, Petunia.« Ihre Arme umschlangen mich fest, preßten mich an ihren Körper.

Die Form der Brüste fühlte sich vertraut an. »Du bist es, Melva!« sagte ich. »Hör auf damit!«

Die Hände packten mich an den Schultern und stießen mich zurück. »Du wirst Melva nie wiedersehen!« Das verzerrte Gesicht preßte sich erneut an meins. »Schau mich an!« befahl sie.

Ich sah ihr ins rechte Auge, das heißt an die Stelle, an der das Auge hätte sein sollen. Da war nichts. Keine Pupillen, nur weißes Zeug. Ich fing an zu schreien.

»Wer bist du, kleines Mädchen?«

»Petunia.«

»Und wer bin ich?«

»Peola.«

»Und wer ist die schönste Frau der Welt?«

»Elizabeth Taylor«, sagte ich, und weil ich wußte, daß noch etwas fehlte, fügte ich hinzu: »Wegen ihrer Nase.«

»Und wer ist die häßlichste?«

»Du!«

»Hii-hiii-iii! Du bist ein braves Mädchen, wenn ich Melva wieder zurückbringe, wird sie dir ein Geheimnis verraten. Jetzt mach die Augen zu und sag zehnmal Abra-ka-da-bra.« Während ich das tat, humpelte Peola zum Lichtschalter. Als es hell wurde, war Melva da und lächelte so breit, daß ich ihre Grübchen sehen konnte.

Wir gingen ins Schlafzimmer. Diesmal saßen wir auf ihrem Bett, unter dem Foto mit dem Autogramm von Montgomery Clift. Die Knicke aus der Zeit, als sie mit dem Foto unter dem Kissen geschlafen hatte, waren deutlich zu sehen.

»Schwöre, daß du es niemandem erzählst«, sagte Melva.

Ich bog meinen kleinen Finger zu einem J, legte die Spitze auf meine Unterlippe und führte den Finger dann in einem Bogen nach oben. Ich schwor bei Gott, ich würde es niemandem sagen.

»Sie reden über mich«, wisperte sie.

»Wer?«

»Die Flittchen in meiner Klasse.«

Ich wußte nicht, was ich sagen sollte.

»Glaubst du mir nicht?« fragte sie verärgert.

»Natürlich glaube ich dir.«

»Sie lachen über meine Nase«, flüsterte sie.

»Warum flüsterst du?«

»Damit sie mich nicht hören«, erwiderte sie erbost.

Es hätte mir klar sein müssen, daß ich Peola nicht so leicht entkommen konnte. Normalerweise ließ sie mich immer irgend etwas Schreckliches tun, zum Beispiel Morty Schulman anrufen, einen Jungen, in den Melva verknallt war. Einmal hatte ich in einem Lebensmittelgeschäft Chesterfields besorgen müssen, unter dem Vorwand, sie wären für meine Mutter. Danach bekam ich einen eingewachsenen Fußnagel, als Strafe fürs Lügen.

Melva stand auf und ging zur Kommode. Sie hob einen Handspiegel hoch und drehte sich zur Seite, um ihr Profil im großen Spiegel zu studieren. »Siehst du? Deshalb trage ich eine Stirnlocke, um die Aufmerksamkeit von dem Ding da abzulenken.« Sie packte ihre Nase mit den Fingern und fing an, sie zu drehen.

»Hör auf«, sagte ich. »Laß das!«

»Ich ertrage es nicht, daß sie mich auslachen. Am liebsten würde ich mich umbringen. Was würdest du tun, wenn du so eine Nase hättest?«

»Was heißt so eine?«

Sie warf mir einen wilden Blick zu. »Schau sie dir doch an!« schrie sie. Dann warf sie den Spiegel hin, kam zum Bett herüber und schüttelte mich an den Schultern. »Siehst du nicht, wie krumm sie ist?« Sie packte meinen Finger und preßte ihn auf ihr Nasenbein.

»Warum läßt du sie dann nicht operieren?«

»Ich müßte hundert Jahre babysitten, um das Geld zusammenzukriegen.« Sie fing an zu schluchzen, und mir war ganz elend zumute. Ich dachte nach.

»Was ist mit dem Malwettbewerb?« fragte ich. In letzter Zeit hatte sie damit angefangen, in den Filmzeitschriften immer das Porträt abzumalen, unter dem stand: »Mal mich.« Für das beste Bild gab es hundert Dollar als Preis.

Sie blätterte gleich in der Zeitschrift, bis sie die Reklame fand. »Illustratoren verdienen gut«, stand da. »Lernen Sie jetzt, wie Sie ein professioneller Illustrator werden können.«

»Auch wenn ich nicht gewinne, ich könnte immer noch eine Künstlerin werden«, sagte sie.

Ich betrachtete die Reklame. »Du müßtest in eine Schule gehen, denke ich.«

»Na und? Glaubst du, ich bin zu blöd dafür?«

»Fürs Zeichnen muß man nicht intelligent sein«, erwiderte ich. Aus irgendeinem Grund knallte sie mir eine. »Das sag ich Mama«, drohte ich und lief in die Küche, um dort auf meine Eltern zu warten.

Kurz darauf kam Melva mir nach und zeigte mir, als wäre nichts geschehen, die Gesichter, die sie gezeichnet hatte. »Welches ist das beste?«

»Sie sind alle ziemlich klasse. Ich kann eigentlich gar keinen Unterschied sehen.«

Sie nahm eines der Bilder und steckte es in einen Umschlag, dann wollte sie gleich hinuntergehen und ihn einwerfen; aber ich durfte nicht mit. »Wenn du Angst hast, stell dich ans Fenster und schau mir zu. Du brauchst nur zu schreien, wenn was ist.«

Ich lehnte mich auf die Fensterbank und sah zu, wie sie an der Laterne vorbei die Arden Street hinaufging, zum Briefkasten an der Ecke. Als ich hörte, wie ein Schlüssel im Schloß gedreht wurde, fingen meine Knie an zu zittern. Es war mein Vater.

»Wo ist M-e-l-v-a?« wollte er sofort wissen.

»Brief einwerfen.«

»Was denkt sie«, bedeutete er meiner Mutter. »Läßt sie allein.«

Auch wenn ich noch immer böse auf Melva war, mein Vater konnte ziemlich jähzornig werden, also erklärte ich ihm: »Sie kommt gleich wieder. Ich bin kein Baby.« Das brachte ihn zum Lächeln, und er ging ins Elternschlafzimmer.

Meine Mutter hatte mir ein paar Kekse aus dem G. Z. mitgebracht, die sie eben aus einer Serviette wickelte, als Melva zurückkam.

»Daddy ist echt sauer auf dich«, teilte ich ihr mit.

»Ist mir egal, solange er mir nicht mein Taschengeld sperrt.«

»Och«, sagte ich, »genau das wird er wahrscheinlich tun.«

Sie schaute mir in die Augen. »Du schwindelst, oder?«

Ich fing an zu lachen. »Er war sauer, aber ich hab's ihm ausgeredet.«

»Nur weil du sein Liebling bist.« Sie warf ihren Keks nach mir und stampfte aus der Küche.

In den folgenden Wochen machte sie mich fast wahnsinnig. Jeden Tag nach der Schule fragte sie, ob Post vom Internationalen Kunstinstitut gekommen sei. Manchmal behauptete sie, meine Mutter und ich würden den Brief vor ihr verstecken. »Nein, ich schwöre«, sagte meine Mutter dann. Und ein paarmal mußte ich auch schwören.

Als der Brief dann endlich kam, las sie ihn immer wieder, und ein paarmal las sie ihn sogar laut vor. Darin stand, daß sie sehr gut abgeschnitten hatte, aber den Wettbewerb hatte sie nicht gewonnen. »Sie sind begabt, Miss Zimmer, aber Sie müssen Ihre Fähigkeiten noch entwickeln.« Melva las diese Worte mit großer Aufregung. »Begabt! Ich bin begabt!« Im Brief stand weiter: »Ein Vertreter unseres Instituts wird Sie anrufen, um mit Ihnen über Ihre Begabung zu sprechen und Ihnen, ohne jede Verpflichtung, die Möglichkeiten zu erklären, die Ihnen eine Künstlerlaufbahn bietet.«

Von da an machte sie mich jedesmal verrückt, wenn das Telefon klingelte. »Geh ran! Geh ran! Sag, ›Miss Zimmer ist zu Hause, einen Moment bitte‹.« Einmal ging sie am Samstag abend nicht babysitten, weil sie befürchtete, gerade dann angerufen zu werden, wenn sie nicht zu Hause war.

»Komisch, telefonieren am Samstag abend«, bemerkte meine Mutter.

»Sie hofft doch nur, daß ich den Anruf verpasse«, sagte Melva zu mir. »Gott behüte, daß ich bloß nicht irgendwas anderes werde als Sekretärin.«

Eines Tages klingelte das Telefon am Spätnachmittag. Meine Schwester nahm ab und vergaß zu sagen: »Dies ist der Anschluß von Familie Zimmer, Melva am Apparat«, wie sie es geübt hatte. Sie griff nach dem Hörer und sagte: »Hallo?« Als sie plötzlich ganz aufgeregt wurde, war klar, wer da anrief. Sie verabredete mit dem Mann, daß er kommen solle, wenn mein Vater Nachtschicht bei der Post hatte.

An diesem Abend überredete Melva meine Mutter, die Schonbezüge vom Sofa zu nehmen, was sie noch nie getan hatte. Sie machte alle Lichter im Wohnzimmer an: das Deckenlicht, die vier Wandleuchter, die Bodenlampe und die Lampe auf dem Beistelltisch.

»Was ist, kommt ein Blinder zu Besuch?« spottete mein

Bruder. »Lieber Gott, hier braucht man ja eine Sonnenbrille.«

»Wenn du auch nur ein Wort zu Mr. Johnston sagst ...«, warnte Melva.

»Das schockiert dich jetzt vielleicht, aber ich hab Wichtigeres zu tun«, sagte Sidney. »Moe und ich gehen heute abend ins Trocadero.« Das war die Tanzhalle in der Dyckman Street. »Wa, wa, wumm!« trällerte er noch im Hinausgehen.

Mr. Johnston schnaufte sehr, als er im vierten Stock ankam. Er bat sofort um ein Glas Wasser. »Z-u f-e-t-t«, gestikulierte meine Mutter seufzend, nachdem sie es ihm gebracht hatte.

Sie und ich setzten uns in die Sessel, Mr. Johnston und Melva nahmen das Sofa. Als er sein Glas auf dem Sofatisch abstellte, hob meine Mutter es hoch und schob eine Serviette darunter. Sein brauner Anzug und seine Krawatte glänzten unter den ganzen Lichtern. Seine Tasche, die aussah wie aus Elefantenhaut, legte er auf das Sofa. Meine Mutter verzog das Gesicht. »Schmutzig«, bedeutete sie mir.

Mr. Johnston zeigte uns einen Ordner voller Briefe von Studenten, die die Kunstschule absolviert hatten, und Bilder oder Zeichnungen, die sie gemacht hatten und die, wie er sagte, in Zeitschriften erschienen waren. Ein paar Briefe von bekannten Senatoren und Künstlern las er laut vor. In ihnen stand, die Schule sei sehr professionell. Ich konnte professionell zwar buchstabieren, wußte aber nicht, was es bedeutete.

Dann nahm er die Zeichnung meiner Schwester aus der Tasche; sie war gerahmt. »Miss Zimmer«, sagte er, »die sollten Sie aufhängen, und wenn Sie eine professionelle Künstlerin geworden sind, dann können Sie auf Ihre Anfänge zurückschauen. Sie sind begabt, aber ganz offen gesagt, Ihre Fähigkeiten müssen noch entwickelt werden.«

Die Worte kamen mir bekannt vor. Dann wurde mir klar,

daß er genau das erzählte, was in dem Brief gestanden hatte. Ich versuchte, den Blick meiner Schwester aufzufangen, aber sie war in einer anderen Welt. »Sie zeichnet g-u-t«, übersetzte ich Mr. Johnstons Worte für meine Mutter.

Sie nickte. »Er ist schwer, z-e-r-b-e-u-l-t den Stuhl.«

»Haben Sie Fragen?« fragte der Mann und trank sein Glas leer. Er hatte lange gesprochen.

»Fragen?« übersetzte meine Schwester für meine Mutter.

»Wieviel?«

Der Mann sagte etwas über eine Grundgebühr und Ratenzahlung laut dem Abzahlungsplan, den meine Schwester meiner Mutter erklärte.

»Wieviel«, fragte meine Mutter noch einmal.

»Sie möchte wissen, wieviel«, sagte ich zu Mr. Johnston. Melva funkelte mich an, als wolle sie mich umbringen.

»Hundertfünfundzwanzig Dollar«, antwortete er. »Eine geringe Investition, wenn man sich damit eine Karriere aufbauen kann.«

»Hundertfünfundzwanzig«, übersetzte ich meiner Mutter. Ihr Gesicht zeigte keine Regung.

»Ich werde mit meinem Vater sprechen müssen«, erklärte Melva.

»Oh.« Mr. Johnston sah enttäuscht aus. »Ich wünschte, er wäre heute dabeigewesen, aber ich kann gern noch mal wiederkommen.«

»Er ist taub«, sagte meine Schwester. »Ich muß es ihm also sowieso erklären.«

Der Mann stand auf und schüttelte meiner Mutter die Hand. »Ich bewundere Sie sehr, Mrs. Zimmer, wirklich.« Melva übersetzte es mit: »Er denkt, du bist wundervoll.«

Meine Mutter zuckte mit den Schultern. »Denkt er, ich bin d-u-m-m?« fragte sie mich in der Gebärdensprache.

Obwohl Mr. Johnston sie ohnehin nicht verstehen konnte, bedeutete ihr Melva, aufzuhören.

Wir brachten ihn alle drei zur Tür. »Es war schön, Sie kennengelernt zu haben«, rief meine Schwester.

Sobald die Tür zu war, fing Melva an zu schreien und hüpfte so heftig auf und ab, daß die Leute unter uns an die Rohrleitung klopften. Ich ging in die Küche und nahm mir mein Mathebuch vor, aber ich konnte mich nicht konzentrieren, ich mußte immer daran denken, wie dämlich meine Schwester doch war, obwohl sie so viel älter war als ich. Nie im Leben würde sie meinen Vater, den größten Geizhals der Welt, dazu bringen, ihr das Geld zu geben. Mir wurde ganz schlecht bei dem Gedanken, daß meine Schwester die Kunstschule nicht besuchen durfte und das einfach nicht kapierte.

Ich sah es schon vor mir, wie sie meinen Vater um Geld bat, wie mein Vater nein sagte, wie meine Schwester widersprach, wie er ihr eine runterhaute. Um nicht mehr daran denken zu müssen, machte ich das Radio an, es lief »Mystery Theatre«. Ich holte meine Mikadostäbe, setzte mich auf das Linoleum und ließ die Stäbe vor mir fallen. Ich wollte üben, um Melva schlagen zu können.

Am Samstag, wir hatten unten auf dem Bürgersteig Fischer-welche-Fahne-weht gespielt, kam ich kurz vor dem Mittagessen hoch. In der Küche war niemand. Aber schon von der Diele aus konnte ich Melva und meinen Vater schreien hören. Melva brüllte: »Du Schweinehund! Du Schweinehund!« Es war noch schlimmer, als ich es mir vorgestellt hatte.

Durch einen Spalt in der Schlafzimmertür konnte ich im Kommodenspiegel den Rücken meines Vaters und Melvas Stirnlocke sehen. Er drückte sie gegen die Wand, und ihrem Geschrei und dem Weinen meiner Mutter entnahm ich, daß er sie schlug. Meine Mutter war ebenfalls im Schlafzimmer, obwohl ich sie von meinem Platz aus nicht sehen konnte. Ich setzte mich auf den Boden, schloß die Augen, hielt mir die Ohren zu und bat Gott, er möge meinen Vater zurückhalten. Dann merkte ich, wie jemand an mir vorbeiging. Es war mein Vater auf dem Weg in die Küche. Als nächste kam meine Mutter, aber sie ging in die andere Richtung, zum Bad, und ich hörte sie weinen.

Ich lief ins Schlafzimmer. Meine Schwester lag in der Ecke auf dem Boden und blutete. Überall war Blut, auf ihrem Gesicht, ihren Kleidern, an der Wand. Meine Mutter kam mit nassen Waschlappen und Handtüchern zurück, die sie ihr aufs Gesicht legte.

»Ruf den Arzt«, sagte sie zu mir.

»Soll er herkommen?«

Sie nickte. »Nicht nachdenken.« Sie wußte, daß mir übel wurde, wenn ich an Melva dachte.

Ich fand Dr. Hellmans Nummer und wählte. Es dauerte eine Weile, bis ich der Sprechstundenhilfe alles erklärt hatte. Als Dr. Hellman endlich erschien, hatte mein Vater das Haus verlassen. Soweit ich mich erinnern konnte, war das das einzige Mal, daß es kein Mittagessen bei uns gab.

Dr. Hellman bat mich, meine Mutter zu fragen, wer Melva geschlagen hatte. »Sag, sie ist hingefallen«, befahl mir meine Mutter. Ich sagte, ich wisse es nicht. Er tätschelte mir den Kopf. »Du bist jetzt schon ein großes Mädchen.«

Meine Mutter fuhr mit Melva und Dr. Hellman zum Krankenhaus. Mir trug sie auf, ich solle Mrs. Opals bitten, sich solange um mich zu kümmern. Ich ging erst einmal hinunter auf die Straße und spielte eine Weile mit Robin, aber dann kam Mrs. Opals aus dem Haus und legte den Arm um mich. »Was ist passiert?« fragte sie. »Ich habe deine Schwester mit all den Verbänden gesehen.«

»Mein Vater hat sie geschlagen«, antwortete ich.

»Du solltest keine Geschichten erfinden.« Sie schüttelte den Kopf.

Ich sagte, es tue mir leid, weil ich wußte, daß ich es ihr gar nicht erst hätte erzählen dürfen. Meiner Mutter würde das nicht recht sein. »Sie ist hingefallen und hat sich die Nase gebrochen.«

»Dann wird sie wohl eine neue Nase bekommen.«

»Wirklich?«

Mrs. Opals lächelte nachsichtig, als erzähle sie mir etwas, was ich eigentlich wissen müßte. »Wenn man sich das Nasenbein bricht, versuchen sie, es wieder hinzukriegen, aber es wird nie wieder so wie vorher.« Sie schnalzte mit der Zunge. »Schlimm, wirklich schlimm.«

Ich konnte es kaum glauben. Eine neue Nase für meine Schwester? Innerlich schickte ich ein Dankgebet zu Gott und versprach ihm, nie wieder frech zu Melva zu sein. Aber mit keinem Wort erwähnte ich Mrs. Opals gegenüber, daß sie sich um mich kümmern solle.

Meine Mutter und meine Schwester blieben lange weg. Ich spielte Mikado und dann Quartett mit mir selbst, verteilte die Karten und tat so, als wäre ich zu zweit. Irgendwann rief Sidney an, und ich erzählte ihm, was passiert war. »*Paskudne*«, kommentierte er das Verhalten meines Vaters, und das bedeutete etwas wirklich Schlimmes. Er trug mir auf, meiner Mutter auszurichten, daß er wegen Mr. Fleishmanns Inventur Überstunden machen müsse.

Als es dunkel wurde, schaltete ich das Radio ein. Ständig hörte ich seltsame Geräusche, die mir angst machten, bis ich mir überlegte, daß es nur die Heizung sein konnte. Ich war ganz aufgeregt bei dem Gedanken, daß meine Schwester eine neue Nase bekommen würde, aber als sie mit meiner Mutter endlich heimkam, war von ihrem Gesicht außer einem dicken Verband nichts zu sehen.

»Ich bin am Verhungern«, sagte sie, obwohl es zehn Uhr abends war. Meine Mutter wärmte das Mittagessen auf, das wir nicht gegessen hatten. Sie selbst hatte keinen Hunger, dafür aß Melva zwei Portionen. Sie erzählte, im Krankenhaus habe man sie eigentlich behalten wollen, aber meine Mutter habe gesagt, wir hätten kein Geld. Melva versuchte mir zu erklären, was sie mit ihr gemacht hatten. Als es zu eklig wurde, hielt ich mir die Ohren zu.

Meine Mutter sah es. »Operation?« fragte sie. Ich nickte. »Schrecklich«, sagte sie. »Ich wäre fast o-h-n-m-ä-c-h-t-i-g geworden.«

Nachdem Melva fertig gegessen hatte, riß sie Bilder aus ihrer Filmzeitschrift und klebte sie mit Tesa an die Wände im Schlafzimmer. Auf allen Bildern waren Schauspielerinnen, die meisten im Profil. »Wenn ich nicht die Nase von Elizabeth Taylor haben kann, dann will ich die da.« Sie deutete auf Jean Simmons.

»Ich hoffe, du kriegst sie«, sagte ich, aber ich fing an, mir Sorgen zu machen.

»Peola hat gesagt, daß ich sie kriege.«

»Wann?«

»Als sie mir die Narkose gegeben haben. Was ist? Glaubst du mir etwa nicht?«

»Doch, natürlich«, log ich. »Aber ich hab gedacht, sie kommt nur hierher, in unsere Wohnung.«

»Sie geht überallhin. Eigentlich war sie nämlich da, um sich von mir zu verabschieden. Und sie nimmt Petunia mit.« Melva grinste, als hätte sie ein großes Geheimnis.

»Wohin geht sie?«

Melva fuhr mit den Fingern über Elizabeth Taylors Haare. »Sie will sich Montgomery Clift schnappen. Er ist arroganter, als es ihm guttut, hat Peola gesagt.«

Meine Mutter kam herein, um uns eine gute Nacht zu wünschen. »Nicht wach bleiben und nachdenken«, sagte sie zu Melva. Aber Melva schlief sofort ein. Ich war diejenige, die wach blieb und sich Sorgen machte. Was würde passieren, wenn ihre neue Nase häßlicher war als die alte?

Dann hörte ich Sidney nach Hause kommen, und mir wurde ganz bang bei dem Gedanken, daß es vielleicht er war, der meinem Vater von der Operation erzählen mußte. Doch das Wohnzimmer war dunkel, wie ich ein paar Minuten später durch einen vorsichtigen Blick um die Ecke feststellte. Sidney lag also schon in seinem Sofabett. Meine Mutter hatte gesagt, Melvas Nase würde sehr viel kosten. Hinter Melvas Rücken hatte sie ihre Hände geschüttelt, als wären sie naß, womit sie meinte: wirklich richtig viel Geld. Mein Vater würde hysterische Anfälle bekommen.

Als er nach Hause kam, ging er für eine Weile in die Küche, wie er es immer tat, dann verschwand er im Badezimmer. Das Wasser lief und lief, bis er endlich fertig war und vor unserer Tür stehenblieb, an deren Rahmen die Mesusa angebracht war, so hoch, daß ich sie gerade noch mit den Fingerspitzen erreichen konnte. Ich hörte ihn das übliche hebräische Gebet murmeln. Einmal hatte ich unter der Mesusa gebetet und Gott angefleht, Peola verschwinden zu lassen, aber Er hatte nicht auf mich gehört, vielleicht weil ich auf Englisch gebetet hatte.

Ich kroch aus dem Bett und lief auf Zehenspitzen zum Fenster. Das Rollo war offen, und man sah den Mond und viele Sterne. Bei den Frangiones gegenüber waren noch alle Lichter an. Wahrscheinlich gingen sie gar nie schlafen. Im Mondlicht konnte ich meine Schwester auf dem Bett liegen sehen. Sie ähnelte einer dieser Mumien im Metropolitan Museum, ihr ganzes Gesicht war mit Gaze verbunden, bis auf die Schlitze für die Augen, und ihre Arme lagen seitlich am Körper. Sie sah aus wie tot.

Lange beobachtete ich Melva und hoffte, sie würde sich bewegen. Als sie den Kopf drehte, so daß ich ihr neues Profil sehen konnte, war ein merkwürdiges Geräusch zu hören. Dann wurde es wieder still. Aber mich konnte sie nicht täuschen. Ich wußte, Peola war hier bei uns, unter den Bandagen versteckt, und wartete.

»Mame-loschn« sprechen

Die Sirene erklang, als meine Mutter und ich uns gerade nebeneinander ins Fenster gequetscht hatten und über der Feuerleiter lehnten, die Ellenbogen aufgestützt. Melva hatte das nächste Fenster für sich allein. Gegenüber gingen in einer Wohnung nach der anderen die Lichter aus. Innerhalb von Minuten erloschen auch die Straßenlaternen. Es war vollkommen dunkel, abgesehen von den Streichholzflämmchen, mit denen Zigaretten angezündet wurden, oder den glutroten Punkten auf der anderen Straßenseite, wo die Leute an den Fenstern standen und rauchten.

Ein Stück weiter weg blies jemand in eine Trillerpfeife. »HE! SIE DA! Machen Sie das Licht aus!« dröhnte die Stimme meines Bruders. »Hier spricht Ihr Luftschutzwart.«

»O Gott«, sagte Melva.

Es war für meinen Bruder die erste Nacht als Luftschutzwart. In der Dunkelheit hallte seine Stimme wie Donner durch das Megaphon. Da der Mond ausreichend Licht verbreitete, konnte ich meiner Mutter in Gebärdensprache erzählen, was zu hören war.

»B-o-s-s«, sagte meine Mutter, womit sie meinte, daß Sidney gerne den Boß spielte.

Lange hörten Melva und ich nichts anderes als die Stimmen unserer Nachbarn aus den Fenstern über und unter uns. Wir wußten noch nicht einmal, wo Sidney war, bis wir den Lichtkegel seiner Taschenlampe sahen, der auf die Windschutzscheibe eines Autos mitten auf der Straße gerichtet war.

»Anhalten«, brüllte Sidneys Stimme. »Und zwar SOFORT!«

Das Auto rollte langsam zum Randstein, die Scheinwerfer

gingen aus, ebenso wie Sidneys Taschenlampe, dann sahen und hörten wir wieder nichts von ihm.

Es war kaum zu glauben, daß mein eigener Bruder als Luftschutzwart für die Arden Street verantwortlich war. Selbst wenn er mir nichts von den Japsen erzählt hätte, die über unseren Block fliegen und Bomben auf uns werfen konnten, wenn sie Lichter sahen – ich wäre nicht weniger beeindruckt gewesen. Ich wußte, daß er stolz war, denn als die Benachrichtigung gekommen war, hatte er gesagt: »Irgendeinem alten *Schmock* hätten sie so eine wichtige Aufgabe nicht gegeben.« Ich wußte nicht, was ein *Schmock* war, aber Melva erklärte mir später, es sei wirklich ein schlimmes Wort.

Nach einer Weile kam die Entwarnung. In den Wohnungen gegenüber wurde es wieder hell, auch die Straßenlaternen gingen an. Wir zogen die Rollos herunter und ließen uns in der Küche nieder, um auf Sidney zu warten.

»Hört euch das an!« rief mein Bruder, sobald er hereinkam. Meine Mutter streckte die Hand aus, als wolle sie seinen Helm nehmen. Sidney winkte ab.

»D-u-m-m«, sagte meine Mutter. Sie brachte ihm Eiskaffee und setzte sich mit uns an den Küchentisch. Während Sidney uns erzählte, was alles passiert war, behielt er die ganze Zeit den Helm auf.

Zuerst berichtete er von Mrs. Sheehan, die im Haus nebenan wohnte, im Souterrain. Sie war beim ersten Sirenenton aus der Wohnung gerannt. »Ich hab der alten Wichtigtuerin gesagt, sie soll ihren Arsch von der Straße bewegen …«

»Sidney …«, unterbrach meine Schwester.

Er warf einen Blick zu mir. »Tut mir leid.«

Es dauerte eine ganze Weile, bis er erzählt hatte, was er zu Mrs. Sheehan gesagt und was sie gesagt hatte und so weiter, und wie sie auf dem Bürgersteig gestanden und ihm erklärt hatte, welche Lichter noch brannten, als wenn er das nicht selbst gesehen hätte. Er imitierte ihren irischen Akzent: »Schaun Sie, Mr. Zimmer, ich versuch doch nur, Ihnen zu helfen.« Mein Bruder konnte sehr gut Akzente nachmachen, obwohl er, anders als meine Schwester, in der Highschool keine Fremdsprachen gehabt hatte.

»Und dann?« fragte Melva.

»Dann habe ich zu Mrs. Sheehan gesagt, am besten könnte sie den Vereinigten Staaten helfen, indem sie ihren verdammten Arsch in ihre Wohnung bewegt.«

Melva gab mir unter dem Tisch einen Fußtritt, ich trat zurück. Dann übersetzte ich für meine Mutter die Geschichte von Mrs. Sheehan, allerdings ein bißchen gekürzt.

»I-r-e-n sind neugierig«, fand meine Mutter.

»Was ist denn noch passiert?« fragte Melva, als wolle sie es wirklich wissen, obwohl sie, wenn sie sauer auf Sidney war, immer behauptete, er gebe nur heiße Luft von sich.

Sidney erzählte von dem Mann, der in der Sickles wohnte und mit seinem Schnauzer auf der Arden Gassi gegangen war. »Ich hab ihm gesagt, er soll verdammt noch mal zu seinem eigenen Block zurückgehen, weil ich meinen Kopf nicht dafür hinhalte, daß sein Köter in meinem Bereich scheißt.«

Ich fing an zu kichern.

»Das ist verflucht ernst«, sagte er. »Das ist Krieg. Man kann seinen Hund nicht während eines Luftalarms zum Scheißen auf die Straße führen.«

Ich biß mir von innen auf die Wangen, aber als Melva mich wieder unter dem Tisch trat, kicherte ich laut los. Bald lachten wir beide hysterisch.

»Du lieber Himmel! Mädchen können wirklich verdammt dämlich sein«, sagte mein Bruder, nahm seinen Helm ab und warf ihn auf den Tisch.

Mein Bruder hatte nicht gerade davon geträumt, Luftschutzwart zu sein. Mit siebzehn hatte er in die Armee eintreten wollen, aber dort sagte man ihm, als Schulabbrecher müsse er erst seinen Highschool-Abschluß nachholen. Bis dahin war er ein fröhlicher Herumtreiber gewesen, ständig mit seinen Freunden unterwegs oder mit Lori Steinfeld verabredet, der er haufenweise Geschenke machte mit dem Geld, das er als Regalauffüller in Greenblatts Lebensmittelgeschäft verdiente. Aber nun wurde er ganz ernst und blieb abends zu Hause, um zu lernen, was Lori wahnsinnig machte. Als er sein Abschlußexamen in der Tasche hatte, sagte sie allerdings, sie würde sich wie verrückt freuen. Lori war zwei Jahre älter als er und schon mitten in der Ausbildung als Krankenschwester. Sie wollte nicht, daß er sich freiwillig zur Armee meldete, sondern daß er wartete, bis er eingezogen wurde. Er ging trotzdem zur Musterung, wurde aber für dienstuntauglich erklärt, wegen seiner Plattfüße.

»Das werde ich nicht einfach so akzeptieren«, sagte Sidney zu uns.

Mein Vater hielt ihn für verrückt, weil er sein ganzes Geld für einen Orthopäden und für spezielle Metalleinlagen ausgab, die er in die Schuhe legen mußte. Jeden Abend, bevor er schlafen ging, machte Sidney seine Fußgymnastik, er hob Bleistifte mit den Zehen hoch und lief auf Zehenspitzen. Aber als er es zum zweiten Mal versuchte, war er immer noch dienstuntauglich.

Dann verkaufte Mr. Greenblatt seinen Laden, um sich zur Ruhe zu setzen, und mein Bruder verlor seinen Job. Sidney, der sowieso schon groß und mager war, wurde nun noch magerer. Die Nase ragte ihm aus dem Gesicht wie ein Papageienschnabel, und seine tiefen Grübchen waren fast nicht mehr zu sehen. Seine Freunde, die ihn immer Smiley genannt hatten, fingen an, ihn Slim zu nennen. »Er ist enttäuscht, b-i-t-t-e-r«, sagte meine Mutter hinter seinem Rücken.

Den ganzen Winter über suchte er Arbeit. Er verließ das Haus morgens, wenn ich in die Schule ging, und manchmal kaufte er für mich in dem Kiosk, in dem er sich wegen der Stellenanzeigen die *New York Times* besorgte, Himbeergeleebonbons mit Schokoladenüberzug, die am Papier klebenblieben. Er überredete meine Schwester, für ihn die Bewerbungen zu schreiben, weil sie einen kaufmännischen Lehrgang am George Washington belegt hatte und sehr gut tippen konnte. Aber die meisten Arbeitgeber wollten jemanden mit Collegeabschluß.

Mein Bruder verbrauchte all seine Ersparnisse, bevor er meinen Vater fragte, ob er ihm ein bißchen Geld leihen könne. Mein Vater bekam einen Tobsuchtsanfall. Ich hockte mit meinem Büchereibuch in der Diele auf dem Fußboden und konnte sie von da aus sehen. Mein Vater saß im großen Wohnzimmersessel, in Unterhemd und Schlappen, und mein Bruder stand am Beistelltisch und zündete sich eine Zigarette an.

»Du rauchst zuviel!« sagte mein Vater sofort und deutete auf die Lucky Strikes. Während er gestikulierte, stieß er die bellenden Geräusche aus, die er immer von sich gab, wenn er wütend war, eine Mischung aus menschlicher Stimme und dem Knurren eines Hundes.

»Wann machst du den T-e-s-t?« bellte mein Vater. Er meinte die Eingangsprüfung für den öffentlichen Dienst; damit hatte Sidney vielleicht die Chance, einen Job bei der Poststelle zu bekommen, bei der mein Vater in der Nachtschicht am New-Jersey-Tisch arbeitete.

»Kein Interesse«, erwiderte Sidney, nicht zum ersten Mal. Meiner Mutter gegenüber hatte er gesagt, die Post sei in Ordnung für meinen Vater, weil er taubstumm war und nichts Besseres kriegen konnte, aber für ihn sei das eine Sackgasse.

Mein Vater sprang vom Sessel auf und lächelte sarkastisch. »Prima, prima«, sagte er. »Und wer u-n-t-e-r-s-t-ü-t-z-t dich?«

Beim Zeichen für »dich« bohrte er meinem Bruder den Finger in die Brust.

»Bitte, ich b-r-a-u-c-h-e Geld«, antwortete mein Bruder. »Nur l-e-i-h-e-n.« Er drückte seine Zigarette im Aschenbecher aus und machte ein Gesicht, als würde er gleich weinen.

»Geld? Geh, mach den T-e-s-t.« Wieder bohrte mein Vater ihm den Finger in die Brust.

»Fahr zur H-ö-l-l-e«, sagte Sidney.

Da schlug mein Vater ihm ins Gesicht. Ich fing an zu schreien, obwohl meine Mutter mich nicht hören konnte und meine Schwester nicht zu Hause war. Er schlug weiter auf Sidney ein, aber der lief nicht weg. Er hob nur den Arm, um seinen Kopf zu schützen, so wie er es mir fürs Boxen beigebracht hatte, denn sogar kleine Mädchen müßten sich manchmal verteidigen, hatte er gesagt.

Schließlich hörte mein Vater auf. Er stampfte durchs Wohnzimmer und wäre fast auf mich draufgetreten, bevor er mich entdeckte. Aus Versehen schlug er mit dem Fuß gegen mein Buch, aber alles, was er sagte, war »D-u-m-m-k-o-p-f« über meinen Bruder, dann ging er in die Küche.

Mir war nicht klar, wie mein Vater darauf kam. Sidney war nicht dumm, ständig las er zum Spaß im Lexikon und lernte Sachen aus dem Almanach auswendig. Die Highschool hatte er nur abgebrochen, um einen Job anzunehmen, denn mein Vater gab ihm nicht genug Taschengeld.

Mein Bruder kam zu mir, hob mich hoch und hielt mich im Arm. »Nicht weinen«, sagte er. »Dieser Schweinehund ist es nicht wert.« Dann mußte er mich aber absetzen, weil er selbst anfing zu weinen.

Nicht lange nach dem großen Streit mit meinem Vater kam Sidney nach Hause und teilte uns mit, er habe einen Job als Lagerarbeiter bei Baum Fabrics bekommen, einem Wäschefachgeschäft in der Fifth Avenue. Erst war er richtig glücklich. Aber bald war er aus irgendeinem Grund nicht mehr so glücklich. Jeden Abend kam er müde und verschwitzt von der Arbeit, zog seine Schuhe aus, steckte sich eine Lucky Strike an und wartete auf die Tasse Kaffee, die meine Mutter ihm immer machte. Er las wortlos die *Daily News*, aß zu Abend und erzählte uns dann Geschichten, in denen er sich lustig machte über Mr. Baum, den er *Zadik* nannte. »Das heißt, ein guter Mensch«, erklärte er, aber wenn er *Zadik* sagte, hörte es sich an, als meine er das Gegenteil. Immer wieder brachte er Melva und mich zum Lachen, wenn er uns vorführte, wie Mr. Baum im Laden auf und ab watschelte und dabei hinter dem Rücken einen Bleistift in den Händen hielt, damit seine fetten Arme sich überhaupt berühren konnten. Später zog Sidney dann ein Sporthemd und eine andere Hose an und ging los, um Lori oder ein paar Freunde zu treffen. Wenn meine Mutter ihn ermahnte, er solle nicht gleich sein ganzes Geld ausgeben, antwortete er, er wolle seinen Spaß haben, bevor er wieder anfing zu schuften. Er hatte vor, in der Abendschule der NYU Einzelhandelsmanagement zu lernen.

An Sidneys Geburtstag lud meine Mutter Lori zum Abendessen ein. Mein Vater war bei der Arbeit, aber es gab einen Kuchen mit Kerzen, und meine Mutter machte Kartoffelpfannkuchen, das Lieblingsessen meines Bruders. Ich fand Lori sehr hübsch mit ihren glänzend schwarzen Haaren, die ihr in Wellen über die Schultern hingen, und dem dicken Pony in der Stirn. Sie hatte eine kleine Nase wie Jane Powell, eine Stupsnase, wie meine Schwester es nannte, und sie trug eine große rote Blume über dem Ohr. Keine echte, sondern eine, die an einer Haarklammer steckte.

Meine Mutter fand Lori hochnäsig; sie hatte versucht, ihr beizubringen, wie man ihren Namen in der Gebärdensprache buchstabierte, und Lori hatte sich dumm gestellt. »Denkt, sie ist was B-e-s-s-e-r-e-s«, sagte meine Mutter; Lori halte sich wohl für zu gut, um mit den Händen zu sprechen. Sie war froh, als Lori und Sidney am Memorial Day miteinander Schluß machten.

Lori hatte davon geträumt, sich gleich nach ihrer Schwesternausbildung zu verloben, aber Sidney hatte lieber noch warten wollen. Die Trennung machte ihn krank. An dem Tag ging er nicht zur Arbeit, sondern blieb zu Hause und gab an, Bauchschmerzen zu haben. Als das Telefon klingelte, sprang er aus dem Bett, aber es war nicht Lori. Er tat mir so leid. Später spielte ich mit meinen Puppen im Wohnzimmer, wo er auf dem ausgeklappten Sofa schlief, und hörte ihn weinen. Als ich mich zu ihm umdrehte, wischte er sich mit dem Pyjamaärmel die Augen.

»Weißt du was? Du bist eine geborene Lehrerin.« Er hatte mir dabei zugeschaut, wie ich meinen Puppen das Buchstabieren beibrachte. Ich mußte ihm versprechen, später aufs College zu gehen und Lehrerin zu werden, aber ich hielt dabei meine Zehen gekreuzt, denn eigentlich wollte ich Krankenschwester werden wie Lori. »Als Lehrerin verdienst du gutes Geld«, sagte Sidney, »zumindest wenn du nicht gleich heiratest und Kinder bekommst.«

Zwei Wochen später kam Sidney nach Hause und verkündete: »Stellt euch vor: Ich bin befördert worden.« Mr. Baum habe ihm einen Job vorn im Geschäft angeboten, als Verkäufer. Ab jetzt würde er bei der Arbeit Hemd, Krawatte und Jakkett tragen müssen. Prompt erhöhte mein Vater seinen Zuschuß für Miete und Essen von zehn auf fünfzehn Dollar.

Von da an erzählte uns Sidney abends immer, wieviel er für Baum Fabrics umgesetzt hatte. Es waren jedesmal Hunderte von Dollars. Trotzdem war er noch immer müde und verschwitzt, wenn er von der Arbeit kam, und meine Mutter puderte seine Schuhe mit Johnson's Babypuder, damit seine Füße nicht mehr rochen. Ich roch nie etwas, aber vielleicht lag das an meinen Problemen mit den Nebenhöhlen.

Sidney lächelte noch immer nicht viel, außer an dem Tag, an dem er von der Fort Washington Armory seine Instruktionen und seine Ausrüstung als Luftschutzwart bekam: ein Megaphon, eine Pfeife und eine Taschenlampe. Als er nach Hause kam, grinste er von einem Ohr zum anderen, mit den allertiefsten Lachgrübchen. Er setzte mir seinen neuen Helm auf und lachte, als er mir ins Gesicht rutschte. Dann wurde er einen Moment lang ganz ernst und warnte Melva davor, die Sachen auch nur anzufassen, wenn er nicht dabei war. Ich fragte ihn, warum er, wenn er einfach nur auf der Arden Street auf und ab lief, den Helm tragen müsse. Das brachte ihn noch mehr zum Lachen. »Sie ist wirklich süß«, sagte er ein ums andere Mal zu Melva, aber eine Antwort auf meine Frage bekam ich nicht.

An dem Abend, an dem ihn der Inspektor während der Luftschutzübung kontrollieren sollte, war Sidney ein Nervenbündel. Nach der Arbeit las er zu Hause weder die *Daily News*, noch erzählte er, wieviel Umsatz er gemacht hatte. Statt dessen setzte er immer wieder vor dem Spiegel seinen Helm auf und fragte schließlich Melva, wie es am besten aussah. Er forderte mich auf, seine Wangen anzufassen und zu entscheiden, ob er sich noch einmal rasieren müsse, und seine Haare kämmte er zweimal mit Brillantine. Dann holte er seine Instruktionen hervor und las sie wieder und wieder, während er durch die ganze Wohnung lief.

Irgendwann wurde er wohl müde vom vielen Laufen, denn er sagte zu mir: »He, süßer Fratz, komm, gehen wir irgendwohin und sprechen wir *mame-loschn*.« Und dann erklärte er mir, das sei Jiddisch und bedeute, zur Sache zu kommen. Er benutzte sehr gerne Wörter, die er erklären mußte.

»Wohin gehen wir?«

Sein Gesicht leuchtete auf. »Rate mal!«

»Wirklich?« rief ich und wußte gleich, daß wir zu Schillingman's gingen, in der Dyckman Street, zwei Blocks entfernt von der Arden, wo es das beste Eis gab.

Bei Schillingman's durfte ich mir aussuchen, was ich haben wollte. Ich bekam zwei Kugeln, Kirsche-Vanille und Pistazie, sogar mit Streuseln. Mein Bruder nahm nur eine Kugel Schokoladeneis. Er legte vier Dimes auf die Holztheke, während wir auf unser Eis warteten. Es war ziemlich dunkel im Raum, mit den Lichtern oben an der Decke, unter denen sich die Ventilatoren drehten.

Mr. Schillingman gab Sidney sieben Cent Wechselgeld und wünschte ihm einen guten Abend, nur sagte er »guden«, wegen seines Akzents.

Anstatt sich auf Englisch zu bedanken, antwortete mein Bruder auf Deutsch: »Danke schön.«

Draußen war es heiß, bestimmt dreißig Grad. Normalerweise lutschte ich erst die Vanille und kaute dann langsam die Kirschen, aber mein Eis schmolz so schnell, daß ich wie verrückt lecken mußte.

»Siehst du die Gammler da?« sagte mein Bruder und deutete mit seiner Tüte zu ein paar Highschool-Schülern hinüber, die an einem geparkten Auto lehnten. »Aus denen wird nie was.«

Auf dem Bürgersteig vor Nick's Fruits standen kreuz und quer lauter Kinderwagen und Buggys. Viele Frauen beugten sich über die Obstkisten, fuchtelten mit den Händen und riefen nach Nick. Er schaute auf, als wir vorbeikamen: »Sid, wie geht's?«

»Bestens. Und dir?«

Aber da war Nick schon wieder damit beschäftigt, etwas abzuwiegen.

Als meine Eistüte leer war, sagte Sidney: »Und jetzt haben wir ein Tête-á-tête.«

»Ein was?«

»Ein Gespräch unter vier Augen«, erklärte er, gerade als ein Kind auf Rollschuhen uns fast über den Haufen fuhr. »Rotzgöre«, rief er so laut, daß die Leute vor dem Fischladen zu uns herüberstarrten. Sidney schien es nicht zu merken. Er schaute mich an und legte mir seine große Hand auf die Schulter: »Wenn du groß bist, solltest du in den Verkauf gehen.«

Ich wußte nicht, was ich sagen sollte. Schließlich hatte er bisher immer gesagt, ich solle Lehrerin werden, und ich hatte mich an diese Vorstellung gewöhnt. Ich hatte sogar schon gelernt, die Wörter so auszusprechen, wie es Mrs. Landau tat. Sie hatte der Klasse erklärt, daß kein Mensch es schön fand, wie man in der Bronx redete. Wir wohnten zwar in Manhattan, aber Manhattan war doch ziemlich nahe bei der Bronx. Wenn mich also jemand fragte, was ich mal werden wollte, sagte ich immer: »Lehrerin.«

Ich kickte einen Kronkorken vor mir her und wartete darauf, daß Sidney weitersprach. Er sagte, ich sei ein schlaues Mädchen, schlau genug, um Kauffrau zu werden, schließlich hätte ich eine Klasse übersprungen, und auf seine Empfehlung hin würde Mr. Baum mich bestimmt gleich nach der Highschool einstellen. »Dein großer Bruder kümmert sich um dich.«

»Ich weiß.«

Es war schön, nach dem Abendessen noch draußen zu sein, auch wenn es heiß und stickig war. Der Himmel hatte die Farbe von Orangen und Pfirsichen, mit diesen dunkelgrauen Wolken, die manchmal ein Gewitter ankündigten.

An der Ecke der Dyckman Street sagte mein Bruder, er schwitze wie ein Schwein, deshalb gingen wir zu Nedick's, einem der wenigen Lokale in unserer Gegend, das eine Klimaanlage hatte. Bei Nedick's war alles so weiß, daß es mir in den Augen weh tat: die Wände und Böden, sogar der Junge hinter der Theke. Er trug ein weißes Hemd, eine weiße Schürze und eine weiße, spitze Mütze, so wie die, die man aus Papier faltete, nur daß seine aus Stoff war.

Sidney fragte ihn, wie die Geschäfte gingen, und der Junge warf ihm einen Blick zu, als hielte er Sidney für komplett verrückt. Wortlos stellte er uns die Orangenlimonade hin. Damit hatte Sidney bis jetzt schon dreiundvierzig Cent ausgegeben. Meiner Schwester gegenüber behauptete er immer, er sei pleite, aber Melva war der Meinung, das liege nur an den Lucky Strikes. Seit er und Lori Schluß gemacht hatten, rauchte er zwei Päckchen am Tag, manchmal sogar zweieinhalb.

Als wir wieder draußen waren, sagte Sidney: »Verkauf ist zu neunzig Prozent Persönlichkeit. Dieser *Nebbich* hat's nicht, der wird immer ein Limonadenverkäufer bleiben.«

Wir bogen um die Ecke zum Broadway. Auf den Bänken vor dem Park saßen alte Leute und fächerten sich Luft zu. Ich wußte, daß sie in ihren Häusern keine Klimaanlagen hatten, nicht wie in den Häusern in der Innenstadt, wo ich später mal wohnen wollte.

Vor unserem Haus spielte Glory mit den O'Brien-Kindern Doppelter Holländer. Sie schwangen die beiden Seile, und Glory hüpfte, aber ich sah sehr wohl, daß sie Sidney anschaute. Schweiß lief ihm übers Gesicht, und sein Hemd war unter den Achseln und am Rücken klitschnaß. Auf dem ersten Treppenabsatz blieb er stehen und drehte sich zu mir um. »Die Vereinigten Staaten von Amerika sind das Land der unbegrenzten Möglichkeiten, vergiß das nie.« Dabei sprach er so laut, daß ich am liebsten im Boden versunken wäre.

»Versprich mir, daß du mal in den Verkauf gehst«, sagte er, noch immer zu laut.

Ich kreuzte meine Zehen, bevor ich nickte, ohne dabei zu Glory hinüberzuschauen. Endlich schlug er einen Wettlauf vor, und wir rannten die Treppen hinauf. Kurz vor dem vierten Stock verlangsamte er seine Schritte, damit ich aufholen konnte, nur um mich auf den letzten Stufen doch noch zu schlagen.

In der Wohnung lief er geschäftig hin und her, trocknete sich ab und wechselte das Hemd. Er ließ nicht zu, daß meine Mutter seine Schuhe puderte, nahm seine ganze Ausrüstung und verschwand.

An diesem Abend brauchten wir nicht lange zu warten, bis Sidneys Stimme von draußen ertönte: »HE! SIE DA! Licht aus!« Danach war es ganz still, bis wir ihn kurz vor der Entwarnung noch einmal hörten: »Runter von der Straße!« Aber sehen konnten wir ihn nicht.

Als er zurückkam, war er sehr aufgeregt. Der Inspektor hatte ihm gesagt, er würde vielleicht die Aufsicht über die anderen Luftschutzwarte im Bezirk Inwood bekommen. »Lori wird es noch leid tun. Ich werd's ihr schon zeigen.«

In der letzten Ferienwoche ging ich mit meiner Mutter zum Fort Tryon Park, wo sie sich nachmittags immer mit ihren gehörlosen Freunden traf. Mir war bald langweilig, deshalb sagte ich ihr, ich würde heimgehen und vor dem Haus spielen. Statt dessen lief ich jedoch zum oberen Parkausgang und nahm von da einen Bus, der die ganze Fifth Avenue hinunterfuhr. Ich hatte nur einen Nickel dabei, was gerade mal für die Hinfahrt reichte. Aber ich machte mir keine Sorgen, als ich die Münze in den Schlitz warf, denn ich hatte vor, meinen Bruder bei Baum Fabrics zu besuchen.

Die Strecke war ich schon sehr oft mit dem Bus gefahren. Hinter dem Park standen Backsteingebäude, vor denen Kinder spielten. Am Riverside Drive waren die Häuser weiß gestrichen und aus Stein, dort liefen die Leute mit ihren Hunden spazieren. Dann kam eine weniger schöne Gegend. Mülltonnen standen aufgereiht am Bordstein, und ihr Inhalt quoll oft über bis in die Gosse.

In der 110. Straße änderte sich das Bild wieder, da fing nämlich der Central Park an. Die Bäume waren so schön, daß ich sie stundenlang hätte betrachten können. In der Fifth Avenue standen tolle Häuser mit Markisen und Pförtnern. Sorgfältig hielt ich nach der 57. Straße Ausschau, in der Sidney arbeitete.

Der Laden war klein, mit einem großen Schild »Baum Fabrics«. Ich betrachtete die weißen und beigen Spitzentischdekken, die im Schaufenster an Schnüren hingen wie an Wäscheleinen. Die Tischdecke, die wir zu Hause hatten, war mir lieber: eine grün und gelb karierte Wachstuchdecke.

Endlich überwand ich mich und ging hinein. Der Laden hatte eine Klimaanlage, obwohl Sidney uns doch immer erzählte, wie heiß es da sei. Ich hatte damit gerechnet, den fetten Mr. Baum zu sehen, aber der kleine Mann mit dem weißen Bart, der fragte, ob er mir helfen könne, war mager und knochig.

»Ist Mr. Zimmer da?« fragte ich, wie die Erwachsenen fragten.

»Wer?«

»Mr. Zimmer? Sidney Zimmer?«

»Oh, Sid, natürlich«, sagte der Mann. »Er ist hinten. Ich werd ihn rufen.«

Doch da betrat eine Frau den Laden und fragte nach einer Tischdecke. Gemeinsam gingen sie nach draußen, und der Mann ließ sich von ihr die gewünschte Decke im Schaufenster zeigen. Bis sie sich endlich zum Kauf entschloß, hatte er einen ganzen Stapel von Tischdecken unter der Theke hervorgeholt und vor ihr ausgebreitet. Als sie gegangen war, wollte der Mann meinen Bruder holen, kam aber ohne ihn zurück. »Sid lädt grade Waren aus. Der Lastwagen kann nicht warten, also wirst du warten müssen.«

Wir standen herum, ohne etwas zu sagen. In einem so ruhigen Laden war ich zum ersten Mal. Der Mann schrieb etwas auf einen Block neben der Kasse, dann summte er »Begin the Beguine« vor sich hin, das Lied, mit dem mein Bruder mir Foxtrott beigebracht hatte.

In diesem Moment kam Sidney hinter dem Vorhang hervor. Er war völlig verschwitzt und hatte komische Sachen an, ein braunes Hemd und eine dazu passende Hose, nicht das weiße Hemd und den grauen Anzug, in denen er morgens aus dem Haus gegangen war. Als er mich sah, sagte er: »Guter Gott, was ist passiert?«

Ich erzählte ihm, daß ich mit dem Bus gekommen war und einen Nickel für die Rückfahrt brauchte. Er starrte mich einen Augenblick lang verständnislos an. Dann drehte er sich zu dem Mann um. »Haben Sie das gehört, Mr. Schinkel? Das ist meine geniale Schwester, von der ich Ihnen erzählt habe.«

»Schön, dich kennenzulernen«, sagte Mr. Schinkel. »Du hast wirklich einen sehr netten Bruder.« Er wandte sich wieder an Sidney. »Übrigens habe ich die Wette mit Baum gewonnen. Kommt da eben eine Dame rein und hebt meinen Umsatz über die Rekordmarke.« Mr. Schinkel lächelte mir zu. »Sid arbeitet sich hoch zum Verkauf. Eines Tages wird er hier hinter der Theke stehen. Würde mich nicht wundern, wenn er meinen Rekord bricht.« Er zwinkerte. »Allerdings dürfte das noch fünfzehn, zwanzig Jahre dauern.«

Mein Bruder brachte mich zur Bushaltestelle, aber er konnte nicht mit mir warten. Ich mußte ihm versprechen, nie wieder allein mit dem Bus zu fahren.

Auf der Rückfahrt war mir übel. Ich bemerkte kaum, was um mich herum vorging. Endlich kamen wir am Fort Tryon an, und ich rannte durch den Park bis zur Arden Street.

Als mein Bruder von der Arbeit nach Hause kam, saß ich in der Küche. Wie immer steckte er sich eine Zigarette an und las die *Daily News*. Meine Mutter puderte seine Schuhe mit

Babypuder. Nach dem Abendessen erzählte Sidney, wieviel er an diesem Tag umgesetzt hatte. »Über tausend«, sagte er, als wäre nichts geschehen. Wir spielten ein paar Runden Gin Rommé, und dann war es Zeit für seine Luftschutzübung.

Kurz nach dem Labor Day trafen meine Mutter und ich Lori Steinfeld. Sie stand vor dem Schaufenster von Miles Shoes in der Dyckman Street, und als sie uns näher kommen sah, lief sie uns entgegen. Sie trug die weiße Uniform einer Krankenschwester und hatte ihre Stirnlocke unter der weißen Mütze versteckt.

»Wie geht's Sidney?« fragte sie. »Was macht er so?«

Darüber, daß er Luftschutzwart war, staunte sie nicht schlecht. »Sag deiner Mutter, ich arbeite jetzt im Presbyterian.« Das war das Krankenhaus in der 168. Straße.

»Viel G-l-ü-c-k«, antwortete meine Mutter und bat mich, es für Lori zu übersetzen.

»Du kannst deinem Bruder ja erzählen, daß ihr mich getroffen habt. Lori Steinfeld.«

»Ich weiß.« Und dann, ich konnte einfach nicht anders, fügte ich hinzu: »Sidney ist bei Baum Fabrics befördert worden. Er ist jetzt im Verkauf.«

»Wirklich!« rief sie und legte meiner Mutter die Hand auf den Arm. »Ich hab ja immer gewußt, daß er das Zeug dazu hat.«

Als wir weitergingen, sagte meine Mutter: »H-o-f-f-e, er ruft nicht an.« Aber ich war mir nicht sicher, was besser war, wenn er sie anrief oder nicht.

Den ganzen Heimweg grübelte ich darüber, obwohl ich insgeheim schon wußte, daß er sie anrufen würde. Andererseits würde Melva ihm bestimmt raten, Lori ein bißchen zappeln zu lassen; das hatte sie immer getan, wenn er und Lori sich gestritten hatten. Vor dem Wochenende würde Sidney sie bestimmt nicht anrufen. Zumindest nicht mehr, bevor er heute abend mit dem Luftschutzdienst fertig war. Es sei denn, er dachte, Lori hätte Lust, vorbeizukommen und sich die Übung mit uns zusammen anzuschauen.

Plastikblumen

Meine ganzen Frühlingsferien über war meine Mutter damit beschäftigt, alles für Pessach vorzubereiten. Sie räumte die Schränke auf, saugte die hintersten Ecken und tauschte die Mottenkugeln aus. Sie legte neues Wachstuch in die Küchenregale und wusch den ganzen Kühlschrank aus. Hinter dem Herd, wo sie Insektenpulver gestreut hatte, krochen halbtote Kakerlaken hervor.

Einmal weckte mich frühmorgens der Müllwagen. Ich stand auf und fand meine Mutter auf dem Küchenboden kniend, während mein Vater sich über sie beugte und schrie, auf diese Art, die mir angst machte.

Ich konnte sie von der Diele aus beobachten. Meine Mutter bemerkte mich nicht, weil mein Vater zwischen uns stand, aber ich sah, wie ihre Hände buchstabierten: »Ich muß a-r-b-e-i-t-e-n, s-p-ä-t-e-r.«

Mein Vater explodierte. »JETZT«, brüllte er und machte gleichzeitig das entsprechende Zeichen. »R-u-t-h schläft noch, s-p-ä-t-e-r ist z-u s-p-ä-t!«

Als er einen Schritt zur Seite machte, sah mich meine Mutter. Sie winkte mir, und er drehte sich um.

Ich erzählte ihnen von dem Müllwagen, während ich die riesigen Sommersprossen auf seinen Schultern anstarrte und mich wunderte, warum er kein Hemd anhatte, sonst aber fertig angezogen war. Er sagte nichts, drehte sich um und ging aus der Küche.

Ich setzte mich aufs Linoleum, wo meine Mutter die ganzen Suppendosen und Gemüsekonserven verteilt hatte, und durfte ihr dabei helfen, sie abzustauben. Normalerweise mußte ich betteln, wenn ich nur schon das Geschirr abtrocknen wollte. Bei Glory war es genau umgekehrt. Ihre Mutter machte immer lange Listen mit den Dingen, die Glory und Roy Rogers zu erledigen hatten. Einmal hatte ich Dot gefragt, ob ich ihr beim Blumengießen helfen dürfe; Glory war so wütend geworden, daß sie sich fast geweigert hätte, je wieder mit mir zu reden.

Als die Sachen eingeräumt waren, bekam ich Cornflakes und Milch, dann schlüpfte ich in meine Kleider. Meine Mutter tauschte ihre Schlappen gegen Schuhe und zog ihren Regenmantel über das Hauskleid. Wir nahmen unseren Einkaufswagen und machten uns auf den Weg, um bei A&P die Pessacheinkäufe zu erledigen.

Meine Mutter wußte immer genau, was sie brauchte, obwohl sie nicht besonders gut schreiben konnte und deshalb nie eine Liste machte. Wir kauften zwei Zehnpfundschachteln Matzen, sechs große Gläser mit *gefilte fisch*, zwei Gläser Heringe in Sauerrahm und sechs Packungen Makronen, halb Mandeln und halb Schokolade. Das war zwar noch nicht alles, aber mehr paßte nicht in unseren Wagen. Zu Hause mußten wir ihn die vier Stockwerke zu unserer Wohnung hochschleppen, sie vorne, ich hinten.

Beim Mittagessen sprachen meine Eltern nicht miteinander, und dabei war das unsere Hauptmahlzeit, weil mein Vater abends bei der Post arbeitete. Man hörte nur das Klappern der Gabeln und Messer auf den Tellern und die Kaugeräusche meines Vaters.

Nach dem Spülen beschloß meine Mutter, daß die Plastikblumen ein Bad bräuchten. Das war nichts Ungewöhnliches. Gleich nachdem wir sie bei Five and Ten gekauft hatten, vor Schuljahrsbeginn, hatte sie sie gewaschen, und dann wieder vor Chanukka. Ich holte die Blumen aus der Dielenvase und aus den drei Vasen im Wohnzimmer, vorsichtig, auf Zehenspitzen, um meinen Vater nicht zu wecken, der wie immer im Sessel seinen Mittagsschlaf hielt.

Während ich am Küchentisch saß und die neueste Straßenumfrage in der *Daily News* las, wusch meine Mutter im tiefen Becken neben dem normalen Spülbecken die Blumen mit Seifenwasser. »Sehr schmutzig. Das Wasser ist schwarz.« Dabei spritzte sie mich aus Versehen naß. »Verzeihung«, sagte sie und lächelte, so daß ich ihre Grübchen sehen konnte. Sie ließ das Wasser ablaufen, kippte noch mehr Spülmittel in das Bekken und füllte es erneut. Beim dritten Mal nahm sie klares Wasser. Als sie die Blumen hochhob und das Wasser abschüttelte, waren sie kaum wiederzuerkennen. Die grellroten, -orangen und -blauen Blumen, die wir bei Five and Ten ausgesucht hatten, waren jetzt nur noch pastellfarben.

»Das Waschen macht sie b-l-a-s-s«, sagte ich.

Sie schüttelte den Kopf. »Die Sonne macht sie b-l-a-s-s. Waschen läßt sie leuchten.«

Trotzdem sahen die Blumen krank aus. Die grünen Plastikblätter hatten gelbe Flecken bekommen, als wären sie am Verwelken.

»Zu p-i-n-g-e-l-i-g«, meinte sie, aber das sagte sie oft, zum Beispiel wenn ich die Blumen nach Farben in die Vasen ordnete. Ich konnte es nicht leiden, wenn Farben nicht zueinander paßten. Das hatte ich bei Mrs. Drucker gelernt, meiner Kunstlehrerin.

Meine Mutter legte die Blumen auf das Abtropfgitter und ging sich umziehen. Es dauerte immer ewig, bis sie ihren guten Büstenhalter, das Korsett und die Nylonstrümpfe anhatte, und dann folgte ein richtiges Kleid statt ihres üblichen Hauskleides. Ich fragte, ob ich inzwischen den Rest der Sachen für Pessach bei A&P holen dürfe, und konnte es kaum fassen, als sie ja sagte.

Bei A&P lud ich Matzenmehl, koscheres Salz und *farfl* aus Matzenmehl in meinen Wagen, dann stand ich in der Schlange und schaute mir an, was die anderen kauften. Man erfuhr eine Menge über Menschen, wenn man sich ansah, was sie in ihrem Wagen liegen hatten, zum Beispiel ob sie einen Hund oder einen Vogel hatten oder ob sie katholisch waren, denn Juden aßen weder Schinken noch Schweineschnitzel.

Ich versuchte gerade das Etikett eines Päckchens zu entziffern, das in einem Einkaufswagen in der Nachbarschlange lag, als ich jemanden sagen hörte: »Ist deine Mutter krank?« Ich hob den Kopf und sah in das sommersprossige Gesicht von Mrs. O'Meara, unter ihrem weißen Kopftuch lugten ein paar rote Haare hervor. »Ich hab dich hier noch nie allein gesehen«, fügte sie hinzu.

Ich erklärte ihr, daß meine Mutter sich gerade zum Ausgehen fertig machte.

»Ach ja, bald ist Pessach.« Sie betrachtete die Sachen in meinem Wagen. »Am Sonntag ist schon Ostern.« In ihrem Wagen lagen zwei Pakete mit kross gebackenen Rosinenbrötchen. In Goldin's Bakery in der Dyckman Street, wo meine Mutter immer Kuchen kaufte, waren sie nicht mit so einem weißen Zuckerguß überzogen. Ich fragte Mrs. O'Meara, was in dem Päckchen war, das aussah wie ein riesiger Schwamm.

»Kutteln«, sagte sie. »Schweinemagen.«

Ich kicherte. Glory hatte mir mal weismachen wollen, daß die Zunge, die meine Mutter kochte, von einem richtigen Tier sei. Aber das war nicht halb so verrückt wie ein Schweinemagen.

Mrs. O'Meara und ich liefen gemeinsam zur Arden Street zurück. Vor dem Haus stieß sie einen tiefen Seufzer aus. »Ich muß heute nachmittag noch die Fenster putzen.« Dann lächelte sie. »Wenn Ostern nicht wäre, würde es bei den O'Mearas wie in einem Schweinestall aussehen.«

Das überraschte mich. Ich hatte nicht gewußt, daß auch Leute, die keine Juden waren, vor Pessach extra saubermach ten. Ich war noch nicht einmal sicher, ob alle Juden es taten, eher, daß meine Mutter einen ganz besonderen Putzfimmel hatte.

Mrs. O'Meara ging weiter zu ihrem Haus. Ich rannte die vier Stockwerke hinauf, immer drei Stufen auf einmal. Sobald ich die Tür öffnete, hörte ich ein seltsames Geräusch, wie das Klatschen eines Lederriemens. Mein Vater schrie: »Nie, nie!«, während das Klatschklatschklatsch lauter wurde. Dann sah ich, wie er mit den Plastikblumen auf den Spülbeckenrand einschlug.

»Kaputt«, sagte meine Mutter.

Mein Vater schob das Fenster auf und warf die Blumen hinaus. Er knallte das Fenster so laut zu, daß der Boden zitterte. Meine Mutter gab einen seltsamen Laut von sich, so ähnlich, wie wenn eine Puppe »Ma-a-a-a« sagt.

Weil ich nicht wußte, was ich sonst tun sollte, ging ich hinein und stellte die Einkaufstasche auf den Tisch. Mein Vater kam auf mich zu und drückte mich mit dem rechten Arm an sich. Aus dem Augenwinkel konnte ich seine andere Hand sehen, die meiner Mutter buchstabierte: »I-m-m-e-r a-r-b-e-i-t-e-n.« Dann ließ er mich los und lief aus der Küche.

»Er denkt nur an sich«, sagte meine Mutter. »Er hilft nie.«

»Soll ich die Blumen holen?« fragte ich. Aber sie rümpfte die Nase. »H-u-n-d-e-p-i-s-s-e«, sagte sie und meinte damit, daß unten die Hunde immer Gassi gingen.

»Kaufen wir neue?« fragte ich.

»A-l-b-e-r-t ist schuld.« Das hieß, mein Vater war schuld, daß wir jetzt nicht genug Blumen hatten, und sie würde daran nichts ändern. Ich folgte ihr ins Schlafzimmer und schaute zu, wie sie sich schminkte. Erst zog sie die Konturen nach, dann malte sie die Lippen aus, bevor sie sie zusammenpreßte und mit einem Papiertuch abtupfte. Der Lippenstift war zu orange für ihr Kleid.

Ich winkte meinem Vater zum Abschied zu, dann gingen

wir hinaus, zuerst zum Fort Tryon Park, wo sich die Gehörlosen am Sandkasten auf dem Spielplatz trafen. »Wir haben noch was zu tun«, erklärte ihnen meine Mutter, deshalb würden wir nicht lange bleiben.

Beim koscheren Metzger kauften wir zwei Hühner. Ich hoffte, wir würden auch zu Five and Ten gehen, aber wir überquerten die Dyckman, gingen zu Goldin's und kauften ein Roggenbrot, geschnitten, mit Kümmel.

»Das letzte Brot«, bedeutete mir meine Mutter, während das Brot geschnitten wurde; an Pessach würde es dann nur noch Matzen geben.

Bei Nick's Fruits kauften wir ein paar Bananen und Äpfel, dann bogen wir um die Ecke in die Nagle Avenue. Uns fiel sofort auf, daß da, wo das Handschuhgeschäft zugemacht hatte, ein neuer Laden eröffnet hatte. Wir liefen zum Schaufenster hinüber. Auf einem Schild stand mit schwarzen Buchstaben: MAHMOUD'S GARDEN. Darunter waren Vasen mit Blumen ausgestellt. Plastikblumen. Eine Frau kam aus dem Laden, sie trug eine braune Tüte, aus der rote Rosen herausragten.

»N-u-r schauen«, sagte meine Mutter, und als wir schon in der Tür standen, noch einmal: »N-u-r schauen.«

Drinnen war es dämmrig, vielleicht weil die Deckenlampen ziemlich weit auseinander hingen, und sehr voll. Viele Kundinnen beugten sich über die Behälter, die an den Wänden entlang aufgereiht und mit Plastikblumen gefüllt waren, sorgfältig arrangiert nach Sorten und Farben.

Ich hatte eben begonnen, meiner Mutter in der Gebärdensprache etwas zu sagen, als ich sah, daß sie gar nicht mehr neben mir stand. Sie kauerte vor einem Behälter mit roten Tulpen. Die Hühner und das Obst lagen zwischen ihren Füßen auf dem Boden. Sie schaute hoch. »Frag, wieviel«, bedeutete sie mir.

Ich ging zu dem Mann an der Kasse und fragte ihn, wieviel die Tulpen kosteten. Er starrte mich einen Moment lang an, als hätte er mich nicht verstanden. Sein Gesicht war groß und so braun wie ein Schokoladenriegel. Er hatte dichte schwarze Augenbrauen, und sein Schnurrbart war viel größer als der meines Vaters, der außerdem rötlichblond war.

»Ist das deine Mutter?« fragte mich der Mann. »Die taubstumme Dame da?«

»Sie ist nicht stumm. Sie ist gehörlos.«

»Versteh mich nicht falsch«, erwiderte er, »ich habe es nicht böse gemeint. Erklär deiner Mutter, weil sie so schön ist, gebe ich ihr zwanzig Blumen für einen Dollar und fünf Blumen noch dazu, geschenkt. Alle andern bekommen für einen Dollar nur zehn.«

Den Teil mit der Schönheit übersetzte ich ihr nicht. Insgeheim wunderte ich mich, warum dieser dunkle Mann so etwas sagte. Meine Mutter war klein, nur einen Meter fünfzig, ich war schon größer als sie. Sie hatte hellbraune Haare, die sie aus ihrem runden Gesicht kämmte und seitlich mit großen Kämmen feststeckte. Ihren Bauch mußte sie mit einem Korsett bändigen, sonst sah er aus wie ein aufgeblasener Wasserball, und ihre großen Brüste mit einem Büstenhalter. Aber in einem Kleid wirkte sie nicht fett. Heute trug sie ihr rotweiß kariertes Kostüm und schwarze Halbschuhe mit halbhohen Absätzen, von der Verteilerstelle des Roten Kreuzes in der Dyckman Street. Wir ließen uns Zeit, schlenderten im Laden herum, inspizierten jeden Behälter. Die anderen Kundinnen grabschten nach den Blumen und riefen einander Bemerkungen zu. Der dunkle Mann näherte sich und flüsterte mir ins Ohr: »Sag deiner Mutter, sie ist die schönste Blume in meinem Garten.«

Meine Mutter wollte wissen, was er gesagt hatte. »Du bist hübsch«, übersetzte ich ihr.

Sie lächelte ihn an, so daß man ihre Zähne sehen konnte, wobei ihr Gesicht einen seltsamen Ausdruck hatte, als bemühe sie sich, ihre Gefühle nicht zu zeigen. Ich glaubte nicht, daß sie ihn mochte. »Es ist klug, sich Freunde machen«, bedeutete sie mir.

Er fragte mich, was sie gesagt hatte.

Ich zuckte mit den Schultern. »Nichts.«

»Komm, Süße, was hat deine Mutter gesagt? Mag sie mich?«

»Er ist die P-e-s-t«, sagte ich zu meiner Mutter.

Er versuchte, selbst mit ihr zu sprechen. Tonlos formte er mit den Lippen das Wort »wunderschön« und deutete auf ihre Augen.

Meine Mutter hatte braune Augen, nichts Besonderes.

»Wie heißt sie?« fragte er mich.

»Hannah Zimmer«, antwortete ich. Und ihr bedeutete ich: »Er kennt deinen Namen.«

Sie lächelte.

»Seid ihr Deutsche?« fragte er und machte dabei ein merkwürdiges Gesicht. Deshalb antwortete ich: »Meine Mutter kommt aus Rußland. Sie ist dort geboren.«

»Mein Name ist Mahmoud Abdullah. Ich buchstabiere ihn für dich, damit du ihn deiner Mutter sagen kannst.«

Als ich ihn ihr buchstabiert hatte, meinte sie: »Zu lang, kann ich mir nicht merken.«

Ich hätte fast losgekichert.

Eine Dame schrie von der Registrierkasse herüber, wer denn nun ihr Geld nehmen wolle. »Süße, ich komme«, schrie er zurück und ging. Während er die Kasse bediente, beobachtete er uns. Bis er zurückkam, hatten wir drei gelbe Tulpen ausgesucht. Er drückte sich zwischen uns, griff in den Behälter und stopfte eine ganze Handvoll gelber Tulpen in eine braune Tüte. »Was noch? Was noch?« fragte er mich. »Welche mag sie?« Er ging die Reihe entlang und packte ganze Bündel verschiedener Blumen in die Tüte, bevor er sie meiner Mutter in die Hand drückte.

»Wieviel?« fragte ihn meine Mutter mit Lippenbewegungen.

Er machte eine abwehrende Handbewegung.

»Denkt er, ich bin f-r-e-i?« wollte meine Mutter wissen und lächelte, daß man alle Zähne sah.

Irgendwie fühlte ich mich eklig.

Nun rief eine andere Kundin von der Kasse herüber, und Mr. Abdullah entschuldigte sich. Meine Mutter und ich blieben stehen. »Er hat den Ring gesehen.« Meine Mutter deutete auf ihren Ehering. »Er weiß, daß ich verheiratet bin.«

Als Mr. Abdullah zurückkam, gab er meiner Mutter eine Karte, auf der stand: »Mahmoud's Garden«. Er bewegte die Lippen. »Kommen Sie morgen wieder.«

Meine Mutter nickte. Aber ich wußte, daß sie ihn nicht verstanden hatte.

Er deutete auf ein Regal. »Morgen gebe ich Ihnen eine Vase. Welche Sie wollen.«

Ich übersetzte sein Angebot.

»Vielleicht hat er Mitleid, weil ich taub bin«, sagte sie und schickte ihm eine Kußhand, um sich zu bedanken.

Ich suchte das Regal nach etwas ab, was mir gefiel, und mein Blick fiel auf eine Vase ganz vorn, auf die eine chinesische Dame gemalt war. Ihr blau- und rosafarbenes Gewand floß in üppigen Wellen um die Vase herum, die am oberen Rand grün und orange war. Da paßten bestimmt eine Menge verschiedener Blumen hinein.

Er sah meinen Blick. »Sag ihr, sie soll morgen früh wiederkommen.«

Wir waren schon auf dem halben Weg, da fiel meiner Mutter ein, daß sie das Brot im Blumengeschäft liegengelassen hatte; ich rannte zurück, um es zu holen. Mr. Abdullah hielt mir die Tüte hin, als er mich sah. »Wo wohnt ihr?« fragte er.

»Sickles«, log ich. »Sickles 22«, und überlegte, ob er es merken würde. In der Sickles Street 22 wohnte Marilyn Jaffe, die ich manchmal nach der Schule besuchte, um ihr bei schwierigen Rechenaufgaben zu helfen.

»Ich lege die Vase zurück«, sagte er, noch bevor ich das Brot nehmen und wieder hinausrennen konnte.

Als ich meiner Mutter erzählte, daß er nach unserer Adresse gefragt hatte, schüttelte sie den Kopf und preßte die Lippen zusammen, bis kaum mehr etwas von ihrem Lippenstift zu sehen war. Ich fragte sie, ob wir am nächsten Tag hingehen und die Vase holen würden.

Sie dachte einen Moment nach. »Er ist ein schöner Mann.«

Ich verstand nicht, was sie Schönes an ihm fand, aber sie fand ja auch meinen Vater schön. Deshalb hatte sie ihn geheiratet, wie sie mir mal gesagt hatte.

Sobald wir oben waren, zählte ich die Blumen. Es waren siebenundfünfzig, eigentlich über fünf Dollar wert. Meine Mutter wusch sie ab, während ich Milch trank und Roggenbrot mit Butter aß. Mein Vater war schon zur Arbeit gegangen. Als die Blumen trocken waren, ordnete ich sie nach Farben und stellte sie in die verschiedenen Vasen. Mir blieben noch eine ganze Menge Blumen übrig, und sehnsüchtig wünschte ich mir die chinesische Dame, aber ich war mir nicht sicher, ob ich wirklich wollte, daß meine Mutter Mr. Abdullah wiedersah.

Trotzdem überlegte ich am nächsten Morgen, gleich nach dem Aufwachen, wie ich sie dazu bringen konnte. Ich lief in die Küche, aber da war sie nicht, auch nicht im Bad, also ging ich ins Schlafzimmer, wo mein Vater vermutlich noch schlief. Vielleicht räumte sie gerade den Schrank auf. Doch als ich die

Tür aufmachte, traute ich meinen Augen nicht. Mein Vater lag auf dem Rücken, und seine Hände ruhten auf den Brüsten meiner Mutter, die auf dem Bettrand saß. Sie sprang auf, als sie mich sah, und befahl: »Geh in die K-ü-c-h-e!«

Ich schüttete mir Cornflakes in eine Schüssel, kippte Milch darüber und las die Rubrik mit der Straßenumfrage. Es ging darum, worauf die Leute in der Fastenzeit verzichteten. Ich wußte, daß Glory auf den Nachtisch verzichtete. Als meine Mutter hereinkam, fragte ich sie, warum mein Vater ihren Busen angefaßt hatte, aber sie sagte, das habe er gar nicht getan.

»Ich hab's gesehen«, widersprach ich.

Sie schüttelte den Kopf. »Du weißt zuviel. Wie eine Erwachsene.« Damit war klar, daß sie mir nichts erzählen würde.

Es war halb elf. Mr. Abdullah hatte gesagt, sie solle morgens kommen, aber sie hatte noch immer ihr Hauskleid an, in dem sie nie irgendwohin ging, außer zu A&P, mit ihrem Mantel darüber. Ihr richtiges Kleid zog sie immer erst nachmittags an. Ob Mr. Abdullah warten würde?

Aber auch nach dem Mittagessen machte meine Mutter keine Anstalten, sich umzuziehen. Als ich sie an die Vase erinnerte, sagte sie: »Ich muß a-r-b-e-i-t-e-n, vielleicht s-p-ä-t-e-r.« Ich ging mit ihr hinunter zu den Waschmaschinen im Keller. Wir saßen auf den Klappstühlen und warteten, bis die Bettücher fertig waren. Dann ließen wir sie durch den Wringer laufen, meine Mutter stand auf einer Seite und ich auf der anderen, schließlich schleppten wir den Wäschekorb nach oben.

Ich war gerade damit beschäftigt, meiner Mutter die letzte Wäscheklammer zu reichen, damit sie die Bettwäsche an die Leine hängen konnte, als mein Vater auf der Suche nach einem Zahnstocher in die Küche kam. Sein Blick fiel auf die Blumen. »Neu gekauft?«

»U-m-s-o-n-s-t, ein Mann hat sie mir gegeben«, sagte meine Mutter. »Verrückt.«

»Wirklich?« fragte er, als würde er ihr nicht glauben.

Ich bewegte die Hände. »Der Mann mag Mama, er hat ihr die Blumen geschenkt.«

Aus irgendeinem Grund machte ihn das noch zorniger. Er packte meine Mutter am Arm und zog sie aus der Küche. »U-n-s-c-h-u-l-d-i-g«, buchstabierte sie für ihn, bevor er sie aus der Tür zerrte.

Weil ich wußte, daß meine Mutter das Küchenfenster putzen und die Küchenvorhänge waschen wollte, kletterte ich auf die Fensterbank, nahm die Chintzvorhänge ab und legte sie in das große Becken. Ich lauschte, ob mein Vater wütende Laute von sich gab, aber es war nichts zu hören.

Schon bald kam meine Mutter wieder zurück. Sie sah das Fenster. »Danke für die Hilfe.«

»Ist Daddy sauer?« fragte ich.

»Kühl«, sagte sie, das hieß, er hatte sich abgekühlt. Sie gab mir etwas Geld, aber nicht zum Einkaufen. »Geh ins Kino.«

»Heute?« Es war Donnerstag, und normalerweise ging ich immer samstags. Außerdem hatte sie mir fünfunddreißig Cent gegeben, obwohl das Kino nur einen Quarter kostete und ich sonst nie mehr als einen Nickel für Bonbons bekam.

»Viel S-p-a-ß«, wünschte sie mir.

Draußen schlug ich die Richtung zu Loews Lichtspieltheater ein, doch an der Nagle Avenue überquerte ich die Straße und betrat Mahmoud's Garden. Mr. Abdullah fragte sofort nach meiner Mutter. Er nannte sie Mrs. Hannahzimmer, als wäre es ein Wort. Ich tat so, als würde ich lächeln, und sagte, sie habe viel zu tun. Und dann fragte ich schnell, wieviel die chinesische Dame kostete, und streckte meine Hand mit dem Quarter und dem Dime aus.

Plötzlich bekam er einen ganz merkwürdigen Gesichtsausdruck, und mir fiel auf, daß er an mir vorbei nach draußen blickte. Eine dunkelhäutige Frau mit einem braunen Schal um den Kopf und ein paar dunkelhäutige Kinder überquerten die Straße und kamen auf uns zu. Das mußte Mrs. Abdullah sein.

Er nahm mir das Geld aus der Hand, steckte die Vase in eine braune Tüte und schob sie mir zu. »Morgen«, sagte er und ging in den hinteren Teil des Ladens.

Ich hielt für Mrs. Abdullah die Tür auf. Die Kinder waren alle fett, aber sie selbst war richtig dünn, schön und dunkel, wie meine Freundin Glory, ohne wirklich eine Schwarze zu sein.

Ich verbrachte den Nachmittag in der Bücherei, blätterte Zeitschriften durch und versuchte, ein Buch zu lesen, aber die ganze Zeit dachte ich an Mahmoud Abdullah und fragte mich, ob er auf der Suche nach weißen Sklavinnen war. Marilyn Jaffes große Schwester hatte uns von weißen Sklavinnen erzählt, und sie war keine, die Witze machte. Ich versuchte mir vorzustellen, wie Mr. Abdullah meine Mutter und mich in den Raum hinter seinem Laden schleppte und fesselte, bevor er uns wegbrachte. Das machte mich richtig wütend; er hatte meine Mutter wohl für blöd gehalten, nur weil sie taub war.

Um halb vier, als der Film in etwa zu Ende sein mußte, ging ich nach Hause. Mein Vater hielt sein Schläfchen im Sessel, obwohl er heute seinen freien Tag hatte. Meine Mutter hatte das Küchenfenster geputzt, von oben bis unten, und wusch gerade die Vorhänge. Sie wollte gleich wissen, was in der braunen Tüte war, also klappte ich sie auf und zeigte ihr die chinesische Dame.

Sie legte den Finger auf die Lippen: »Sag A-l-b-e-r-t nichts.« Sie sah aus, als wolle sie noch etwas hinzufügen, aber dann machte sie sich doch wieder daran, die Vorhänge auf dem Waschbrett zu rubbeln. Ich stellte die übrigen Blumen in die chinesische Dame, so viele, wie hineingingen, und wartete, bis meine Mutter sich umdrehte. Als sie es endlich tat, fiel ihr gar nichts auf.

»Ich t-r-a-u-e ihm nicht«, sagte sie über Mr. Abdullah. Und dann fragte sie: »Hat er dich angefaßt?«

Sie hatte mir schon früher von Männern erzählt, die vielleicht darauf aus waren, mich anzufassen. »Ich bin doch nicht d-u-m-m«, sagte ich.

»V-o-r-s-i-c-h-t-i-g«, mahnte sie und zog den Gummistöpsel aus dem Becken. Sie drückte die Vorhänge aus und deutete auf das Trockengestell an der Decke, weil die Wäscheleine draußen voll war. Ich ließ es herunter, und als meine Mutter die Vorhänge aufgehängt hatte, zog ich an der Schnur, bis das Gestell wieder unter der Decke hing. Meine Mutter hatte noch immer nichts zu der Vase gesagt.

»Hübsch?« fragte ich sie.

»U-m-s-o-n-s-t?«

Ich sagte, ich hätte meine fünfunddreißig Cent dafür bezahlt.

»Kein Kino?«

Ich schüttelte den Kopf. »Ich war in der B-ü-c-h-e-r-e-i, lesen.«

»Teufelchen«, sagte meine Mutter, aber es war klar, daß sie nicht böse war. »Hilf mit dem Teppich, das letzte.« Der Teppich war also das letzte, was wir vor Pessach zu tun hatten. Zuerst ließ sie mich jedoch die chinesische Dame in mein Zimmer bringen.

Wir rollten den Teppich im Wohnzimmer zusammen, vorsichtig, um meinen schnarchenden Vater nicht zu wecken. Sie nahm das eine Ende, ich das andere, und so trugen wir ihn hinauf aufs Dach. Dort nahm sie ein Seil aus der Tasche ihres Hauskleides, spannte es wie eine Wäscheleine zwischen zwei Pfeilern, und wir hängten den Teppich darüber. Dann ging sie die Klopfer holen.

Sie zeigte mir, wie man gegen den Teppich schlug, um den Staub herauszubekommen. Von dem ganzen Staub fingen wir bald an zu keuchen, und meine Augen brannten. Der Himmel war klar und leuchtete rosa, und weit oben trieb eine dunkelgraue Wolke. Ich stellte mir vor, sie wäre aus dem Staub, den wir aus dem Teppich schlugen, nur um nicht daran zu denken, wie weh mir meine Arme schon taten. Es half auch nicht viel, wenn ich den Klopfer von der einen Hand in die andere nahm.

Wind kam auf, und alles um uns herum fing an zu knarren, was meine Mutter natürlich nicht mitbekam, so daß es ihr nichts ausmachte. Ich hörte ein Knirschen, als jemand eine der Türen zum Dach öffnete. Und wenn das jetzt Mr. Abdullah war, der uns holen wollte? Aber es waren nur Roy Rogers und Glory, die ihrem Bruder das Geheimversteck für ihre Lieblingssteine zeigen wollte, das ich sowieso schon kannte.

»Ich hab dich die ganze Woche nicht gesehen«, sagte Glory. »Bist du sauer oder was?«

»Ich hab meiner Mutter geholfen. Ziemlich viel sogar.«

»Na und?«

Ich antwortete nicht, und sie fragte, ob ich nach dem Abendessen runterkommen wollte.

»Okay.« Ich war ganz wild darauf, ihr die chinesische Dame zu zeigen, bevor meine Mutter sie wusch.

»Was macht ihr da?« fragte Roy Rogers.

»Den Staub rausklopfen.« Ich schlug heftiger, um es ihm zu zeigen.

»Eine Giftwolke!« kreischte Glory, und beide rannten um die Wette über das Dach.

Meine Mutter schob den Kopf hinter dem Teppich hervor. »Gib G-l-o-r-y die e-x-t-r-a Blumen«, sagte sie und meinte die vier Tulpen und die beiden weißen Nelken, die nicht mehr in die chinesische Dame gepaßt hatten. Ich nickte und überlegte, ob ich sie vielleicht gegen ein Schokoladenosterei tauschen konnte, so eines mit bunten Blumen darauf.

Bald kam kein Staub mehr heraus. Die Wolke über uns war verschwunden und der Himmel mittlerweile fast dunkelrot geworden. Wir nahmen den Teppich von der Leine und wollten ihn gerade zusammenrollen, als ich ein Knarren hörte, dem schwere Schritte folgten. Ich sagte es meiner Mutter, aber ich war zu erschrocken, um selbst nachzuschauen. Die Schritte hinter mir wurden lauter. Meine Mutter machte ein überraschtes Gesicht. Ich starb fast vor Angst.

»Du bist d-u-m-m«, sagte sie. »Daddy.«

»Daddy?« Ich drehte mich um.

»B-r-a-u-c-h-t ihr Hilfe?« fragte mein Vater.

Während meine Mutter die Leine abmachte und zusammenrollte, bückte sich mein Vater, drückte mir das eine Ende des Teppichs in die Hand und nahm das andere. So trugen wir ihn hinunter. Hinter uns konnte ich die Absätze meiner Mutter auf den Stufen klappern hören und freute mich, daß sie sich miteinander versöhnt hatten, während ich weg war. Aber bestimmt würde es meine Mutter nicht mehr zulassen, daß er sie an dieser einen Stelle anfaßte.

Meines Vaters Liebling

Vor dem Labor Day bat Melva meinen Vater, ihr Geld für Schulkleidung zu geben. Ich saß mit den Karten auf dem Wohnzimmerboden und spielte gegen mich selbst, als ich sah, wie sie ihm ins Schlafzimmer folgte, um ihn darum zu bitten. Ich hatte nicht erwartet, daß er in die Tasche greifen und ihr das Geld einfach in die Hand drücken würde, aber genau das tat er. Und was machte Melva? Sie sagte, zehn Dollar seien nicht genug.

»Denkst du, ich bin reich?« gab ihr mein Vater zu verstehen.

»Du bist ein Geizhals«, antworteten ihre Hände, vielleicht weil sie nicht anders konnte.

In gerade mal zwei Sekunden hatte er sie an die Wand gedrückt und drehte ihr den Arm auf den Rücken. Sie schrie, und ich rannte zu meiner Mutter in die Küche. »Ich habe Angst, er bricht ihr den Arm«, sagte sie, bevor sie ins Schlafzimmer lief.

Als wir dort ankamen, hielt Melva die Arme vors Gesicht. Mein Vater schlug auf sie ein. Die Töne, die er dabei ausstieß, hörten sich an, als hätte er einen entzündeten Hals: »Ehrenvaterehrenvaterehrenvater.«

Meine Schwester sank zu Boden, und mein Vater bedeutete meiner Mutter mit den Händen, sie solle hinausgehen. »Geizhalsgeizhalsgeizhals«, sagte meine Schwester, aber nicht in der Gebärdensprache, sie bewegte kaum die Lippen. Wie einer dieser Bauchredner in der Show von Ed Sullivan.

Meine Mutter versuchte, die Arme zwischen meinen Vater und Melva zu schieben, sie gab Geräusche von sich, als würde sie weinen. Als er sich zu ihr umdrehte, schaute ich weg, ich wußte, was kommen würde. Er stieß meine Mutter so heftig, daß sie hinfiel.

Melva durfte die zehn Dollar nicht behalten. »Er wird schon noch bekommen, was er verdient«, sagte sie zu mir. »Jeder bekommt, was er verdient.« Das habe sie im Alten Testament gelesen, behauptete sie, also müsse es wahr sein. Und dann weinte sie.

Nach dem Mittagessen wollte mein Vater einen Spaziergang machen. Melva sollte beim Geschirrspülen helfen, aber sie meinte: »Ich muß raus aus diesem Höllenhaus.« Das hieß, daß sie zu Toni gehen wollte, ihrer besten Freundin. Deshalb bot ich an, das Geschirr abzutrocknen. Aus irgendeinem Grund warf mir Melva einen Blick zu, als würde sie mich am liebsten umbringen.

Meine Mutter ließ Wasser in das tiefe Spülbecken laufen und stellte das Geschirr hinein. Sie spülte es im kleinen Bekken sauber und gab mir ein Stück nach dem anderen, bis sie plötzlich innehielt: »Schön, schön, er schenkt M-r-s. K-l-e-p-p eine Halskette«, sagte sie und schüttelte den Kopf. Alle Gehörlosen würden schon darüber tratschen, erklärte sie. Vermutlich hatte sie es deshalb erfahren. »Er denkt nicht zuerst an seine e-i-g-e-n-e Tochter.«

»Daddy schenkt M-r-s. K-l-e-p-p etwas?« fragte ich. »Warum?«

Sie verzog das Gesicht, als würde sie gleich weinen. »Er ist schlau, er will, daß sie ihn mag. Verstehst du?« Vermutlich versuche mein Vater bei seinem Spaziergang Mrs. Klepp zu treffen.

Ich nickte. Ich verstand nicht wirklich, warum mein Vater Mrs. Klepp dazu bringen wollte, ihn zu mögen. Sie war gehörlos und wohnte einen Block weiter.

Meine Mutter schob ihre Hände wieder in das Seifenwasser. Als sie sie herauszog, um weiterzureden, spritzte sie mich naß. »Entschuldigung.« Sie nahm das Küchenhandtuch, um mir etwas Schaum aus den Haaren zu wischen. »Er denkt, sie ist was B-e-s-o-n-d-e-r-e-s, aber in Wirklichkeit ist sie ein F-l-i-t-t-c-h-e-n.«

Flittchen nannte Melva die Mädchen in ihrer Schule, die auf der Toilette rauchten. Ich wußte, daß Mrs. Klepp ständig rauchte, aber ich nahm nicht an, daß es das war, was meine Mutter meinte.

»Erzähl es nicht M-e-l-v-a und S-i-d-n-e-y«, sagte sie.

Obwohl Melva und Sidney viel älter waren als ich, sprach meine Mutter mit mir, als würde ich alles besser verstehen als die beiden anderen.

»Psst«, machte ich, denn ich hörte den Schlüssel in der Wohnungstür.

Mein Vater steckte den Kopf zu uns herein, sagte aber nichts. Ich hörte, wie er ins Wohnzimmer ging, wo er immer seinen Mittagsschlaf hielt.

Meine Mutter lächelte seltsam. »W-e-t-t-e-n, sie ist nicht zu Hause.« Sie meinte Mrs. Klepp.

Am Sonntag darauf, als wir alle in der Küche zu Abend aßen, bat mein Bruder meinen Vater um Geld für einen Fanghandschuh, damit er bei den Sluggers mitspielen konnte. Das war das Team, das von O'Hanlon's Taverne in der Nagle Avenue gesponsert wurde.

Mein Vater legte Messer und Gabel auf seinen Teller. »Du spielst nicht mit katholischen F-a-u-l-e-n-z-e-r-n«, bedeutete er ihm.

»Sie sind keine F-a-u-l-e-n-z-e-r«, antwortete mein Bruder. »Sie spielen n-u-r Baseball.«

»Katholisch ist nicht gut«, sagte mein Vater verärgert.

Melva gab wieder die Bauchrednerin. Ohne die Lippen zu bewegen, sagte sie: »Sidney, laß es.«

Aber inzwischen war mein Bruder wirklich wütend. »W-e-n-n katholisch nicht gut ist, warum bist du dann mit M-r-s. K-l-e-p-p befreundet?«

Sofort versuchte meine Mutter, meinem Vater klarzumachen, daß Sidney es nicht so gemeint hatte. Mein Vater antwortete, sie solle sich da raushalten. Er befahl Sidney, ins Badezimmer zu gehen. Das hieß, daß er eine Tracht Prügel bekommen würde. Ein paar Sekunden saßen wir alle wie versteinert da.

»Geh!« schrie mein Vater mit seiner heiseren Stimme. Als er aufstand, schlug er so fest mit der Faust auf den Tisch, daß die Teller hochsprangen. Meine Mutter stellte sich ihm in den Weg, aber er stieß sie auf ihren Stuhl zurück. Er schnappte Sidney am Arm und schob ihn zur Tür. Gleich darauf rannte meine Mutter ihnen hinterher.

»Warum hat Sidney das gesagt?« fragte ich Melva.

»Er hat sie zusammen gesehen, wie sie in der Innenstadt ins Kino gegangen sind. Aber erzähl es Mama nicht. Es würde sie kränken.«

»Warum mag Daddy Mrs. Klepp?«

»Sie ist ein Flittchen«, sagte Melva.

Als Sidney anfing zu heulen, gingen wir ins Wohnzimmer. Wir konnten sogar das Klatschen des Gürtels hören. Meine Mutter weinte vor der Badezimmertür.

»Ich könnte ihn umbringen«, sagte Melva. »Er hat es nicht verdient, am Leben zu sein.«

Ich ging in die Küche zurück und hielt mir die Ohren zu.

In dieser Nacht hörte ich meinen Vater vom Gehörlosenzentrum heimkommen, wohin er samstags ging, um Karten zu spielen, zuweilen auch nachmittags, vor seiner Arbeit bei der Post. Manchmal wachte ich auf, wenn er heimkam, und hörte, wie er seine üblichen Beschäftigungen verrichtete. Er hängte seine Jacke in den Flurschrank, öffnete den Kühlschrank und schloß ihn wieder, bevor er sich in die Küche setzte, die *Daily News* las und eine Kleinigkeit aß, vermutlich einen Pumpernickel mit Pflaumenmus, was er am liebsten mochte. Einmal hatte ich ihn dabei beobachtet, aber er hatte mich nicht sehen und natürlich auch nicht hören können.

Kurz darauf hörte ich ihn vor Melvas und meinem Zimmer unter der Mesusa beten. Er machte schmatzende Geräusche. Ich wußte, daß er seine Fingerspitzen küßte und dann den glänzenden goldenen Behälter berührte, in dem sich ein Pergament mit Sprüchen aus der Bibel befand, wie meine Schwester mir erklärt hatte. Sogar wie er auf hebräisch murmelte, konnte ich hören. Er machte noch weitere Schmatzgeräusche, bevor er ins Badezimmer ging. Wie immer rauschte erst die Toilettenspülung, dann plätscherte das Wasser im Waschbekken, lange, sehr lange (was ich nie verstehen konnte), dann kamen seine Schritte an unserem Zimmer vorbei und verklangen im Schlafzimmer, wo meine Mutter schon schlief.

»Glaubst du, es hat ihm leid getan?« fragte ich meine Phantasiefreundin Mary, die neben mir lag. Mary sagte, wenn es ihm wirklich leid tue, würde er aufhören, alle so unglücklich zu machen.

»Ich hasse ihn«, sagte ich.

Mary fand, das sei schrecklich, besonders weil er doch so nett zu mir sei. Ich sei die einzige, die nie Schwierigkeiten mit ihm hätte. Ich sagte, wenn sie erst etwas größer sei, würde sie das verstehen, und dann schlief sie ein. Ich überlegte, was ich tun konnte, damit meine Familie glücklicher war, aber bevor mir etwas einfiel, war auch ich eingeschlafen.

Am Samstag morgen ging ich mit meinen Rollschuhen hinunter. Robin Reinstein und Tommy Shanahan begleiteten mich um die Ecke, damit wir auf der Straße fahren konnten, ohne von jemandem gesehen zu werden, aber im letzten Moment bekam Robin Angst und blieb auf dem Bürgersteig, also fuhren nur Tommy und ich mitten auf der Sherman Avenue. Die Straße war viel glatter als der holprige Bürgersteig und hatte nicht so viele Risse, deswegen machte das Fahren viel mehr Spaß.

Ich bewegte mich gerade mit großer Geschwindigkeit auf die Arden Street zu, als ich plötzlich die donnernde Stimme meines Bruders hörte: »Ruthie!« Ich hielt so ruckartig an, daß ich hinfiel, und bevor ich aufstehen konnte, hörte ich die quietschenden Bremsen eines Autos, das ein paar Zentimeter von mir entfernt stehenblieb. Schneller, als ich denken konnte, hatte mein Bruder mich hochgehoben und auf dem Bürgersteig abgesetzt, neben Melva. Beide waren sie gut angezogen, weil sie gerade aus der Synagoge zurückkamen.

»Was, verdammt noch mal, treibst du hier auf der Straße?« schrie Sidney so laut, daß alle es hören konnten, auch Tommy Shanahan. Als Tommy merkte, daß ich ihn anschaute, machte er sich davon, Richtung Arden Street. Robin war schon verschwunden.

»Daddy würde dich umbringen, wenn er das gesehen hätte«, schimpfte Sidney.

»Sie? Er würde sie nicht anrühren«, sagte Melva. »Sie ist Papas Liebling.« Sie lächelte mich spöttisch an. »So ist es doch, oder?«

»Ich will keinen Ärger«, sagte ich, »deshalb bin ich auch um die Ecke gefahren.«

»Hör zu, wenn ich dich je wieder mit Rollschuhen auf der Straße erwische, dann ...« Sidney sprach seine Drohung nicht zu Ende, denn ich schaute hinunter auf meine Knie, sah, daß sie bluteten, und fing an zu weinen. »Los, geh rauf und mach dir Jod drauf«, sagte er.

Ich fuhr vor ihnen her, zog meine Rollschuhe aus und rannte die Treppen hinauf. Mein Vater wachte aus seinem Mittagsschlaf auf und kam in die Küche, während meine Mutter Mercurochrom auf meine Knie tropfte, weil Jod so weh tat. Ich erzählte ihm, daß ich beim Rollschuhlaufen hingefallen war, erwähnte aber nicht, wo.

Er stellte sich vor meine Mutter. »Du paßt nicht r-i-c-h-t-i-g auf«, warf er ihr vor.

»Ich kann sie nicht i-m-m-e-r im Auge behalten.« Sie klebte ein Pflaster auf mein Knie.

»Du bist keine gute Mutter.«

»Warum ich? Du paßt nie auf«, sagte sie. »I-m-m-e-r nur ich.«

Ich ging aus der Küche, um Mary zu erzählen, was passiert war. Sie fand, es sei nicht meine Schuld, und dann kam mein Vater herein.

»Wollen wir ins G.Z.?« fragte er mich.

»Jetzt?«

Er hatte mich schon lange nicht mehr mitgenommen in den Club. Ich ging immer gern mit, besonders wegen der U-Bahn-Fahrt ins Zentrum. Ich nickte.

»Zieh was anderes an«, befahl er. Er mochte es, daß ich hübsch aussah, wenn ich mit ihm ausging.

Er machte sich ebenfalls zurecht und zog seinen braunen Anzug an. Ich sah, wie er sich mit der Bürste, die ihm Tante Lois zum Geburtstag geschenkt hatte, über die Haare fuhr. Sie hatte einen Rücken aus echtem Silber. Seinen Schnurrbart glättete er mit dem dazugehörigen Bürstchen. Sowohl seine Haare als auch sein Schnurrbart waren erdbeerblond, wie in dem Lied, das mein Bruder so gern sang, über einen Mann namens Casey und wie er Walzer tanzt.

Als wir im Gehörlosenzentrum ankamen, das sich im Untergeschoß eines Hotels in der 72. Straße befand, benahm sich mein Vater ganz anders. Er winkte jedem zur Begrüßung mit einem breiten Lächeln zu. Meine Mutter sagte immer, er sei ein schöner Mann, wenn er lächle. Der Raum war verraucht wegen der vielen Zigaretten und Zigarren der Männer, die an Klapptischen saßen und Karten spielten, wobei sie sich mit wilden Gebärden und knurrenden Geräuschen unterhielten. Es waren nur wenige Frauen da. Sie schauten auf, als mein Vater mich herumführte.

Gehörlose stellten immer die gleichen Fragen. Diesmal war es Mr. Fiorini, der wissen wollte: »Kann sie Gebärdensprache?« Er deutete auf mich.

»F-r-a-g-e-n«, empfahl ihm mein Vater und meinte damit, Mr. Fiorini solle mich selbst fragen, was er dann auch tat.

»Ich kann Gebärdensprache«, bedeutete ich ihm.

»Wunderbar.«

Ich hatte noch nie verstanden, warum es so etwas Besonderes war, daß ich die Gebärdensprache beherrschte, obwohl ich hören konnte. Mein Vater sah sehr glücklich aus.

Wir gingen zu einem Tisch, an dem Mr. Weisbaum, Max Cohen und Mrs. Klepp unter einer Neonlampe saßen, so eine mit einer langen Röhre. Mr. Weisbaum trug natürlich seine Jarmulke. Er und mein Vater machten Witze auf Hebräisch, die ich nicht verstand. Sie sprachen die hebräischen Wörter laut aus (ich war mir nicht sicher, ob man in der Gebärdensprache überhaupt auf hebräisch reden konnte) und lasen sie sich gegenseitig von den Lippen ab. Beide hatten sie als Jungen ihre Bar Mizwa gefeiert, was für Gehörlose etwas ganz Besonderes war, wie mein Onkel Sol immer sagte.

Max Cohen und mein Vater gingen manchmal zusammen zum Pferderennen. Max Cohen wette viel, sagte meine Mutter, und habe immer Schwierigkeiten mit Mrs. Cohen, seiner Frau. Einmal war er ein ganzes Jahr lang nicht ins Zentrum gekommen, weil er sich in Florida vor seinen Buchmachern versteckt hatte.

Mrs. Klepp war eine der wenigen Frauen, die das Gehörlosenzentrum besuchten. Sie wurde zugelassen, weil ihr Mann Mitglied war, aber diesmal war Mr. Klepp nicht dabei. »Wie war das S-p-i-e-l?« fragte sie meinen Vater und meinte das Baseballspiel.

»Hab's nicht gehört«, sagte mein Vater, was hieß, daß ihm keiner das Ergebnis mitgeteilt hatte. Wenn Sidney zu Hause war, hörte er sich das Spiel am Radio an und erklärte meinem Vater, wie es verlief.

Während Mrs. Klepp die Hände bewegte, stieg Rauch von der Zigarette auf, die ihr im Mundwinkel hing. Wenn sie die Zigarette in den Fingern hielt, wurden wir alle vom Rauch eingehüllt, denn sie hatte sehr ausholende Gebärden.

»Du bist M-i-l-l-i-o-n-ä-r-i-n«, neckte mein Vater sie wegen des vielen Geldes, das sie für Zigaretten ausgab.

»Ich gewinne viel beim Poker, ich kann es mir l-e-i-s-t-en, ständig zu rauchen«, sagte sie, und dann lachten beide. Zu Hause sah ich meinen Vater nie lachen.

Er setzte sich an den Tisch, und ich nahm den Stuhl neben ihm und beobachtete, wie Max Cohen die Karten austeilte. Ich wußte ein bißchen über Poker Bescheid, aber nicht genug, um selbst zu spielen. Statt dessen betrachtete ich Mrs. Klepp. Sie hatte eine beigefarbene Strickjacke und einen geraden, schwarzen Rock an, wie eine Schülerin. Meine Mutter trug immer Kleider mit Blumenmuster oder pastellfarbene Sachen. Sie sagte, Mrs. Klepp sei eine Angeberin, aber mir war nicht klar, was sie damit meinte, abgesehen vielleicht von den hohen Absätzen.

Nach einer Weile stand ich auf, ging zum Tisch, auf dem das Essen aufgebaut war, nahm mir eine Scheibe Schmelzkäse und aß sie schnell auf. Mein Vater mochte es aus irgendeinem Grund nicht, wenn ich Belag ohne Brot aß. Mrs. Jacobs brachte mir aus dem Büro etwas Papier und Stifte, zum Malen. Ich konnte nicht gut malen, deshalb schrieb ich eine Geschichte über einen Jungen und seinen Hund. Der Hund rennt weg, deshalb schlägt der Vater den Jungen und sagt, er sei schuld, aber später kauft er ihm einen neuen Hund. Ich wußte, daß mein Vater mich nicht auffordern würde, ihm die Geschichte zu zeigen.

Um halb fünf sagte mein Vater, er müsse jetzt zur Post gehen. Er hätte es gern gehabt, daß Mrs. Klepp ihn bis zur U-Bahn begleitete, aber sie lehnte es ab, sie wollte weiter Poker spielen. Deshalb mußte ich auch noch dableiben, denn sie sollte mich später nach Hause bringen.

Sie fanden jemanden, der fürt meinen Vater weiterspielte, nämlich Mr. Fiorini. Er neckte mich und sagte, ich würde ebenso gut pokern wie mein Vater. »A-l-b-e-r-t ist der B-e-s-t-e. Ich bin f-r-o-h, daß er gegangen ist.« Ich hatte gesehen, wie mein Vater die Münzen vom Tisch abräumte, und wußte, daß er gewonnen hatte.

Als sie aufhörten zu spielen, steckte sich Mrs. Klepp eine Zigarette an. »Wie geht es deinem Bruder?« fragte sie, und als ich sagte, es gehe ihm gut, fragte sie weiter: »Und der Schwester?« Und am Schluß wollte sie wissen, was meine Mutter an diesem Nachmittag tue. Ich zuckte mit den Schultern.

Sie stand auf, und ich dachte, wir würden jetzt gehen, aber sie nahm mich mit zu einem anderen Tisch, an dem Mrs. Gertzner saß. Mrs. Gertzner war eine Freundin meiner Mutter, obwohl wir sie nicht sehr oft trafen. Sie lebte in Brooklyn, in der Nähe der Pferderennbahn, mit einem blinden und gehörlosen Ehemann. Er konnte die Gebärdensprache verstehen, indem er einen an der Hand berührte, wenn man Zeichen machte. Meine Mutter sagte, Mrs. Gertzner gehe zum Zentrum, um vor ihren Sorgen davonzulaufen.

Mrs. Gertzner fragte mich, wie es meiner Mutter ging. »Ist sie daheim?«

»Gut. Sie bügelt.«

»R-u-t-h ist meine Tochter. Schau, sie hat die gleichen Grübchen. Ich bin ihre Mutter«, meinte Mrs. Klepp.

»Das hättest du wohl gern.«

»Willst du f-r-e-c-h werden?« fragte Mrs. Klepp.

»Du willst A-l-b-e-r-t«, erwiderte Mrs. Gertzner und meinte damit meinen Vater.

»Ich schlage dir ins Gesicht.«

»T-r-a-u d-i-c-h«, buchstabierte Mrs. Gertzner langsam. »T-r-a-u d-i-c-h!«

Und Mrs. Klepp traute sich. Mrs. Gertzner schlug zurück. Sie fingen an, sich an den Haaren und an den Kleidern zu ziehen, bis die Männer sie stoppten. Endlich brachte mich Mrs. Klepp nach Hause.

In der U-Bahn auf dem Weg zur Dyckman Street erzählte mir Mrs. Klepp, wie frech Anna Gertzner sei. »Du hast es selbst gesehen. F-r-e-c-h. Sie sagt, ich will A-l-b-e-r-t.«

»Vielleicht stimmt das ja auch«, bedeutete ich ihr und hatte plötzlich das Gefühl, keine Luft zu bekommen. Mein Herz klopfte so laut, daß ich es trotz des Ratterns der U-Bahn hören konnte.

»Du bist f-r-e-c-h. Ich sage es deinem Vater.«

»Ich sage es meiner Mutter«, antwortete ich und schaute ihr direkt in die Augen, die aussahen wie blaue Murmeln.

Den Rest der Fahrt legten wir ohne weitere Gebärden zurück.

Zu Hause wollte ich Melva davon erzählen, beschloß dann aber, es doch nicht zu tun. Also erzählte ich es Mary. Sie sagte, ich solle Gott um Verzeihung bitten, weil ich frech gewesen sei, und ich tat es. Ich versprach, wenn Er nicht zuließe, daß Mrs. Klepp mit meinem Vater darüber redete, würde ich, wenn ich groß war, den Menschen Gutes tun, zum Beispiel Krankenschwester werden.

Am nächsten Samstag sagte mein Vater, er könne mich nicht mitnehmen zum Zentrum, weil Mrs. Klepp einen Zahnarzttermin habe, deshalb sei niemand da, der mich nach Hause bringen könne. Ich nickte, bemüht, ihm nicht zu zeigen, wie froh ich war, aber ich hätte platzen können vor Glück. Er schaute mich seltsam an. Einen Moment lang fragte ich mich, ob er vielleicht meine Gedanken lesen konnte, wie Gott.

Hinter seinem Rücken rief ich: »Mrs. Klepp ist häßlich und dumm!«

Ganz plötzlich wandte sich mein Vater um. Das machte mir angst, aber er sagte kein Wort. Unauffällig ging ich Richtung Zimmertür und schrie dabei wieder: »Sie ist häßlich und dumm!«

»Ruth!« brüllte er. So laut wurde er nur, wenn er wirklich böse war. Ich drehte mich um und sah, daß er mich zu sich winkte. Langsam ging ich auf ihn zu. Er griff in seine Hosentasche, zog einen Quarter heraus und gab ihn mir. Normalerweise gab er mir samstags einen Nickel.

»Liebst du deinen Vater?« fragte er.

Ich nickte.

»Zeig es mir.«

Ich legte meine Arme um ihn und drückte ihn. Er gab mir einen Kuß, der auf meiner Wange ein schmatzendes Geräusch machte. »Du bist ein gutes Mädchen.«

Den Quarter steckte ich unter meine Blusen im Schrank, dann packte ich meine Rollschuhe. Tommy Shanahan war schon unten auf der Straße, als ich ankam. Er forderte mich dazu heraus, auf der Nagle Avenue zu laufen.

»Du bist verrückt«, sagte ich. »In der Nagle kann man totgefahren werden mit den ganzen Lastwagen.«

Also gingen wir um die Ecke und fuhren die Sherman Avenue entlang, bis halb zwölf, das war die Zeit, zu der Sidney und Melva aus der Synagoge kommen würden.

Am Montag nach der Schule sah ich ein Polizeiauto vor unserem Haus halten. Ich rannte hinauf bis zu unserem Treppenabsatz. In der Wohnungstür stand ein Polizist. Neben ihm sah ich meinen Vater und dann einen weiteren Polizisten im Eingang, und meine Mutter, die sich ein blutiges Taschentuch auf die Nase drückte. Die Polizisten waren offenbar sehr froh, daß ich da war und übersetzen konnte.

»Frag deine Mutter, ob sie eine Anzeige erstatten möchte«, sagte einer.

Ich machte das Zeichen für »Reklame« und »geben«, obwohl mir klar war, daß das keinen Sinn ergab, aber ich wußte nicht, was »Anzeige erstatten« heißen sollte.

Meine Mutter hörte auf zu weinen. Sie bedeutete mir: »Er geht ins Gefängnis.«

»Ich glaube, meine Mutter möchte, daß er ins Gefängnis geht«, sagte ich, ohne meinen Vater anzuschauen, und bemühte mich, meinen Mund dabei möglichst wenig zu bewegen, damit er mir nicht von den Lippen ablesen konnte.

Er sah ziemlich bedrückt aus, als sie ihn aufforderten, mitzukommen. Ich umklammerte seine Beine. »Tut mir leid«, sagte der Polizist und löste meine Hände.

Als sie gegangen waren, erzählte mir meine Mutter, wie mein Vater sie in der Küche auf den Fußboden geworfen und geschlagen hatte. Sie nahm an, unsere Nachbarin, Mrs. Cafferty, habe die Polizei gerufen.

»Wer u-n-t-e-r-s-t-ü-t-z-t mich und die Kinder?« fragte sie immer wieder. Dann beantwortete sie ihre Frage selbst. »V-e-r-h-u-n-g-e-r-n«, was hieß, daß wir alle verhungern würden, wenn mein Vater ins Gefängnis kam. Ich konnte nicht aufhören zu weinen, ich hatte Angst, ihn nie mehr wiederzusehen.

Als mein Bruder von der Arbeit nach Hause kam, befahl ihm meine Mutter, meinen Vater bei der Polizeistation abzuholen. Er solle ausrichten, sie habe ihre Meinung geändert.

»So ein Schweinehund«, sagte Sidney. »Es ist was anderes, wenn er über mich herfällt, aber eine Frau zu verprügeln ...«

Während er weg war, kam Melva vom Babysitten nach Hause. »O Gott«, sagte sie, als sie das verschwollene Gesicht meiner Mutter und die blauen Flecken auf ihren Armen sah. »Soll er doch im Gefängnis verfaulen. Für den ganzen Mist, den er gemacht hat, hat er's verdient zu sterben.«

Mein Bruder kam allein zurück. Nachdem mein Vater entlassen worden war, hatte er beschlossen, zum Gehörlosenzentrum zu gehen.

»Seltsam, er geht nicht arbeiten«, sagte meine Mutter.

Dann rief Sidney bei der Post an und gab Bescheid, daß Mr. Zimmer schreckliche Zahnschmerzen habe und sich krank melden müsse.

Danach saßen wir um den Küchentisch. Meine Mutter strickte an einem Pullover für mich. Sidney hatte den aufgeschlagenen *Daily Mirror* vor sich liegen, aber er las nicht wirklich. Melva sagte schreckliche Sachen über meinen Vater, und manchmal fing sie an zu weinen, was mich ebenfalls zum Weinen brachte.

»Dieser Schweinehund«, sagte mein Bruder wieder. »Ich könnte ihn umbringen. Einfach ein Messer nehmen und zustechen, während er schläft. Er würde mich nicht mal kommen hören.«

»Sidney!« mahnte Melva. »Dafür solltest du Gott um Vergebung bitten.«

Als meine Mutter fragte, worüber sie sprachen, antwortete Melva lediglich: »Daddy.« Zu mir und Sidney sagte sie, sie sei es, die ihn umbringen müsse, weil das Gericht mit Mädchen nicht so hart umgehe. »Sie können mich für eine Weile in ein Erziehungsheim stecken, aber dich würden sie ins Gefängnis schicken.« Sie meinte Sidney.

In diesem Moment kam mir die Idee. Niemand würde Verdacht schöpfen, wenn ich es tat. Erstens war ich nicht erwachsen. Zweitens war ich Vaters Liebling.

In dieser Nacht wachte ich auf, als ich hörte, wie der Schlüssel draußen zweimal umgedreht wurde. Mary und ich lagen in der Dunkelheit und lauschten, während mein Vater seine Routine erledigte, die Mesusa an der Tür küßte, lange das Wasser laufen ließ und dann ins Bett ging. Ich sagte zu Mary, sie solle sich keine Sorgen machen, dann stand ich vorsichtig auf, ganz vorsichtig, um Melva nicht zu wecken, die einen sehr leichten Schlaf hatte. Daß Sidney wach wurde, war nicht zu befürchten, er schnarchte, als ich auf dem Weg zur Küche an seinem Sofabett im Wohnzimmer vorbeiging.

Meine Mutter kam herein, als ich noch in der Küchenschublade nach dem großen Messer suchte. Ich hatte vergessen, daß sie vom Licht immer wach wurde. Es schien auf den Dielenspiegel und in ihr Zimmer.

»Was m-a-c-h-s-t du?« fragte sie mich.

»Hunger«, sagte ich. »Brot.«

»Großes Mädchen«, lobte sie, aber dann schmierte sie mir eine Scheibe Roggenbrot mit Erdnußbutter.

Nachdem ich fertig war mit Essen, gingen wir beide zurück ins Bett. Ich dachte lange darüber nach, wie ich es das nächste Mal anstellen würde. Als ich einschlief, war es draußen schon hell.

Am nächsten Tag war Rosch Haschana. Meine Mutter bereitete ein großes Abendessen vor, mit Hühnersuppe und Matzeknödeln und Kartoffelpfannkuchen. Sie und mein Vater sprachen nicht miteinander. Ihr Auge war noch immer geschwollen, und unter ihrer Nase hatte sie eine kleine Schramme. Nach dem Essen ging mein Vater nicht zur Arbeit, wegen des Feiertags. Er und mein Onkel Sol machten sich auf den Weg zur orthodoxen Synagoge, Sidney und Melva zur reformierten. Meine Mutter und ich schauten aus dem Fenster. Als sie kurz im Badezimmer verschwand, lief ich in die Küche, holte das Messer und legte es unter mein Kopfkissen.

»Stimmt was nicht?« fragte sie, sobald sie wieder da war.

»Nein.«

»Hast du was a-n-g-e-s-t-e-l-l-t?«

Wieder antwortete ich: »Nein«, aber sie sah nicht so aus, als würde sie mir glauben.

Es war sehr schwer, wach zu bleiben, bis alle anderen eingeschlafen waren. Ich erzählte Mary viele Geschichten aus Büchern, die ich aus der Bücherei in der 207. Straße geliehen hatte. Als sich das Atmen meiner Schwester so anhörte, als würde sie schlafen, nahm ich das Messer unter dem Kopfkissen hervor und ging zum anderen Schlafzimmer. Ich mußte eine Weile in der Türöffnung stehenbleiben, bis sich meine Augen an die Dunkelheit gewöhnt hatten, dann schlich ich zum Bett.

Mein Herz klopfte so laut, daß ich befürchtete, einen Herzschlag zu bekommen. Um es schnell hinter mir zu haben, mahnte ich mich selbst zur Eile. Ich stieß das Messer meinem Vater in den Rücken. Nichts geschah, außer daß er ein paar seltsame Geräusche von sich gab, bevor er mit seinem üblichen Schnarchen anfing. Ich versuchte es fester. Diesmal zuckte mein Vater zusammen, und sein Arm traf meine Mutter, die davon aufwachte. Sie sah mich sofort. Ich ließ das Messer auf den Boden fallen und stieß es unter das Bett, bevor sie bei mir war. »Krank?« fragte sie.

»Kopfschmerzen«, sagte ich, aber sie konnte nicht sehen, was meine Hände meinten, deshalb gingen wir zum Fenster, wo es vom Mondlicht hell genug war. »Kopfschmerzen«, bedeutete ich ihr noch einmal.

Wir gingen ins Bad, und sie nahm ein Aspirin. Dann suchte sie in der Küche nach dem großen Messer, um die Tablette zu halbieren.

»Komisch, es ist weg.« Sie nahm ein anderes und gab mir eine halbe Tablette. »Geh ins Bett«, sagte sie. »Ich bleibe hier und lese. Ich kann nicht schlafen. Ich denke zuviel nach, über A-l-b-e-r-t.«

Auf dem Weg in mein Zimmer fiel mir ein, daß meine Mutter jeden Morgen mit dem Mop den Staub unter den Betten wegfegte, das Messer konnte dort also unmöglich bleiben.

Ich ging hinüber, um es zu holen, aber in der Dunkelheit konnte ich es nicht sehen. Während ich noch da kniete und herumtastete, machte plötzlich mein Vater Anstalten aufzustehen. Ich rollte mich unter das Bett, halbtot vor Angst. Als er ins Bad ging, schnappte ich das Messer und rannte zurück in mein Zimmer. Ich konnte kaum atmen, so erschrocken war ich.

Nachdem er die Wasserspülung gedrückt hatte, hörte ich ihn durchs Wohnzimmer gehen. Ich schob das Messer unter mein Kissen, lief zur Diele und beobachtete sie im Spiegel. Mein Vater küßte meine Mutter. Richtige Küsse. Auf den Mund, was ich noch nie gesehen hatte. Er bog sie leicht zurück über den Küchentisch. Sie hatten die Arme umeinandergelegt, wie im Kino. Einen Moment lang dachte ich, er würde sie mit seinen Küssen ersticken, aber da richtete er sich auf.

»Gehen wir ins Bett?«

Meine Mutter nickte. Er ging zur Tür. Bevor sie das Licht ausmachte, sah ich, wie sie ihm hinter seinem Rücken die Zunge rausstreckte.

Ich rannte um mein Leben, lief durch das Wohnzimmer und zerdrückte Mary fast, als ich mit einem Satz ins Bett sprang. Kurze Zeit später vernahm ich seltsame Geräusche aus dem anderen Schlafzimmer. Ich hatte Angst, mein Vater würde meine Mutter wieder schlagen, aber ich hörte sie nicht weinen. Ich zog mir das Kissen über den Kopf, und dann schliefen Mary und ich ein.

Am Morgen war meine Mutter in der Küche, so daß ich das Messer nicht zurücklegen konnte. Ich versteckte es in der Schrankschublade, wo ich auch den Quarter von meinem Vater aufbewahrte. Als ich von der Schule nach Hause kam, bügelte meine Mutter die Hemden meines Vaters.

»Wieder gut«, sagte sie, um mir mitzuteilen, daß sie sich mit meinem Vater versöhnt hatte. Ihr Lächeln war merkwürdig.

Ich fragte mich, wie es dazu gekommen war. »Hat Daddy um Entschuldigung gebeten?« erkundigte ich mich.

Sie zuckte mit den Schultern. »Der Onkel hat es geraten«, sagte sie, was hieß, daß Onkel Sol meinen Vater aufgefordert hatte, es zu tun. »Ich glaube nicht ans Beten.«

»Du glaubst nicht an G-o-t-t?« fragte ich, um sicherzugehen.

»Gut, um Kinder zu erziehen, das ist a-l-l-e-s.«

»Es ist eine S-ü-n-d-e, nicht an Gott zu glauben«, sagte ich, denn so hatte Melva es mir erklärt.

Sie legte den Finger auf die Lippen. »Nicht D-a-d-d-y sagen!«

Auch ich legte den Finger auf die Lippen.

Sie gab mir ein Hemd meines Vaters zum Aufhängen. Ich knöpfte es sorgfältig zu, wie sie es mir beigebracht hatte. »Du bist ein S-c-h-a-t-z. A-l-b-e-r-t hat G-l-ü-c-k«, sagte sie.

Ich fing an zu weinen, aber den Grund dafür wollte ich ihr nicht sagen.

»Bist du traurig, weil er mir weh getan hat?« fragte sie und deutete auf den großen, rotlila verfärbten Fleck auf ihrem Oberarm. »Nicht traurig sein, es wird besser.« Und sie erzählte mir, daß sie und mein Vater nachher ins Kino gehen wollten und meine Schwester auf mich aufpassen würde. Dann drückte sie mich an ihren weichen, runden Bauch und ihren großen Busen.

Später legte ich das Messer zurück in die Küchenschublade, aber ich wußte nicht, was ich mit dem Quarter anfangen sollte. Mary meinte, ich solle ihn zurückgeben, weil ich ihn nicht verdient hätte.

An Jom Kippur, als alle in der Synagoge waren, alle außer meiner Mutter, die am Fenster lehnte, um zu sehen, was die Leute anhatten, tat ich etwas, was ich nie zuvor getan hatte. Ich küßte die Mesusa. Das war nicht leicht, weil sie weit oben am Türpfosten angebracht war. Ein paarmal mußte ich hochspringen, bis ich sie erreichte, und ich konnte auch das richtige Gebet nicht. Ich erklärte Gott, daß es mir leid tat, und wenn Er meinem Vater vergeben könne, würde Er vielleicht auch meiner Mutter vergeben, weil sie nichts Böses gegen Ihn im Sinn habe. Ich wollte Ihm versprechen, nie mehr mit den Rollschuhen auf der Straße zu fahren, aber im letzten Moment fiel mir etwas Besseres ein. Ich teilte Gott mit, daß ich den Quarter im Garten vergraben würde. Wenn er an meinem nächsten Geburtstag noch da wäre, würde das bedeuten, daß ich ihn behalten durfte.

»Hast du Hunger, oder willst du f-a-s-t-e-n?« fragte meine Mutter, als ich zum Fenster kam.

»F-a-s-t-e-n«, sagte ich. »Und du?«

Sie nickte.

»Warum? Du glaubst doch nicht an Gott.«

»Du bist ein kleiner Teufel, z-u neugierig«, sagte sie, aber ich sah, daß sie überhaupt nicht böse war.

Nachdem ich mich angezogen hatte, ging ich hinunter und kletterte über das schmiedeeiserne Gitter auf der kleinen Mauer, die den Garten umgab. Ich vergrub den Quarter an der Stelle, an der wir manchmal die Spatzen fütterten, zwischen den beiden mittleren Büschen, genau vier Schritte vom Haus entfernt.

Als ich zurückkletterte, kam mir mein Vater entgegen. »Was tust du da?«

»Spielen.«

»Heute nicht spielen«, sagte er. »Es ist Feiertag.«

Ihm folgten Melva und Sidney. Sidney hatte seinen guten Anzug an und Melva den Mantel, den sie von unserer Cousine Rona in New Jersey geerbt hatte. Aber sie trug ihre neuen Schuhe mit den hohen Absätzen und den Riemchen, wie die Schuhe von Mrs. Klepp.

»Was habe ich gesagt?« bedeutete mir mein Vater barsch.

»Oho, sie kriegt auch mal was ab«, sagte Melva so laut, daß ich es hören konnte.

»Ich spiele nicht mehr«, sagte ich zu meinem Vater. »Tut mir leid.«

Als er einen Schritt auf mich zumachte, stürzte Sidney auf uns zu. Vermutlich dachte er, mein Vater wolle mich schlagen, aber er küßte mich nur auf die Stirn. Melva warf mir einen verächtlichen Blick zu.

Mein Vater drehte sich um; er bemerkte sie erst jetzt. Seinem Gesicht war die schlechte Laune anzusehen. »Warum war eure Schwester nicht in der Synagoge?« fragte er und meinte damit, sie hätten mich mitnehmen sollen.

Ich sah, wie Sidney ebenfalls zornig wurde. »Zum Teufel!« rief er.

»Seid vorsichtig!« warnte ich sie, ohne meine Lippen zu bewegen.

»Halt den Mund!« sagte Melva, ebenfalls ohne die Lippen zu bewegen. »Wir wissen doch, auf welcher Seite du stehst.«

Inzwischen war das Gebrüll meines Vaters so laut geworden, daß jeder vor dem Haus es hören konnte. Ich starrte zu Boden, trotzdem spürte ich, wie Melva mich mit ihren Blicken durchbohrte. Später würde sie nachmachen, wie wir uns wie Bauchredner unterhalten hatten. Sidney würde meinen brüllenden Vater imitieren, und wir würden alle drei hysterisch lachen, aber in diesem Moment stand ich da, mit brennendem Gesicht, und wünschte, ich wäre tot.

Begin the Beguine

Am Tag vor der Hochzeit meiner Cousine Rona rief Tante Sadie aus New Jersey an. »Sag deiner Mutter, sie soll nichts mitbringen«, trug sie mir auf.

Meine Mutter saß am Fenster und nähte. Ich mußte ein paarmal mit den Füßen aufstampfen, bis sie spürte, wie der Boden bebte, und aufschaute.

»S-a-d-i-e ist am Telefon«, sagte ich.

Meine Mutter sprang erregt auf und stieß dabei den Bilderrahmen vom Tisch. »D-u-m-m, schnell, schnell«, bedeutete sie mir. Natürlich konnte sie das zersplitternde Glas unter ihren Schuhen nicht hören.

»Was gibt es N-e-u-e-s?« bat sie mich, Tante Sadie zu fragen. Die ganze Zeit, während ich hin- und herübersetzte, blieb sie neben mir stehen.

Tante Sadie sagte, Onkel Ben sei wegen der Hochzeit aufgeregter als Rona. Dann fragte sie, wie es uns ging. Ich erzählte ihr, daß meine Mutter gerade den Mantel säumte, den sie uns geschickt hatte und der Nathalie gehört hatte. An Kragen und Ärmel hatte der Mantel einen Biberbesatz; mein Onkel Ben verdiente mit seinem Autohandel viel Geld. Ich sagte ihr aber nicht, daß meine Schwester den Pullover von Rona nicht anziehen wollte, was meine Mutter ziemlich blöd fand.

Schließlich meinte Tante Sadie: »Ich wünschte nur, deine Großmutter würde noch leben. Nicht in ihren wildesten Träumen, Schätzchen, das kann ich dir sagen …« Ich hatte keine Ahnung, was sie mit den wildesten Träumen meinte, deshalb übersetzte ich nur den ersten Teil.

Nachdem ich aufgelegt hatte, sagte meine Mutter. »Sch-a-d-e, sie hat dich nie gesehen.« Sie deutete auf das Foto meiner Großmutter in dem Rahmen, den sie eben umgeworfen hatte.

»Eine P-e-r-ü-c-k-e«, erinnerte sie mich. Meine Großmutter hatte ihre Haare immer bedeckt, sie stammte aus einer orthodoxen Familie und hatte meinen Großvater über einen Ehevermittler kennengelernt. Mein Großvater hatte immer eine Jarmulke getragen, aber auf dem Foto hatte er einen Hut auf. Er war zuerst allein nach Amerika gekommen, weil meine Großmutter nicht mitfahren wollte, aber dann war er zurückgekehrt und hatte sie geholt, meine Mutter und Tante Sadie.

»Mit dem Flugzeug?« fragte ich meine Mutter, obwohl ich die Antwort wußte.

»K-e-i-n Flugzeug, mit einem altmodischen Schiff, ganz langsam.« Wieder erzählte sie mir, wie sie mit dem großen Schiff gefahren und in New York an Land gegangen waren. Als sie dort ausgefragt wurden, versteckte sie sich hinter meiner Großmutter und tat so, als wäre sie schüchtern. Aus irgendeinem Grund ließen die Amerikaner Gehörlose nicht einwandern, aber sie schaffte es.

Meine Mutter fegte den Fußboden sauber und entfernte die Glasstücke, die noch im Rahmen steckten.

»Warum gibt es kein anderes Bild von Großmutter?« fragte ich sie. Wir hatten viele Fotos von allen möglichen Leuten, aber nicht von ihr. Meine Schwester hatte mir mal erzählt, es gäbe um das Warum ein großes Geheimnis, aber bei ihr wußte man nie, ob das stimmte, sie erfand immer alle möglichen Geschichten.

Meine Mutter zuckte mit den Schultern. Wenn sie etwas verschwieg, machte sie immer ein ganz bestimmtes Gesicht. Sie preßte ihre dünnen Lippen zusammen und hob die Augenbrauen. »N-i-c-h-t-s«, sagte sie und deutete, um mich abzulenken, auf das Hochzeitsfoto von ihr und meinem Vater auf der anderen Seite des Rahmens.

»Ein schöner Mann«, sagte sie und seufzte, als erinnere sie sich an etwas Wunderbares. Das sagte sie immer über das

Hochzeitsfoto und die Fotos von meinem Vater, auf denen er in der Lexington-Schule für Gehörlose Basketball spielte. Doch diesmal erzählte sie mir noch etwas Neues: Sie hätte fast einen anderen Mann geheiratet. Er sei ein Gesellschaftslöwe gewesen, was, wie ich annahm, eine »gute Partie« bedeuten sollte, denn er war, wie sie sagte, sehr reich. Aber geheiratet hatte sie ihn deshalb nicht, weil er hören konnte.

Sie hatte sich vorgestellt, wie es wäre, zusammen mit seinen Freunden auszugehen, die ebenfalls nicht gehörlos waren. »Die denken, ich bin d-u-m-m, taub und d-u-m-m«, sagte sie. Sie hatte geglaubt, er würde sie die meiste Zeit zu Hause lassen.

»Sehr reich?« fragte ich.

»Millionen! Die Familie gehört zu den oberen Z-e-h-n-t-a-u-s-e-n-d.«

»Warum mochte er dich?«

»P-e-r-l-e-n-z-ä-h-n-e«, antwortete sie, was wirklich albern war. Sie hatte mir schon oft genug erzählt, wie weiß ihre Zähne früher, als sie jung war, gewesen seien. Deshalb hätten alle sie nur Pearl genannt, statt sie mit ihrem hebräischen Namen Channa oder der amerikanischen Form Hannah anzureden. »Er fand mich schön«, sagte sie von dem Gesellschaftslöwen.

Auf dem Hochzeitsbild sah meine Mutter wirklich hübsch aus, mit den Blumen im Haar und dem langen Kleid mit Schleier, und sie lächelte so breit, daß man ihre tiefen Grübchen sah. Aber als schön hätte ich sie nicht bezeichnet. Auf anderen Fotos sah sie sogar ein bißchen dick aus oder wie ein Junge, besonders in der Uniform von der Mittelschule. Dort war sie nicht lange gewesen, denn ihre Familie war so arm, daß ihr Vater sie als Näherin arbeiten ließ.

»Warum hast du Daddy geheiratet?« fragte ich, obwohl ich die Antwort wußte.

»Er hat i-m-m-e-r so n-e-t-t-e Sachen gesagt. G-r-ü-b-c-h-e-n wie C-l-a-r-k G-a-b-l-e.«

Und wieder erzählte sie mir, wie die Dame im Handarbeitsgeschäft in der Delancey Street, wo sie ihre Wolle kaufte, sie einander vorgestellt hatte. »Mein Vater hat gesagt, ich soll ihn nicht heiraten«, sagte meine Mutter, weil er nämlich lieber Billard spielte, statt seiner Familie in ihrem Milchgeschäft zu helfen.

»Genug Erinnerungen«, meinte sie dann und fügte hinzu, wenn sie mit dem Mantel fertig sei, könnten wir in die 207. Straße gehen und ein neues Glas für den Rahmen kaufen. Ich holte mein Lineal, um ihn auszumessen, aber als ich zurückkam, schaute sie aus dem Fenster, statt zu nähen. Sie hatte meine Schritte nicht gespürt. Schließlich bemerkte sie mich doch. »Z-u spät, schade«, sagte sie über ihre Hochzeit mit meinem Vater.

Der Rahmen für das Hochzeitsfoto war zwanzig mal fünfundzwanzig Zentimeter groß, obwohl das Foto kleiner war. Meine Mutter und mein Vater sahen darauf wirklich glücklich aus. Ich wünschte, sie wären es länger geblieben.

Melva probierte Dutzende Kleider, bis sie sich für ein schwarzes entschied, das sie zu Ronas Hochzeit anziehen wollte. Meine Mutter versuchte sie zu überzeugen, daß man zu einer Hochzeit nicht Schwarz trug, das bedeute Unglück für die Braut, aber Melvas Entschluß stand fest. Das Kleid kostete sie einen ganzen Monatslohn, aber das war ihr egal; sie sagte, das würde sie für all die abgelegten Sachen entschädigen, die wir von Rona und Natalie bekommen hatten. Ich haßte die Vorstellung, Natalies Kleid zu Ronas Hochzeit zu tragen, auch wenn es von Lord & Taylor stammte, aber ich besaß ansonsten nur die häßlichen Sachen, die mein Vater in der Großhandelsfirma gekauft hatte, und in denen sah ich aus wie eine Bettlerin.

Melva brauchte ungelogen mindestens drei Stunden für ihr Gesicht und ihre Haare. Als sie in die Küche kam, kommentierte mein Vater: »F l i t t c h en.« Sie hatte dick Makeup aufgetragen und zuviel Augenbrauenstift, aber die Männer fanden sie sowieso immer toll, wie Jane Russell.

»Zum Schämen«, sagte mein Vater.

Normalerweise würde Melva ihn jetzt beschimpfen, heimlich, ohne den Mund zu bewegen, damit er ihr die Worte nicht von den Lippen ablesen konnte, aber sie kniff nur ihre grünen Augen zusammen, so daß sie aussahen wie kleine Smaragde. Dann zog sie eine braune Tüte aus der Schublade und stülpte sie sich über den Kopf. »Besser?« fragte sie. Sie ließ die Tüte auf dem Kopf, bis das Telefon klingelte. Da riß sie sie so schnell herunter, daß ihre Frisur durcheinandergeriet, so eilig hatte sie es, nur für den Fall, daß es Jeff Feinberg war.

»Verrückt«, sagte mein Vater über Melva, als meine Mutter fix und fertig angezogen hereinkam. Sie trug das Kleid, das ich am liebsten hatte, das rot und weiß karierte, mit einer Halskette aus vielen Schnüren mit klitzekleinen roten Perlchen. Ihre Haare waren hochtoupiert und an den Seiten zurückgekämmt, der Rest hing ihr über den Nacken.

»Wer hat angerufen?« fragte sie mich.

Ich stand auf, ging in die Diele und horchte, und als ich Melva ganz sanft »Mh, mh« sagen hörte, war klar, daß es tatsächlich Jeff war.

»Ihr Freund«, teilte ich meiner Mutter mit.

Dann kam mein Bruder in die Küche, in seinem neuen braunen Anzug. »Melva sieht aus wie eine Schickse«, sagte er, das hieß, wie eine nichtjüdische Frau. Während wir darauf warteten, daß sie den Hörer auflegte, lasen wir im *Daily Mirror*. Sidney sagte, er würde die Demokraten wählen, weil sich bei denen die meisten aus kleinen Verhältnissen hochgearbeitet hatten.

Wir nahmen die U-Bahn ins Zentrum, zur Synagoge. Ein großer Teil der Hochzeitszeremonie war auf Hebräisch, aber mein Bruder erklärte mir alles. Am Ende zertrat der Bräutigam ein Glas, das hatte etwas mit damals zu tun, als die Juden in Jerusalem ermordet worden waren. Und es sollte einen daran erinnern, daß man seine Versprechen hielt, denn sonst würde die Ehe sehr unglücklich werden.

Ronas Kleid hatte eine lange Schleppe und war über und über mit Perlen besetzt. Meine Mutter meinte, es müsse mindestens tausend Dollar gekostet haben. »Er kann es sich l-e-i-s-t-e-n«, sagte sie über meinen Onkel Ben. Sidney fand, die Ehe sei eine gute Investition, denn die Familie des Bräutigams, die Zuckermans, hatte mit Waschmaschinen Millionen verdient. Melva sagte, das sei wohl der einzige Grund, warum Rona diesen Morty heirate, denn er sei häßlich wie die Sünde.

Ich fand ihn gar nicht so häßlich, er hatte nur sehr viele Löcher im Gesicht. Ich zählte dreiunddreißig. Morty trug einen Smoking wie mein Onkel Ben und die anderen Männer, die mit den Brautjungfern durch den Mittelgang nach vorne liefen. Die Kleider der Brautjungfern waren aus hellem orangefarbenem Stoff, Organza, glaubte ich. Meine Tante Sadie weinte viel, aber später, als sie mit Sidney tanzte, erklärte sie ihm, dieser Tag sei die Krönung ihres Lebens.

Wir wurden in zwei verschiedenen Autos von der Synagoge zum Hotel Capitol gebracht. Das Hotel war sehr elegant, mit Kronleuchtern, so groß wie die in der Radio City Music Hall, sogar im Tanzsaal, wo das Orchester spielte. Während wir die vielen Figuren aus Eis bewunderten, die in Form von Fischen und Vögeln auf dem langen Tisch mit all den Häppchen standen, stopfte meine Mutter schnell einen Stapel orangefarbener Streichholzschachteln in ihre Handtasche, auf denen in Gold »Rona & Morty« aufgedruckt war.

»Viel Zeit zum Tanzen«, sagte sie über die Paare auf der Tanzfläche. Sie forderte uns auf, uns bei den Häppchen zu bedienen, damit wir nicht schon lange vor dem Abendessen Hunger bekamen.

An unserem Tisch saßen drei Frauen, die wir nicht kannten. Die eine trug einen großen Florentinerhut und die anderen beiden kleine Hüte mit Schleiern und Pelzstolas, einem Silberfuchs und einem Zobel, der teuerste Pelz, den es gab, wie Melva mir zuflüsterte. Wahrscheinlich merkten sie, daß wir uns über sie unterhielten, denn sie sprachen uns an.

»Dürfen wir uns vorstellen? Wir gehören zur Familie des Bräutigams, zum Zweig der Familie aus Philadelphia«, sagte die Zobeldame. »Ich nehme an, Sie sind Verwandte der Braut.«

Ich hatte noch nie jemanden so sprechen hören, außer im Kino. Nicht einmal in der Familie meines Vaters, die reich war, besonders Tante Lois, redeten sie so.

»Sehr erfreut, Ihre Bekanntschaft zu machen«, sagte die Frau mit dem Silberfuchs.

»D-u-m-m, bei der Hitze«, sagte meine Mutter über die Pelze, doch nach einer Weile legten sie sie ab und behielten nur ihre Hüte auf. Alles lief gut, bis zum Essen, das mit gehackter Leber begann. Melva fing an, mit einem Löffel zu essen, da hielt ihr die Zobeldame eine kleine Gabel hin: »Ich denke, das ist das Utensil, das du benötigst, meine Liebe.«

»Für wen halten Sie sich eigentlich?« fragte meine Schwester mit sehr lauter Stimme.

Plötzlich wünschte ich, wir wären nicht hergekommen. Sidney wollte etwas sagen, überlegte es sich aber anders. Ich legte meine große Gabel hin und griff nach der kleinen, woraufhin Melva mich anfuhr: »Angeberin!« Das hatte sie auch gesagt, als ich angefangen hatte zu reden wie Jean Simmons in dem Film mit Stewart Granger.

Während der Hühnersuppe kam Rona an unseren Tisch. Sie hing an Sidneys Schulter, als wolle sie mit ihm flirten, und zeigte viele Jacketkronen. »Meine Schwiegermutter, Mortys Mutter, hat mir ein jüdisches Kochbuch geschenkt«, sagte sie. »Ich werde lernen, Matzeknödel zu machen, die so gut schmekken wie die hier.« Sie deutete auf die Suppe.

Als ich es für meine Eltern übersetzte, ließ ihr mein Vater über mich ausrichten, sie werde Morty bestimmt eine gute jüdische Frau sein.

Rona machte eine Runde um den ganzen Tisch, um allen ihren Ehering mit den vielen kleinen Steinen zu zeigen. Meine Mutter formte die Worte mit den Lippen, als sie sagte, der Ring sei wirklich sehr schön. Um den großen Diamanten waren Saphire angeordnet. »Meine Geburtssteine«, erklärte sie meiner Mutter. Die schüttelte den Kopf, als könne sie es nicht fassen.

Nachdem Rona zum nächsten Tisch gegangen war, sagte mein Vater zu Melva: »Warum lernst du nicht kochen?« Sie warf ihm nur einen verächtlichen Blick zu. Früher hätte er ihr dafür eine Ohrfeige gegeben, aber nachdem sie die Schule abgeschlossen und eine Stelle gefunden hatte, hatte er aufgehört, sie zu schlagen.

»Ein guter Witz«, flüsterte Melva. »Rona wird sowieso eine Köchin haben.«

»Bring ihr nicht bei, f-r-e-c-h zu sein«, sagte mein Vater, aber natürlich wußte er nicht, worüber wir sprachen. »Eigensinnige a-l-t-e J-u-n-g-f-e-r.«

»Sie ist e-r-s-t zwanzig«, meinte meine Mutter. »Sie ist noch jung.« Sie selbst hatte mit zwanzig schon geheiratet, aber sie versuchte, Frieden zu stiften.

»Keine Sorge, du wirst mich l-o-s«, sagte Melva zu meinem Vater, was mich überraschte. Ich hatte nicht gewußt, daß sie vorhatte, Jeff Feinberg zu heiraten. Sie stritt immer mit ihm, weil er richtig mit ihr schlafen wollte. Meine Mutter hatte keine Ahnung davon, deshalb predigte sie Melva immer, Jeff werde ein guter Ehemann werden, weil er in der Krawattenfabrik seines Vaters eine feste Stelle hatte.

Während Melva auf der Toilette war, sagte mein Vater zu meiner Mutter: »Sie kann nicht kochen, also wird sie nicht heiraten. Sie ist stur.« Meine Mutter wollte widersprechen, aber er fuhr fort: »Du hast keine Ahnung«, und dann erinnerte er sie an Ronald Cohen, der Melva einmal zum Schulball eingeladen hatte, mit dem sie danach aber nie mehr ausgehen wollte, weil sie fand, er sehe aus wie ein Mamasöhnchen.

»Das ist nur B-a-b-y-s-p-e-c-k«, hatte meine Mutter zu ihr gesagt. »Wichtig ist ein g-r-o-ß-e-s Herz. L-i-e-b-e muß wachsen.« Aber Melva war wütend geworden und hatte gemeint, sie fände ihn eben einfach nicht attraktiv.

Inzwischen war Melvas Roastbeef kalt geworden, was meinen Vater noch mehr aufbrachte. Und ich fragte mich, wie sich der Gesellschaftslöwe wohl verhalten hätte, wenn er mein Vater geworden wäre. Ob er auch immer so gereizt gewesen wäre oder eher so einer, der uns in ein Restaurant mit Tischdecken oder in die Music Hall eingeladen hätte. Weil er reich war, hätten wir in der Loge sitzen und sogar in meinem absoluten Lieblingshaus wohnen können, 1025 Fifth Avenue, ein Haus, das ganz bestimmt einen Aufzug hatte. Die Klimaanlage und den Portier konnte man vom Bus aus sehen.

Melva kam mit dick geschminkten Lippen zum Tisch zurück. Sie aß nichts, außer den Erbsen, die sie mit der Gabel zerquetschte. Und sie machte eine fiese Bemerkung nach der andern über die lauten Kaugeräusche meines Vaters. Insgeheim mußte ich ihr zustimmen. Der Gesellschaftslöwe hätte bestimmt nicht so laut gegessen. Er hätte auch nie sein Messer als Zahnstocher benutzt. Meine Mutter tat, als sähe sie das nicht. Sie war ja auch selbst schuld, daß sie ihn geheiratet hatte.

So ging es die ganze Zeit, aber als der Fotograf auftauchte, um ein Foto zu machen, und »Cheese« sagte, lächelten wir, die Arme umeinandergelegt und die Köpfe dicht nebeneinander, als wäre nichts gewesen. Dann fotografierte er die drei Frauen, gerade als Onkel Ben kam und sich ihnen vorstellte.

»Ihr Lieben, geht es euch gut?« fragte er sie.

»Mit Rothstein kann man nichts falsch machen«, sagte die Dame mit dem Zobel, eine Bemerkung, die ich nicht verstand.

»Das Roastbeef ist immer schön mager«, sagte die mit dem Florentiner Hut. »Darauf kann man sich verlassen.«

»Onkel Ben«, sagte Sidney, »du hast dich wirklich selbst übertroffen.«

Onkel Ben nickte. »Meine Tochter heiratet schließlich nur einmal.« Und er reichte ihm und meinem Vater Zigarren, obwohl mein Vater überhaupt nicht rauchte und Sidney nur Lucky Strike.

Onkel Ben wandte sich an Melva. »Wann bist du denn an der Reihe, Süße?« fragte er. »Hast du schon einen, mit dem du fest gehst?«

Melva stand auf und warf ihm einen seltsamen Blick zu. »Erst wenn die Hölle zufriert«, sagte sie, die Augen zu Schlitzen zusammengezogen. Dann erklärte sie in der Gebärdensprache, sie würde jetzt heimgehen, und verschwand. Einfach so.

Mein Vater schüttelte angewidert den Kopf. Meine Mutter forderte mich auf, Onkel Ben zu sagen, daß es ihr leid tue.

Er streckte die Hände aus, als wollte er prüfen, ob es regnete. »Sag ihr, es ist ganz normal, daß Melva neidisch ist.« Das tat ich. »Mal unter uns, sie hat ja nicht gerade viel vorzuweisen«, sagte Onkel Ben zu Sidney und mir, was wir in Anwesenheit unseres Vaters nicht kommentierten. »Wenn der richtige Mann kommt ...« Aber er sprach den Satz nicht zu Ende. Statt dessen erzählte er uns ein paar Witze, einen davon auf Jiddisch, den aber nur Sidney verstand.

Dann machte er eine Bewegung, als würde er ein Glas heben, eine Aufforderung an meine Mutter, einen Schnaps mit ihm trinken zu gehen. Als er sie zurückbrachte, benahm sie sich albern und kicherte grundlos. »Ich fühle mich g-u-t«, sagte sie immer wieder.

Onkel Ben seufzte tief. »Ich wünsche dir Glück. Gott segne dich, Hannah.« Und noch einmal sagte er: »Gott segne dich«, wobei er übertrieben die Lippen bewegte, damit meine Mutter ihn verstand. Er beugte sich vor und küßte sie auf die Stirn.

Als das Parfait serviert wurde, forderte meine Mutter meinen Vater zum Tanzen auf.

»Du weißt, ich mag nicht. Warum fragst du? Willst du mich ärgern?«

Meine Mutter versuchte ihn zu überreden. »Nicht soviel denken, nur Spaß haben.«

»Deine Verwandten sind das Letzte«, sagte er. »Finden sie sich gut? Warum sitzen wir ganz h-i-n-t-e-n? Schämen sie sich, weil wir taub sind?«

Meine Mutter schüttelte den Kopf. »Nein, nein.«

Plötzlich stand mein Vater auf, schob seinen Stuhl mit einem lauten Knall an den Tisch und lief davon. Meine Mutter war sicher, daß er nur zur Toilette ging.

»Warum muß er uns immer den Spaß verderben?« sagte Sidney. *Meschugge* nannte er meinen Vater, das war Jiddisch und bedeutete verrückt.

Ein paar Minuten später forderte Sidney meine Mutter zum Tanzen auf, und ich blieb allein am Tisch zurück, abgesehen von den drei Frauen auf der anderen Seite. Die eine mit der Silberfuchsstola stellte mir die üblichen Fragen über meine Eltern und wieso ich hören konnte und so weiter. Ich gab mir Mühe, höflich zu sein. Die mit dem Florentiner Hut sagte, wie wundervoll es sei, daß meine Mutter tanzen könne, was wirklich eine dumme Bemerkung war. Meine Mutter war sehr graziös und ließ sich gut führen. Sie und Sidney tanzten Foxtrott mit Figuren und allem. Sie tanzten noch immer, als mein Vater zurückkam.

Er sagte, die Verwandten meiner Mutter seien alle Snobs, besonders Tante Sadie. Was hätte ich dazu sagen sollen? Meine Mutter war der Ansicht, daß seine Familie sich für etwas Besseres hielt, sich zu gut für uns war. Ich wußte, daß Tante Sadie meinen Vater nicht leiden konnte, weil er meine Mutter schlug. »Gott sei Dank verhält er sich dir gegenüber zivil«, hatte sie einmal zu mir gesagt. »Vermutlich weil du die Kleinste bist.« Ich brauchte eine Weile, um »zivil« im Lexikon zu finden, weil ich zuerst dachte, es würde mit »c« geschrieben.

»Schöne M-u-s-i-k«, bedeutete ich meinem Vater, um das Thema zu wechseln. Genau in diesem Moment hörte das Orchester auf zu spielen, und der Conférencier stellte drei Sängerinnen vor, alle in Rosa, sogar ihre Hüte, die langen Handschuhe und die Schuhe mit den hohen Absätzen. Eine der Frauen auf der anderen Seite des Tischs sagte, das sei ein berühmtes Trio und es müsse ein Vermögen gekostet haben, sie zu engagieren. Das übersetzte ich meinem Vater lieber nicht.

Meine Mutter kam ohne Sidney zurück. Er unterhalte sich noch mit ein paar Leuten, erklärte sie. Wieder fing sie an zu kichern, denn sie hatte einen weiteren Schnaps getrunken. Es war lustig, sie so zu sehen, meine Eltern tranken sonst nie Alkohol, nur Kirschlikör am Neujahrsabend. Ich hatte das Zeug einmal heimlich probiert. Es schmeckte wie der Hustensaft, von dem ich immer Brechreiz bekam.

Nun wurde die riesige Hochzeitstorte angeschnitten, die verschiedenfarbige Schichten hatte, Vanille, Schokolade und eine grüne, mit Pistazien, und Sidney kam zu unserem Tisch zurück, zusammen mit einer großen Blondine namens Delores. Sie trug ein schimmerndes blaugrünes Kleid mit tiefem Ausschnitt, so daß man ihren Brustansatz sah, und mit einer großen Schleife fast auf ihrem Po.

»Sieht protestantisch aus«, bedeutete mir meine Mutter.

Ich wäre am liebsten im Boden versunken, als Delores meiner Mutter bestätigend zunickte. Es stellte sich heraus, daß sie die Gebärdensprache beherrschte, weil ihre Mutter und ihr Vater ebenfalls gehörlos waren. Sie lebten in Kalifornien, weshalb meine Eltern sie nicht kannten. Delores erzählte, daß sie nicht bei ihrer Familie wohnte, sondern aufs College in New Jersey ging, wo sie Rona kennengelernt hatte. Aber im Gegensatz zu Rona, die jetzt Hausfrau sein und Babys bekommen würde, gehe sie weiter aufs College.

Ich mochte Delores sofort. Meine Mutter auch, weil sie die Gebärdensprache beherrschte, aber mein Vater benahm sich ganz sonderbar. Sidney erzählte Delores, daß ich an einem speziellen Programm teilnahm, wegen meines IQ, und sie fand das großartig. Sie fragte mich, ob ich gerne las und welches meine Lieblingsbücher waren.

»*Die Gnadenlosen*«, antwortete ich und fragte mich im gleichen Moment, ob ich das wirklich hätte sagen sollen. Ich hatte das Buch gelesen, als ich bei den Dorfmanns zum Babysitten war.

»Meine Güte«, sagte sie, »hast du alles verstanden?«

Ich nickte, aber gleich fiel mir die Passage ein, in der sich Miriam vor ihrer Hochzeitsnacht fürchtet.

»Das war wirklich traurig.« Delores ließ sich von meinem Bruder eine Zigarette anzünden. »Ich mochte die Stelle, als Miriams Mutter ihr sagt, sie sollte sich wirklich sicher sein, daß sie ihn liebt, weil sie den Rest ihres Lebens mit dieser Entscheidung leben muß.«

Es war, als könne Delores meine Gedanken lesen. »Das war schrecklich«, sagte ich über Miriam. Delores wollte wissen, ob ich *Vom Winde verweht* gelesen hätte, und als ich verneinte, versprach sie, es für mich zu besorgen. Es mir zu schenken. Die einzigen Bücher, die ich besaß, waren die Nancy-Drew-Abenteuer, ich hatte sie von Natalie und Rona bekommen. Alle anderen Bücher lieh ich in der Bücherei, denn mein Vater gab meiner Mutter keinen Cent mehr als unbedingt nötig. Meine Mutter sagte immer, er spare das Geld für seine Überstunden bei der Post, um sich einen Goldbarren aufs Grab stellen zu können.

Dann verkündete der Conférencier, auf Wunsch der Braut werde jetzt »Begin the Beguine« gespielt. Rona hatte mir beigebracht, die Melodie mit der rechten Hand auf ihrem Akkordeon zu spielen; Rona selbst spielte phantastisch und trat oft bei Bar-Mizwa-Feiern und Hochzeiten auf, obwohl sie das Geld nicht brauchte. Rona und Morty standen auf, um zu tanzen, ihnen folgten Tante Sadie mit Onkel Ben und Natalie mit einem richtig süßen Jungen, wahrscheinlich aus ihrer Klasse, der aber nicht besonders gut tanzte.

»Das ist unser Tanz«, sagte Sidney zu Delores.

Sie drückte ihre Zigarette aus. »Du sprichst mir aus der Seele.«

Es war wie im Kino. Ihre langen, blonden, zu einer Pagenfrisur geschnittenen Haare breiteten sich aus wie ein Fächer, wenn er sie herumwirbelte, und am Schluß beugten sie sich so tief nach unten, daß ihre Haare den Boden berührten.

Ich war enttäuscht, als Sidney ohne sie zurückkam, aber ein paar Minuten später tauchte sie wieder auf. Sie hielt den Tischschmuck der Hochzeitstafel in der Hand, den sie gewonnen hatte, orangefarbene und weiße Gladiolen, die sie meiner Mutter überreichte. »Sie sind eine liebe Frau«, bedeutete sie ihr. Und zu meinem Vater: »Nett, Sie kennengelernt zu haben.« Er nickte nur.

In der U-Bahn fiel mein Vater über Sidney her und verbot ihm, Delores je wiederzusehen.

»Warum? Wieso denn?« fragte Sidney.

»Sie ist keine Jüdin«, antwortete mein Vater.

Mir wurde plötzlich übel. Ich biß mir von innen auf die Wange, um nicht zu weinen.

»Ich g-e-h-e nur mit ihr«, sagte Sidney, was hieß, er wolle nur mit ihr ausgehen, sie aber nicht heiraten.

»Nein«, bedeutete mein Vater und bellte es gleichzeitig, so daß alle Leute in der U-Bahn sich nach uns umdrehten. »N-i-e wieder.«

Ich dachte an das Buch, das sie mir versprochen hatte, aber es ging mir nicht nur um das Buch.

»Du bist für mich g-e-s-t-o-r-b-e-n, wenn du nicht jüdisch heiratest«, drohte mein Vater, bevor wir an der Dyckman Street ausstiegen.

Wenn ein Jude jemanden heiratete, der nichtjüdisch war, erklärte mir Sidney später, saßen alle auf Holzschemeln *Schiwa* und trauerten, als wenn er wirklich gestorben wäre.

»Willst du Delores wiedersehen?« fragte ich, obwohl ich nicht wußte, was für ihn schlimmer wäre, ja oder nein.

Er fuhr mir durch die Haare. »Sie ist größer als ich«, sagte er, »und außerdem, nach New Jersey ist es eine höllische Pendelei.«

Es war fast ein Uhr nachts, als wir nach Hause kamen. Melva war nicht da. Meine Mutter sah kurz in unser Schlafzimmer und zog dann die Tür sofort wieder zu, damit mein Vater dachte, Melva schlafe schon. Sie befahl mir, nichts zu sagen, aber sie machte sich große Sorgen. Sidney wollte Melvas Freundin Toni anrufen und fragen, ob sie dort war, aber meine Mutter meinte, es sei schon zu spät.

Melva kam erst nach Hause, als es draußen hell war. Ich

wurde wach, sobald sie die Schlafzimmertür aufmachte, hielt jedoch meine Augen geschlossen. Nach einer Weile begann ich mich zu fragen, was sie wohl tat, spähte durch die Lider und sah, wie sie in den Spiegel starrte. Sie starrte und starrte. Plötzlich drehte sie sich um: »Hör auf, dich zu verstellen, ich weiß, daß du wach bist.«

»Wo warst du?« fragte ich.

»Schwör bei Gott, daß du es keinem erzählst. Ich meine, wirklich keinem.«

Sie ließ mich schwören, mit dem kleinen Finger auf den Lippen, dann sagte sie: »Ich war bei Jeff. Findest du, daß ich anders aussehe?«

Sie sah irgendwie blaß aus, ohne das dicke Make-up, aber ich antwortete trotzdem: »Nein, eigentlich nicht. Warum?«

Sie hielt sich die Stirn, als habe sie Kopfschmerzen. »Ich hab's getan. Ich hab's durchgezogen bis zum Schluß.«

Ich hatte das Gefühl, ich müßte sofort brechen. Ich setzte mich im Bett auf, aber ohne ihr zu sagen, wie übel mir war. »War es in Ordnung?« fragte ich beiläufig, als wäre es nichts Besonderes.

»Weißt du, was ein Orgasmus ist?«

Ich nickte.

»Was denn?« fragte sie, um mich zu testen.

Ich mußte zugeben, daß ich es nicht wußte.

Einen Moment lang sah sie richtig fröhlich aus, weil sie mich erwischt hatte, dann machte sie wieder ein trauriges Gesicht. »Das müßtest du aber wissen. Das ist das, was am Schluß passiert, wenn du mit dir selbst spielst.«

Wahrscheinlich wurde ich rot. Mir war nicht klar gewesen, daß sie das wußte, ich tat es immer nur, wenn ich mir sicher war, daß sie schon schlief. »Du meinst, es ist wie eine Klimax?« Nachdem ich bei den Dorfmanns dieses eine Buch gelesen hatte, hatte ich endlich kapiert, was eine Klimax war.

»Ja. Es ist nur ein anderer Name. Orgasmus. Na ja, und ich hatte keinen.« Sie fing an zu weinen.

»Vielleicht beim nächsten Mal«, meinte ich. Ich verstand nicht ganz, was »bis zum Schluß durchziehen« damit zu tun hatte.

Sie schüttelte den Kopf. »Es ist eine Frage der Chemie«, sagte sie. »Bei Jeff und mir stimmt sie nicht.«

»Wein doch nicht. Davon geht doch die Welt nicht unter, oder?«

»Ich bin keine Jungfrau mehr. Hast du das nicht verstanden?«

Ich wußte nicht recht, wie schlimm eine solche Sünde war. Das war kein Thema, zu dem man im Hygieneunterricht oder beim Rabbiner Fragen stellen konnte. Ich überlegte, was ich sagen sollte.

»Ich werd ihn heiraten müssen«, sagte sie. »O Gott!«

Es war schrecklich, sie so schlimm weinen zu hören.

»Wenn du verheiratet bist, mußt du es doch bestimmt nicht immer bis zum Schluß durchziehen, oder?« In dem Buch hatte gestanden, daß Paare es zweimal die Woche taten. Ich hatte allerdings keine Ahnung, wie lange das Ganze dauerte.

Aus irgendeinem Grund brachte sie das zum Lachen. Es war nicht ihr normales Lachen, sondern das Geräusch, das die Tausende von Jahren alte Peola machte, um mich zu erschrekken. Es war die Art von Lachen, die sie später von sich gab, als sie im Shady-Grove-Sanatorium bleiben mußte. Es ging einem nach.

Meine Mutter kam herein, um mich für die Schule zu wekken. Sie warf nur einen Blick auf Melva und wußte sofort, daß sie die Nacht mit Jeff verbracht hatte. Keine Ahnung, woher sie das wußte. Sie befahl ihr, meinem Vater nichts davon zu erzählen.

»Bin ich blöd?« fragte Melva.

»Paß auf, daß du nicht schwanger wirst«, sagte meine Mutter.

Melva verriet mit keinem Wort, wie es nach diesem ersten Mal war, obwohl sie den ganzen November über viele Nächte mit Jeff verbrachte. Eines Morgens im Dezember, als es heftig schneite, kam sie nach Hause und sah aus, als wolle sie mir etwas sagen, aber sie starrte nur immerfort in den Spiegel und kicherte. Ich fragte mich, ob es mit diesem Orgasmus zu tun hatte.

Sidney gab viel Geld aus, um in New Jersey anzurufen, vom Drugstore aus, damit die Gespräche nicht auf unserer Telefonrechnung auftauchten. Delores und er sahen sich nicht oft, nur jede zweite Woche, und nicht mal an Thanksgiving, weil sie da nach Kalifornien fuhr. Sie lernte ununterbrochen. Zu Beginn der Weihnachtsferien brachte Sidney Delores mit zu uns nach Hause, während mein Vater gerade bei der Arbeit war. Sie hatte einen Haufen Päckchen dabei, in Goldpapier gewickelt und mit grünen Schleifen. In einem war Toilettenwasser für meine Mutter, und als ich das andere betastete, das sehr schwer war, wußte ich, daß es *Vom Winde verweht* war.

An Silvester verlobten sich Melva und Jeff, und Sidney und Delores machten Schluß. Es war furchtbar schwierig, am Neujahrstag gleichzeitig traurig und glücklich auszusehen, beides in derselben Wohnung. Ich lief dauernd von einem Zimmer ins andere.

Weil der Drugstore geschlossen hatte, rief Sidney Delores von unserem Telefon aus an. Er hatte Melva endlich dazu gebracht, aufzulegen, nachdem sie ganze zwei Stunden lang mit Jeff telefoniert hatte.

Sidney fing gleich an zu schreien. »Was meinst du damit, du willst nicht dein ganzes Leben lang arm bleiben?« fragte er Delores. »Glaubst du, aus mir wird nichts? Ich werd nicht immer ein kleiner Verkäufer bleiben.«

Als Delores einfach auflegte, fing er an zu fluchen. »Verdammte Frauen! Alles, was sie interessiert, ist Geld!« In dieser Nacht füllte er zwei Aschenbecher mit Kippen von seinen Lucky Strikes.

Am nächsten Samstag gingen Melva und Jeff zu Diamond Exchange in der 47. Straße, um ihren Verlobungsring zu kaufen, aber der Laden war geschlossen, weil der Besitzer religiös war. Deshalb wollten sie an einem anderen Tag hingehen, in Melvas Mittagspause; Jeff tauchte jedoch nicht auf. Später erzählte er ihr, er habe im letzten Moment schreckliche Bauchschmerzen bekommen. In dieser Woche schrie sie mich und Sidney ständig an, vor allem als wir fragten, wann sie denn ihren Ring kaufen gingen.

»Nicht g-u-t, nicht g-u-t«, seufzte meine Mutter, aber ich verstand erst, was sie meinte, als Melva am Freitag abend schon früh von ihrer Verabredung mit Jeff nach Hause kam. Sie lief in unser Zimmer und knallte die Tür hinter sich zu. Ich hörte sie laut weinen und wollte zu ihr gehen, aber sie schrie mich an, ich solle verschwinden.

Als es Schlafenszeit war, ging ich hinein, und dann, in der Dunkelheit, fing sie an zu sprechen. »Er will mich nicht heiraten«, sagte sie. Nur das.

»Wirklich? Warum nicht?«

»Zuerst hat er gesagt, sein Vater will es nicht, weil ich schon Sex hatte, und wenn ich es mit ihm mache, würde ich es bestimmt auch mit anderen Jungs tun. So eine Unverschämtheit! Hörst du zu?«

»Klar.«

»Am Schluß hat er zugegeben, daß er es selbst nicht will. Er sagt, er ist zu jung, um sich schon festzulegen.«

Ich ging hinüber und setzte mich bei ihr auf den Bettrand. Im Mondlicht, das durchs Fenster fiel, konnte ich ihre Umrisse erkennen, wie bei einem Sarkophag im Museum.

»Mach dir keine Sorgen, du wirst jemand anderen heiraten«, tröstete ich. »Diesem Blödmann wird es noch leid tun.« Jeff war nicht wirklich ein Blödmann. Er sah gut aus und hatte viel Sinn für Humor, aber mir fiel nichts anderes ein, was ich sagen konnte.

»Wer will mich schon heiraten? Ich bin keine Jungfrau mehr.«

»Viele Frauen sind keine Jungfrau mehr, wenn sie heiraten.« Das stand in dem Buch, das die Dorfmanns hatten.

Sie widersprach mir nicht, und ich dachte schon, sie sei meiner Meinung, bis sie sagte: »Ich kann ohne ihn nicht leben.« Sie wiederholte immer wieder, wie wunderbar er sei, bis ich auf ihrem Bett einschlief. Dann weckte sie mich, damit ich in mein eigenes Bett zurückging.

Am Morgen, als ich aufwachte, lehnte sie schon aus dem Fenster. Sie hatte die ganze Nacht nicht geschlafen. Zum ersten Mal seit einer Ewigkeit ging sie in die Synagoge, und als sie zurückkam, stellte sie sich wieder ans Fenster. Das war alles, was sie tat, sonst nichts. Auch am Sonntag. Und am Montag ging sie nicht zur Arbeit. Nachmittags schaute sie immer noch aus dem Fenster. Meine Mutter und ich gingen zum Einkaufen, und als wir zurückkamen, standen Polizeiautos vor unserem Haus, und eine Menschenmenge starrte hinauf zum vierten Stock, wo Melva auf der Fensterbank saß, mit baumelnden Füßen, und lachte.

Wir ließen die Polizisten in die Wohnung, und sie packten sie von hinten und brachten sie zur Beobachtung ins Krankenhaus. In dieser Nacht war ich noch wach, als mein Vater von der Post nach Hause kam. Ich hörte meine Mutter in die Küche gehen und schlich mich auf Zehenspitzen durch das Wohnzimmer, wo mein Bruder schlief. Dann stand ich in der Diele und starrte in den Spiegel, in dem man sehen konnte, was in der Küche vor sich ging. Meine Mutter erzählte meinem Vater, was mit Melva passiert war. Ich hörte ihn vor sich hin murmeln, so wie er es immer tat, wenn er unter der Mesusa seine Gebete sagte.

»Deine Mutter ist schuld«, meinte er dann. Erst verstand ich nicht, was meine Großmutter damit zu tun hatte. Aber als er sagte: »V-e-r-r-ü-c-k-t, sie hat es geerbt«, nahm ich an, daß die Mutter meiner Mutter verrückt geworden war. Deshalb gab es also keine Fotos von ihr, nachdem sie aus Rußland nach Amerika gekommen war.

»Nein, nein«, sagte meine Mutter.

»Warum lügst du? Du weißt, daß es stimmt«, bedeutete er. Er begann dumpfe Laute von sich zu geben, die mich erschreckten, und ich rannte durch das Wohnzimmer zurück in mein Zimmer. Es kam mir sehr verlassen vor, ohne Melva, obwohl sie normalerweise erst nach mir schlafen ging. Aber auch wenn sie dagewesen wäre, hätte ich ihr bestimmt nicht erzählt, was ich herausgefunden hatte.

Ich hörte meine Mutter ins Bett gehen, aber nicht meinen Vater. Nach einer Weile stand ich auf und blickte wieder in den Dielenspiegel. Ich traute meinen Augen nicht. Er hatte den Kopf auf die Zeitung gelegt, und sein Körper wurde geschüttelt wie von einem heftigen Schluckauf. Nie zuvor hatte ich ihn weinen gesehen. Er hatte Melva immer nur geohrfeigt, und nachdem er sich das endlich abgewöhnt hatte, hatte er sich darauf verlegt, sarkastische Bemerkungen zu machen. Vielleicht tat es ihm jetzt leid, dachte ich. Dann mußte es um Melva schlimmer stehen, als Sidney mir gesagt hatte.

Am nächsten Wochenende holten meine Eltern Melva nach Hause. Sie war ziemlich still, sah ansonsten aber normal aus. Den ganzen Tag verbrachte sie mit Lesen, so daß ich erst beim Abendessen mit ihr sprechen konnte. Sie zeigte mir ein Gedicht und sagte, das sei das schönste, das sie je gelesen habe, von einem Mann namens Catullus, der vor langer Zeit gelebt hatte. »Ich hasse und ich liebe«, rezitierte sie dramatisch und erklärte, so empfinde sie es auch, genau so. Ich traute mich nicht, sie etwas zu fragen, zum Beispiel, ob sie sich noch immer umbringen wolle.

Nach der Arbeit kam Sidney nach Hause, und er und Melva setzten sich in die Küche und unterhielten sich. Zu mir sagten sie, es sei privat. Ich versuchte, vom Nebenzimmer aus zuzuhören, aber das ging nicht. Stundenlang redeten sie miteinander. Eigentlich machte es mir gar nichts aus, aber ich war einfach neugierig. Endlich kamen sie heraus, die Arme umeinandergelegt. Am liebsten hätte ich ein Foto von dem Anblick gehabt, ich konnte es selbst kaum glauben.

Niemand war bereit gewesen, mit meiner Mutter und mir nach New Jersey zu fahren. Melva und ihre Freundin Toni wollten an dem Abend in die Fordham Road in der Bronx, zum Tanzen und um Jungs zu treffen, und Delores hatte sich zu einem Besuch angemeldet. Sie und Sidney hatten sich versöhnt, nachdem er ihr am Valentinstag ein Dutzend Rosen geschickt hatte, was ihn ein Vermögen gekostet haben mußte. Also waren meine Mutter und ich am Busbahnhof Port Authority allein eingestiegen.

Meine Tante Sadie war schon auf der Eingangstreppe ihres Hauses und kam uns entgegengelaufen, als wir den Weg heraufkamen. Sie setzte meiner Mutter auseinander, daß Rona zu Hause sei und die Scheidung eingereicht habe. Meine Mutter hatte eine kleine Decke für das Baby gestrickt, das Rona erwartete. Was schiefgelaufen sei, erkundigte sie sich, aber Tante Sadie schüttelte nur den Kopf und preßte die Lippen zusammen, genau wie meine Mutter es manchmal tat. Ich fragte mich, ob Morty sich in der Hochzeitsnacht vielleicht so ungeschickt angestellt hatte wie der erste Ehemann von Scarlett O'Hara. Eine gruselige Vorstellung. Tante Sadie bat uns, Rona gegenüber nichts zu erwähnen.

Ich stieg gleich die Treppe hinauf zu Natalies Zimmer, in dem die Vorhänge aus dem gleichen rosafarbenen Stoff waren wie der Bettüberwurf und in dem Dutzende von Puppen auf den Regalbrettern saßen, die mein Onkel gemacht hatte. Natalie sagte, sie habe keine Zeit, sie müsse an einem Projekt für die Pfadfinder arbeiten, also ging ich wieder hinunter.

Mein Onkel Ben begrüßte mich. »Nun, wie geht es meiner Nichte? Ich freue mich wirklich, daß ihr kommen konntet, du und deine Mutter.« Er sah nicht sehr fröhlich aus. Ganz im Gegenteil. »Sie sind im Partykeller«, sagte er. Ich ging hinunter ins Souterrain.

Tante Sadie führte meiner Mutter gerade die Bar vor, die sie gebaut hatten, mit einem richtigen Spülbecken. An den Wänden hingen mindestens hundert Fotos, jedes extra gerahmt. Die Wände waren aus orangefarbenem Holz und glänzten, als wären sie mit Schellack überzogen.

»Was meinst du?« fragte sie mich. »Hat sich einiges getan hier unten, oder?«

»Sehr schön«, sagte ich.

Rona saß auf einem hohen Hocker an der Bar, und als sie sich umdrehte, sah ich ihren dicken Bauch. Ihre Augen waren tief eingesunken, wie bei einem Skelett, und darunter war ihre olivfarbene Haut noch dunkler als sonst. Mit ihren langen roten Haaren sah sie aus wie Rita Hayworth. Sie winkte mich heran, und als ich vor ihr stand, nahm sie meine Hand und legte sie auf ihren Bauch. »Wenn du die Hand da liegen läßt, kannst du fühlen, wie das Baby strampelt.«

Es dauerte nicht lange, bis ich es spürte. Ich konnte es kaum fassen und erzählte es meiner Mutter, aber sie fand das nicht weiter aufregend. Ich setzte mich neben Rona auf einen Hokker, und Tante Sadie servierte uns Soda aus einem kleinen Kühlschrank. Nach einer Weile stand ich auf und betrachtete die Fotos. Auf vielen Bildern waren mein Onkel und meine

Tante beim Golfspielen zu sehen, Natalie beim Tennis und Rona mit ihrem Akkordeon. Ich entdeckte ein Foto von Rona und Natalie, als sie noch klein waren, und sogar Bilder von meiner Familie, von früher. Das Bild von meinem Großvater und seiner Familie in Rußland, das meine Mutter ebenfalls besaß, hing da, und auch das braunweiße Foto eines tanzenden Paares. Erst dachte ich, die Frau sei meine Tante Sadie, aber der Mann war nicht mein Onkel. Onkel Ben hatte ein dickes, rundes Gesicht und eine dicke Nase und der Mann auf dem Bild ein langes Gesicht und eine schmale Nase.

»Wer ist der Mann?« fragte ich Tante Sadie.

Sie kam zu mir herüber. »Schätzchen, das ist der Mann, der deiner Mutter den Hof gemacht hat, bevor sie deinen Vater traf.«

Da begriff ich, daß nicht sie die Frau auf dem Foto war, sondern meine Mutter. »Der Gesellschaftslöwe«, sagte ich.

»Sie hat es dir erzählt?«

Ich nickte.

»Deine Mutter hat mir damals, als sie geheiratet hat, das Foto gegeben, weil sie Angst hatte, dein Vater würde es zerreißen. Ach, Süße, wenn sie doch bloß diesen Mann geheiratet hätte! Er hat immer so gerne getanzt!«

Ich spürte auf einmal, wie mir Tränen in die Augen traten. Sie brannten. Ich sagte, ich müsse auf die Toilette, und rannte die Stufen hinauf.

Als ich zurückkam, hatte Rona ihr Akkordeon auf der Bar aufgestützt, weil sie es mit ihrem dicken Bauch nicht halten konnte, und spielte ein Lied, das ich nicht kannte. Ich blieb noch einmal vor dem Bild stehen und schaute es mir gründlich an. Meine Mutter hatte einen Pony und trug ein langes, einfaches Sommerkleid und hochhackige Schuhe, so zog man sich damals wahrscheinlich an, wenn man ausging. Sie hatte den Kopf zurückgeworfen. Ihr Lächeln wirkte ein bißchen künstlich, aber es gefiel mir. Er hatte den Kopf ebenfalls zurückgelehnt. Sie hatten sich etwas voneinander weggedreht, hatten die ausgestreckten Arme überkreuzt und hielten sich an den Händen. Hinter ihnen tanzten andere Leute, ganz normal, die Gesichter einander zugekehrt. Als ich bemerkte, daß meine Mutter mich von der anderen Seite des Raums aus beobachtete, sagte ich: »G-e-s-e-l-l-s-c-h-a-f-t-s-l-ö-w-e.«

»Er hat mich P-e-a-r-l genannt«, erwiderte sie.

Tante Sadie brachte mir noch ein Glas Soda. Zu Hause gab es das nicht, außer im Sommer. Mir fiel auf, daß sie den gleichen Pony hatte wie meine Mutter auf dem Foto. »Was grübelst du?« fragte sie. »Dein Gehirn wird noch ganz müde davon.«

»Er hätte mein Vater sein können«, sagte ich, als wäre das etwas, womit man prahlen konnte.

»Was redest du denn da? Im Biologieunterricht wirst du noch lernen, daß es zwei Sets von Genen braucht, die von deiner Mutter und die von deinem Vater. Mit einem anderen Vater wärst du nicht die Ruthie, die du bist.« Darüber hatte ich noch gar nie nachgedacht.

Während Rona mit dem Rücken zu uns Akkordeon spielte, bedeutete Tante Sadie meiner Mutter, daß sie hinaufgehen wolle, um nach meinem Onkel zu sehen. »B-r-i-c-h-t ihm das H-e-r-z«, buchstabierte sie. Sie kannte nicht viele Zeichen, deshalb dauerte es ziemlich lange. Dann legte sie den Finger auf die Lippen, als wäre es ein Geheimnis.

»Tut mir leid«, sagte meine Mutter.

Ich setzte mich wieder neben Rona und sang mit ihr. Sie ging über zu »Begin the Beguine«, und auch da sang ich mit, bis zu der Stelle mit der ewigen Liebe. Da brach sie ab und fing plötzlich an zu weinen.

Meine Mutter kam herüber. »Nicht weinen«, mußte ich für Rona übersetzen. »Der Mann ist das nicht wert.«

Bald darauf kam mein Onkel Ben herunter und fing gleich an zu tanzen, mit einer nicht angezündeten Zigarre im Mund. »Spiel einen Rumba«, forderte er Rona auf und tanzte eine ganze Weile allein durchs Zimmer, die eine Hand in die Taille gestützt, den anderen Arm in der Luft, bis er meine Mutter soweit hatte, daß sie mitmachte. Nach drei oder vier Tänzen sagte sie, sie sei müde und müsse sich hinsetzen.

»Kannst du tanzen?« fragte er mich. Ich erzählte ihm, daß Sidney mir all diese Tänze beigebracht hatte, als ich noch klein war. Er war ziemlich überrascht, vor allem, weil ich sogar den Obeebo konnte. Wir tanzten zusammen. Er drückte und zog viel stärker als Sidney, und es war wirklich leicht, ihm zu folgen.

»Sag deiner Mutter, du hast ihre Anmut geerbt«, sagte er, und das tat ich.

»Nicht ü-b-e-l«, antwortete meine Mutter. Sie war der Meinung, daß man Kindern nicht zu viele Komplimente machen sollte.

Onkel Ben verwöhnte mich an diesem Nachmittag sehr und zeigte mir den Schritt, bei dem man ein Bein hochhebt und es hinter das andere hält, während der Partner einem den Körper zur Seite biegt. Es war toll! Schließlich verkündete er, er brauche eine Pause, und ging hinter die Theke.

»Die Bar ist geöffnet«, sagte er und gab meiner Mutter ein Glas Schnaps. Seines trank er sehr schnell aus und goß sich sofort nach. Dann öffnete er eine Packung Cashewnüsse, von den teuren, und eine große Schachtel Brezeln. »Laßt es euch schmecken. Später gehen wir in den Country Club, zum Abendessen. Na, wie ist das?«

Melva würde es bestimmt leid tun, nicht mit uns nach New Jersey gefahren zu sein. Sie war noch nie in einem Country Club gewesen. Tante Sadie hatte meiner Mutter viel davon erzählt, als sie damals eingetreten waren. In dem Club gab es die Golfplätze und Tennisplätze von den Fotos und außerdem natürlich ein Schwimmbad. Sie und mein Onkel waren die ersten Juden, die man in New Jersey in einen Country Club aufgenommen hatte.

Dann begann Onkel Ben uns Witze zu erzählen, die sehr schwer in die Gebärdensprache zu übersetzen waren; ich gab deshalb nur eine Kurzfassung weiter, was natürlich nicht das gleiche war. Als es in einem davon um einen Franzosen ging, spielte Rona einen Cancan, und das brachte ihn auf die Idee, seine Hosenbeine hochzurollen, so daß man seine behaarten Waden sah, und die Beine hochzuwerfen wie die Rockettes. Ich stand auf und machte es ihm nach, aber ich warf die Beine nicht so hoch, weil ich ein Kleid anhatte.

Als Natalie und meine Tante herunterkamen, bildeten wir eine Conga-Reihe und tanzten durch das ganze Souterrain, alle außer meiner Mutter, die uns zuschaute. Rona spielte immer schneller und schneller, und wir mußten immer schneller tanzen. Wir schrien: »Eins, zwei, drei, KICK« und stießen unsere Hüften so fest aneinander, daß wir uns fast gegenseitig umwarfen. Tränen liefen uns über die Wangen, so mußten wir lachen.

Schließlich sagte Tante Sadie zu meinem Onkel: »Genug, sonst kriegst du noch einen Herzinfarkt.« Also hörten wir auf.

Während meine Mutter ihm den Schweiß von der Stirn wischte, bedeutete sie mir: »Schrecklich t-r-a-u-r-i-g«, aber ich wollte nicht, daß sie das sagte. Was mich betraf, ich fand diesen Nachmittag phantastisch, ganz zu schweigen von dem, was noch kommen würde. Vielleicht gab es im Country Club auch Musik. Mit Geigen vielleicht. Oder noch besser mit Maracas.

II.
Nachzeichnungen

Überreste von Sternen

Mit hocherhobenen Armen winken die beiden Frauen auf der Bank neben dem Eingang zum Chasen Center einem silberhaarigen Mann zu, der vor ihnen auf und ab geht. In Gedanken versunken starrt er zu Boden, er sieht sie gar nicht. Entmutigt läßt Trudy Berkowitz ihre Hand in den Schoß fallen und lächelt nachsichtig, während Marian Lowe weiter winkt und undeutliche Töne ausstößt, die aber, abgesehen von der blinden Dame auf der Bank nebenan, niemand hören kann. Alle anderen, die an diesem Morgen vor dem braunen Backsteingebäude des Pflegeheims für Behinderte frische Luft schnappen, sind gehörlos.

Als Albert in Reichweite kommt, beugt sich Marian vor und berührt ihn am Arm. Mit einem Ruck bleibt er stehen. »Schau mich an«, bedeutet sie ihm. »Du träumst zuviel.«

Er läßt den Blick von ihr zu Trudy und wieder zurück wandern und hebt das Kinn, als wolle er fragen: Was willst du von mir?

Marian zeigt auf ihre Uhr. »Spät dran?« fragen ihre Hände.

»Nein, nein«, buchstabiert er, seine Finger vollführen scharfe Bewegungen, um sein Mißvergnügen deutlich zu machen. »Ich weiß, daß R-u-t-h kommt, um elf Uhr dreißig, b-e-s-t-i-m-m-t.« Er spricht von seiner Tochter.

Marian hebt die Hände, die Handflächen ihm zugewandt, was soviel heißt wie: Entspann dich. Als er weiterschlurft, bedeutet sie Trudy: »Mein Liebster ist u-n-r-u-h-i-g.«

Marian folgt Albert mit den Augen, wohlwollend registriert sie die scharfen Bügelfalten in seiner weißen Polyesterhose. Als er nach seiner Scheidung von Hannah ins Chasen Center zog, war sie es, die ihm erklärte, wie die Waschmaschine funktioniert, wieviel Pulver man nimmt und wann Bleichmittel notwendig ist. »Schön bunt und hübsch«, sagt sie zu ihrer Freundin über das Hemd, das sie selbst für ihn ausgesucht hat.

Trudy zuckt mit den Schultern. »Sieht aus wie ein Z-e-l-t.« Sie betrachtet die grünen und gelben Streifen.

»Du bist nur neidisch«, wirft Marian ihr vor.

»Da muß ich aber lachen«, sagt Trudy und denkt daran, wie Albert sich jahrelang um eine Verabredung mit ihr bemüht hat. Sie hat sich sogar einmal von ihm küssen lassen, aber Marian zuliebe muß sie ihn abweisen.

Albert sieht ihre Unterhaltung nicht, er geht weiter auf und ab. In Gedanken ist er mit dem beschäftigt, was er seiner Tochter mitteilen will, die zur Feier seines achtzigsten Geburtstags den ganzen Weg von Portland hierher geflogen ist. Auf jeden Fall muß er ihr von Dr. Gomez im Beth Israel Hospital erzählen, der ihm das Ergebnis seiner Prostataoperation selbst mitgeteilt hat, statt einen Dolmetscher einzuschalten – mit hochgerecktem Daumen. Und von Bess Goldmans Schlaganfall, und daß ihr Bruder Barry, der mit Goldman's Shoes Multimillionär geworden ist, ihm nicht erlaubt, sie zu besuchen, weil er so ein Snob ist. Und er darf nicht vergessen, ihr von seinen wöchentlichen Besuchen in Tante Lois' Büro zu erzählen und daß sie sich immer nach Ruthie erkundigt. Beim letzten Mal wollte sie unbedingt wissen, ob Ruth einen festen Freund hat.

»Vielleicht dieses ehemalige Regierungsmitglied«, schrieb er für seine Schwester, die nie die Gebärdensprache gelernt hat, auf einen Block.

»In Portland«, sagte sie, jede Silbe sorgfältig mit den Lippen formend. »Woher weißt du das?«

»Hat sich nach der A-m-t-s-z-e-i-t scheiden lassen«, erklärte Albert. »Ruth hat es mir geschrieben.« Vermutlich ist dieser hohe Exbeamte noch immer eine wichtige Figur, und bestimmt hat er eine Menge Geld verdient, mit all seinen Beziehungen. Unaufgefordert gab er ihr zu verstehen, der Mann sei bestimmt kein Jude.

»Das ist okay«, meinte Tante Lois. »Ruth ist keine junge Frau mehr.« Sie mußte es aufschreiben, denn Albert konnte ihr das Wort »jung« nicht von den Lippen lesen.

Die Gedanken über das Alter lassen Albert aufblicken. Trudy wird Ende des Monats sechsundsiebzig, doch sie sieht viel jünger aus als Marian, die erst dreiundsiebzig ist. Dafür zieht Marian sich besser an. Albert gefällt es, wie adrett sie in der Bluse mit der großen Schleife und in dem Rock aussieht. Es ist ihm ein Rätsel, warum Trudy immer so schlampig herunterhängende Sachen tragen muß. Er hat ihr das schon so oft gesagt, aber sie meint nur, die Sachen seien bequem und sie sei zu alt, um sich zu ändern.

Die Zeit geht so schnell vorbei, denkt Albert. Eindeutig dreht sich die Welt viel schneller als früher.

Er schaut die Straße hinunter, aber von Ruth ist noch nichts zu sehen. Deshalb wendet er sich ab und trottet zu den weiter entfernten Bänken hinüber, wo Meyers und Riley immer sitzen, weil sie rauchen. Dann sieht er plötzlich Irving Gold und macht so schnell auf dem Absatz kehrt, daß er fast das Gleichgewicht verliert. Irving soll nicht denken, er wolle sich nach ihrem Streit wieder mit ihm versöhnen. Was für eine Unverschämtheit, ihm zu sagen, er solle Trudy keine Ratschläge mehr geben.

Marian deutet auf Albert: »Schau, er ist s-o aufgeregt, er denkt zuviel an seine Tochter.« Gerade in diesem Moment schlurft Albert auf sie zu.

»Du bist eifersüchtig«, sagt Trudy. »Ich habe dich d-u-r-c-h-s-c-h-a-u-t.«

»Nein, nein«, erwidert Marian böse. »Das ist seine Sache, da halte ich mich r-a-u-s.«

Als Albert wieder auf die Uhr schaut, ist es fünf vor halb zwölf. Er bleibt vor Marian und Trudy stehen. »Vielleicht ist zuviel V-e-r-k-e-h-r.«

Das Taxi, das an der Ecke 14. Straße und Avenue B hält, bemerkt er nicht. Eine große Frau mit roten Haaren und Schweißflecken auf ihrer lavendelfarbenen Bluse quetscht sich heraus, schlägt die Tür zu, die aber wieder aufspringt, sie knallt sie noch einmal zu und läuft dann die Avenue B hinunter. Geschickt weicht sie Kindern und alten Frauen mit Einkaufswagen aus, steigt mit einem großen Schritt über einen Haufen Erbrochenes, ignoriert einen Mann, der an einem mit Brettern vernagelten Schaufenster lehnt und ihr nachpfeift, während sie gleichzeitig den Blick auf den rissigen Zement gerichtet hält, um zu vermeiden, daß sie sich den Knöchel verstaucht, wie es ihr das letzte Mal in New York passiert ist. Da bleibt sie mit dem Absatz hängen und verliert ihren Schuh.

Verlegen dreht sie sich um und angelt mit dem Fuß danach. Ich habe immer noch Angst vor ihm, denkt sie. Angst, er könnte sehen, daß ich ein Taxi genommen habe, Angst, fünf Minuten zu spät zu kommen. Sie schlüpft in ihren Schuh und fragt sich: Würde Wendell an meiner Stelle auch rennen? Ein Mann, der um seine eigene Bedeutung weiß? Nur wenn sein Leben in Gefahr wäre, würde er so die Straße entlanghetzen, und vielleicht noch nicht einmal dann. Sie setzt sich wieder in Bewegung, jetzt ohne zu rennen, mit ihrem üblichen energischen Schritt.

Sie biegt in die 12. Straße ein und entdeckt ihren Vater. Gleich fällt ihr sein buntes Hemd auf, es ist keines von denen, die sie ihm geschickt hat. Er steht mit dem Rücken zu ihr. Ihr Magen krampft sich kurz zusammen, sie wünscht sich, es wäre eine Freude statt lediglich eine Pflicht, ihn zu besuchen.

Als Ruthie die Straße überquert und auf sie zukommt,

fängt Marian wild an zu winken, doch da Albert sie nicht sieht, steht sie auf, klopft ihm leicht auf den Arm und deutet mit der Hand.

Mit vor Überraschung offenem Mund und ausgestreckten Armen zottelt er auf seine Tochter zu. Sie umarmen sich. Ruthie will schon loslassen, da spürt sie, daß er sie noch immer festhält. Als ihre Mutter noch lebte, hat er sie nie so fest umarmt. Sie klopft ihm auf den Rücken und schiebt ihn sanft von sich, bis ihre Körper sich voneinander lösen.

»Du siehst gut aus«, sagt sie in der Gebärdensprache; er platzt fast vor Befriedigung. Ein Inbild der Gesundheit, denkt sie und wischt sich mit dem Handrücken den Schweiß von der Stirn. Sie hat vergessen, wie heiß es im Juni in New York ist.

Als wolle er sie einem Publikum präsentieren, steht er da, den Arm nach ihr ausgestreckt. Ruthies Lächeln gefriert, als Marian, in einem grünen Zweiteiler, auf sie zukommt. Sie läßt sich von ihr umarmen und küssen und kämpft um ihre innere Balance; sie ist sich bewußt, daß ihr Vater Marian um vieles besser behandelt, als er ihre Mutter je behandelt hat. Trudy ist die nächste, ein Zipfel ihres formlosen marineblauen Kleides hängt an einer Seite herunter. Ruthie umarmt sie mit Enthusiasmus, immerhin hat Trudy den Annäherungsversuchen ihres Vaters widerstanden.

Die Gehörlosen auf den Bänken haben ihre Unterhaltungen eingestellt, die Hände haben aufgehört, sich zu bewegen. Ruthie tritt einen Schritt zurück und winkt ihnen zur Begrüßung zu. Sie erkennt Mrs. Kahn und Emily Levy vom Fort Tryon Park, wohin ihre Mutter sie nachmittags immer zum Spielen mitgenommen hat. Sie erkennt auch Mr. Mazzoli und erinnert sich, daß er ihr damals Brustschwimmen beigebracht hat, in Brighton Beach, wohin sie im Sommer mit ihren Eltern gefahren war, zum Baden und wegen des Feuerwerks. Sie fragt sich, ob Mrs. Mazzoli schon tot ist, aber dann fällt ihr ein, daß ihr Vater ihr geschrieben hat, sie sei dement und wohne in einem Pflegeheim. Mr. Mazzoli erkundigt sich, wie lange der Flug gedauert hat, und Mrs. Kahn möchte wissen, ob es in Portland sehr kalt ist. Ruthies Wangenmuskeln schmerzen vom ständigen Lächeln.

Ihr Vater kommt näher. »Hast du g-e-f-r-ü-h-s-t-ü-c-k-t?« fragt er. Als sie den Kopf schüttelt, schaut er Marian an. »Ich wußte es.« Er wendet sich wieder an Ruthie. »Komm, ich l-a-d-e dich e-i-n.«

Belebt von dem Gedanken an Kaffee, versucht sie, ihre Überraschung zu verbergen. Ihr Vater schiebt seinen Arm unter ihren, sie winken den anderen zum Abschied zu.

»Guten Appetit«, sagt Marian sehnsüchtig.

Während sie die Straße überqueren, mit dem Rücken zum Gebäude, spricht ihr Vater mit seiner gutturalen Stimme, statt die Gebärdensprache zu benutzen: »Ich sag dir was, aber ich möchte nicht, daß sie es sehen.« Als er nicht weiterspricht, wird ihr klar, daß er es ihr beim Frühstück sagen will, und sie fragt sich, wohin sie wohl gehen. Er hält sie fest am Arm, während sie langsam über den unebenen Bürgersteig der Avenue A ihrem Ziel entgegensteuern. Ein paarmal stolpert er leicht. Sonst war sein Gleichgewichtsgefühl nicht so labil. Noch letztes Jahr ist er einmal in der Woche den ganzen Weg zum Columbus Circle zu Fuß gegangen.

»Schmutzig.« Ihr Vater rümpft die Nase beim Anblick der Glasscherben auf dem Bürgersteig. »Das wird immer schlimmer.«

In ihren Augen sieht das Viertel aus wie eh und je. Dunkelhäutige Männer in Unterhemden lungern an den Ecken herum. An den Fenstern über den Läden lehnen üppige Frauen in geblümten Kleidern. Wahrscheinlich vergleicht ihr Vater das alles mit Inwood, dem Viertel am anderen Ende von Manhattan, in dem sie aufgewachsen ist. Inwood, wie es früher war … Als ihre Mutter starb, hatte sich die Gegend bereits verändert. Aber es ist dort nicht annähernd so schmutzig und laut wie hier, denkt sie.

»Warum bleibst du dann?« fragt sie ihn und kennt doch schon die Antwort.

»Überall sonst ist die M-i-e-t-e hoch.« Seine Miete im Chasen Center ist subventioniert, das entschädigt ihn dafür, in einer Gegend zu leben, die, wie er sagt, »stinkt«.

Es stinkt wirklich, nach verfaultem Obst, nach feuchtem Pappkarton, nach Leder aus der Schuhmacherei, nach Bier aus der Kneipe, und als sie Giorgio's Coffee Shop erreichen, stinkt es auch nach ranzigem Fett. Sie versucht durch den Mund zu atmen, um den Fettgeruch zu vermeiden, während sie sich einen Weg durch die Menge vor der Donut-Theke zu den orangefarbenen Vinyl-Sitzgruppen im hinteren Teil des Ladens bahnen.

Die Kellnerin in ihrer orangefarbenen Uniform schlendert herbei und deutet auf das Schild hinter sich, auf dem für das Sonderangebot zu $ 1,39 geworben wird: Saft, Eier, Toast, Kaffee. Sie notiert die Bestellung, noch bevor Albert nickt.

»Meine Tochter«, erklärt er der Kellnerin mit seiner gutturalen Stimme. Sie schaut auf, lächelt und deutet erneut auf das gelbe Schild.

»Ich nehme das gleiche«, sagt Ruthie.

»Sie können ja hören«, ruft die Kellnerin. »Aber er ist doch Ihr Vater?«

»Er hatte Meningitis, davon ist er taub geworden. Es ist nicht erblich.«

Die Kellnerin nickt, wirft einen mitleidigen Blick auf Albert. »Er ist so ein netter Mann. Bekommt er eine Behindertenrente? Er ist immer so gut angezogen.«

»Er ist pensioniert, er hat bei der Post gearbeitet.«

Sie wendet sich an ihren Vater und übersetzt: »Ich habe gesagt, du warst bei der Post.«

»Dreißig Jahre«, bellt er.

»Dreißig Jahre«, wiederholt Ruthie.

Die Kellnerin schüttelt den Kopf, als wäre das bemerkenswert, und wendet sich ab. Blitzschnell ist sie mit zwei Plastikgläsern voll Orangensaft wieder zurück und lächelt ihn wohlwollend an, während sie die Gläser hinstellt.

Der Ventilator an der Rückwand zerzaust Ruthies kurze, wellige Haare, aber die Luft ist heiß. Sie spürt, wie ihr der Schweiß zwischen den Brüsten herunterrinnt und sich unter ihren Oberschenkeln sammelt. Den lauwarmen Saft trinkt sie in einem Zug und lächelt bei dem Gedanken, daß das ganze Frühstück hier soviel kostet wie der frischgepreßte Orangensaft, zu dem sie ihren Vater in Portland beim Frühstücken eingeladen hat. Sicher ist er nur wegen all der Mahlzeiten, zu denen sie ihn während seines Besuchs ausgeführt hat, auf die Idee gekommen, sie jetzt einzuladen. Zumindest hat er etwas dazugelernt, denkt sie, auch wenn Giorgio's Coffee Shop nicht gerade ihr Stil ist.

Albert trinkt seinen Saft. »Was gibt es Neues?« erkundigt er sich.

»Immer das gleiche«, sagt sie. »Arbeit. Ich schreibe Reden für verschiedene Leute, meistens P-o-l-i-t-i-k-e-r.« Ihre Finger fühlen sich fast ein wenig eingerostet an, während sie das lange Wort buchstabiert.

»Gutes Geld?«

Sie nickt und bedauert es, ihm nicht erzählen zu können, daß sie jetzt nur noch Teilzeit arbeitet, als freie Mitarbeiterin, weil sie versucht, einen Roman zu schreiben. »Was gibt es Neues bei dir?«

»Ich esse jeden Tag im S-e-n-i-o-r-e-n-z-e-n-t-r-u-m. Gutes Essen. Viele Leute. Fünfzig Cent.«

Sie nickt höflich. Er hat ihr schon beim letzten Mal vom Seniorenzentrum erzählt. Auch in seinen Briefen erwähnt er es regelmäßig. Jetzt berichtet er, was es gestern zu essen gab und daß er ein paar abgepackte Portionen Milch und Zucker mit nach Hause genommen hat. Ihr fällt ein, wie sie ihn daran gehindert hat, eine Handvoll Zuckerwürfel aus der piekfeinen Trattoria Paolo mitzunehmen. Bei diesem Gedanken zieht sich etwas in ihr zusammen. Ihre Freundin Barbara hatte versucht, ihn zu verteidigen, als Gehörloser wisse er es vielleicht nicht besser, aber Ruthie machte ihr klar, daß das eine mit dem anderen nichts zu tun hat. Ihre Mutter hat zum Beispiel den Kaffee nie so geschlürft, wie er es gerade tut.

Albert stellt die Tasse ab. »Ich zeige dir etwas«, verkündet er und faßt in seine Hemdtasche. Er bringt ein Plastikdöschen zum Vorschein, nimmt ein feines Kettchen heraus und legt es auf den orangefarbenen Resopaltisch. Es hat einen kleinen Anhänger mit einem winzigen »E« darauf. »Habe ich für dich aufgehoben.« Seine Augen glänzen.

Sie schaut ihn verwirrt an, denn keiner ihrer Namen beginnt mit E.

Er erklärt ihr, daß er es im Vorbeigehen auf der Ablage einer Telefonzelle gesehen habe. »Ich wollte es nicht M-a-r-i-a-n geben, habe es für dich aufgehoben«, sagt er und sieht sie erwartungsvoll an.

Übelkeit steigt in ihr auf, nicht wegen des Geruchs vom Frühstück, das die Kellnerin vor ihr auf den Tisch stellt, oder wegen der Fettlachen um die Eier und auf dem Toast. Es passiert ihr immer, wenn sie ihn sieht, sogar nach all den Jahren der Therapie bei Dr. Dessein.

Mit einem gezwungenen Lächeln bedankt sie sich, fragt sich, was für Geschenke er wohl für Marian kauft oder auf der Straße findet. Sie kann sich nicht erinnern, daß er ihrer Mutter je etwas geschenkt hat, außer einer silbernen Halskette mit einem Anhänger aus rotem Glas. Das war noch vor Ruthies Geburt, als sie in Brighton Beach wohnten. Diese Kette ist der einzige Beweis dafür, daß sich ihre Eltern irgendwann einmal geliebt haben.

Sie steckt das Döschen in die Handtasche und fängt an, ihre Eier zu essen, bewußt langsam, im Gegensatz zu ihrem Vater, der das Frühstück in sich hineinschaufelt. Nachdem er seine Gabel mit einem Klirren weggelegt hat, fragt sie: »Was wolltest du mir vorhin sagen?«

Er denkt einen Moment nach, dann nickt er. »Ich will T-r-u-d-y B-e-r-k-o-w-i-t-z.«

Ruthie seufzt und gibt der Kellnerin ein Zeichen, ihr Kaffee nachzugießen.

»Das ist nicht g-u-t, so viel Kaffee«, sagt ihr Vater.

Ruthie nickt, trinkt aber weiter, während er ihr von Trudy erzählt.

»Ich habe ihr erklärt, ich bin alt, ich habe keine Zeit zu vergeuden«, sagt er. »Aber T-r-u-d-y will nicht, sie hat Angst, daß M-a-r-i-a-n böse wird.«

Ruthie kennt die Geschichte bereits. Sie läßt ihn weitererzählen. Daß er Trudy in die Pocono Mountains eingeladen hat. Seit Trudy im Chasen Center wohnt, hat er sie schon mehrfach vergeblich in die Pocono Mountains eingeladen. Und wieder erzählt er ihr von dem Gedicht, das er für Trudy geschrieben hat.

Ode an eine jüdische Sehnsucht, denkt Ruthie. Sie tupft ihren Toast mit einer Papierserviette ab, beobachtet, wie die gelbe flüssige Brühe sich auf dem Teller verteilt, beschließt, sich mit ihren Gedanken lieber auf Wendell zu konzentrieren. Wie sanft er zu ihr ist, das genaue Gegenteil zu seinem Auftreten in der Öffentlichkeit, als kalter, arroganter Boß. Wie er sie im Bett am liebsten aufessen möchte, ihre Schultern, ihre Brüste, und wie er an ihren Brustwarzen saugt wie ein Baby.

Als ihr Vater schließlich die Aufzählung seiner fruchtlosen Bemühungen beendet hat, sagt sie: »S-c-h-l-i-m-m.«

Er befaßt sich mit seinem Toast, während sie mit ihren Gedanken zu Wendell und seinen Zärtlichkeiten zurückkehrt und amüsiert registriert, daß ihre Unterhose feucht wird. Sie schaut auf und sieht, daß der griechische Koch hinter dem Tresen sie beobachtet. Er schürzt seine dicken Lippen. Sie wendet den Blick wieder zu ihrem Vater und überlegt, was sie sagen könnte. »Hat M-a-r-i-a-n dir das Hemd geschenkt?« fragt sie. »Schön.«

Er schüttelt den Kopf. »Ich habe es gekauft. Sie hat beim Aussuchen geholfen. Zwei A-n-z-ü-g-e, drei Hosen, vier Hemden, a-l-l-e-s neu. Auch das Badezimmer, Vorhang, Handtücher und M-ö-b-e-l.«

»A-l-l-e-s neu?« Sie findet es merkwürdig, daß er sich in seinem Alter eine neue Garderobe und Möbelstücke anschafft, nachdem er sein Leben lang ein derartiger Geizhals gewesen ist, daß ihre Mutter ihn oft »G-o-l-d-h-a-m-s-t-e-r« genannt hat: einer, der für einen goldenen Grabstein spart.

»Ich zeige es dir.«

Als die Kellnerin ihr erneut nachschenkt, sagt er: »Genug, das ist nicht gesund«, und ohne zu fragen, greift er nach ihrer Tasse und hält sie der Kellnerin zum Abräumen hin. Ruthie versucht ihm zu erklären, daß sie sich bester Gesundheit erfreut, aber er winkt ab. »Kaffee, Kaffee, das ist nicht g-u-t«, buchstabiert er mit Nachdruck.

Sie stellt sich vor, wie sie ihm einen Teller an den Kopf wirft, dann wischt sie dieses Bild fort, indem sie sich einredet, er sei schließlich nur ein starrköpfiger alter Mann. Verstohlen wirft sie einen Blick auf die Uhr. Erst fünfundzwanzig Minuten sind vergangen.

Er nimmt die Rechnung, studiert sie, scheint etwas sagen zu wollen, legt sie wieder hin. »Die Gehörlosen fragen: Warum sieht man die Sterne nicht?«

»Was?«

»Der S-h-u-t-t-l-e ist explodiert, die Sterne sind weg«, sagt er und meint damit, der explodierende Weltraumshuttle habe die Sterne verschwinden lassen.

Sie lacht, merkt, daß er es ernst meint, und schüttelt den Kopf. »Nein, nein.« Sie erklärt ihm, daß man in New York die Sterne wegen des Smogs nicht sehen könne.

»Was ist S-m-o-g?«

Verwirrt über seine Unwissenheit, macht sie einen ungeschickten Versuch, es ihm zu erklären, und begnügt sich schließlich damit, die Auswirkungen zu beschreiben. »Wolken aus Schmutz, R-a-u-c-h von F-a-b-r-i-k-e-n und Autos«, erzählt sie und macht eine Bewegung, um den aufsteigenden Rauch zu beschreiben. »Es liegt an den Wolken, daß man nichts sieht.«

Er ignoriert ihre Erklärung. »Die Gehörlosen fragen sich: warum. Sie verstehen es nicht.«

Sie stellt sich vor, was sie zu Allison sagen wird: »Es ist nicht so, daß er nicht sehr intelligent ist. Er verfolgt die politischen und sportlichen Ereignisse und gewinnt immer beim Poker. Aber wenn er *das* nicht weiß, was weiß er wohl sonst noch alles nicht?«

Nachdem Albert einen Quarter auf den Tisch gelegt hat, geht er nach vorn zur Kasse. Ruthie zögert, läßt einen Dollar auf dem Tisch zurück, hört die Kellnerin hinter sich sagen: »Ich danke *Ihnen*.«

Dot müßte sie danken, denkt sie. Dot war eine großzügige Trinkgeldgeberin, ließ Fünf- und Zehndollarnoten auf dem Tisch liegen, und das zu einer Zeit, als man mit einem Dollar noch eine ganze Mahlzeit kaufen konnte. Dot muß damals, als Ruthie zehn war, so alt gewesen sein wie sie heute. Der Gedanke, daß die Erwachsene, die sie über viele Jahre hinweg am meisten bewundert hat, ein einfaches Garderobenfräulein war, berührt sie seltsam.

Sie folgt ihrem Vater zur Kasse, wo er mit Giorgio scherzt. Mit seinem dunklen Schnurrbart und dem Stiernacken erinnert Giorgio sie an den Mann, der damals mit Dot und ihren Kindern und Ruthie einen Ausflug zum Bear Mountain Park gemacht hat. Bis heute hat Ruthie die Clownsdekoration vom Eisparfait aufgehoben, und dabei ist der Ausflug bald hundert Jahre her. Wo ist Dot jetzt wohl? Wo sind Glory und ihr Halbbruder Nelson? Wie haben sie ihn immer genannt – Hopalong Cassidy?

Ihr Vater erzählt ihr, daß Giorgio vorhat, die Preise zu erhöhen.

»So ein netter Mann.« Giorgio zwinkert ihr zu, bevor sie hinter ihrem Vater das Lokal verläßt.

Draußen ist es noch heißer als im Coffee Shop. Sie fühlt, wie ihr die Hitze vom Gehweg unter den Rock steigt, die Sonne läßt ihre nassen Kleider an ihrem Rücken festkleben. Ihr Vater sieht noch immer frisch und unzerknittert aus. »Wohin jetzt?« fragt sie, obwohl sie weiß, was er antworten wird.

»Nach Hause, ich will dir was zeigen.«

Wieder wirft sie einen Blick auf die Uhr, während sie Arm in Arm die 14. Straße hinuntergehen. Nicht einmal eine Stunde ist vergangen, seit sie aus dem Taxi gestiegen ist. Wer sagt eigentlich, daß es ein Vergnügen ist, eine pflichtbewußte Tochter zu sein?

Marian und Trudy stehen vor dem Gebäude, als Ruthie und Albert dort anlangen. Wie schon vorher grüßt Ruthie jeden, auch Irving Gold, der gerade vorbeikommt.

»Nein!« blafft ihr Vater. »Nicht mit ihm sprechen, er spinnt.« Er greift nach ihrer Hand und zieht sie zum Eingang.

Erneut spürt sie Übelkeit in sich aufsteigen. Sie verachtet sich selbst, weil sie ihn über sich bestimmen läßt. Warum sollte sie anderen Gehörlosen gegenüber unhöflich sein, nur weil er mit ihnen Streit hat? Außerdem war Irving Gold ein guter Freund ihrer Mutter.

Albert gibt Marian ein Zeichen, sie zu begleiten. Im Aufzug erzählt er Ruthie von seiner Auseinandersetzung mit Irving. Irving habe ihm gesagt, er möge aufhören, Trudy Ratschläge zu geben, wohin sie in den Ferien fahren soll. Ruthie fühlt sich peinlich berührt wegen Marian, die daneben steht und die ganze Szene kommentarlos beobachtet.

Marian betritt sein Apartment als erste, macht das Flurlicht an und deutet auf den Teppich. »Guter Geschmack, nicht wahr?«

»Sehr schön«, sagt Ruthie. Der rostfarbene Plüschteppich sieht teuer aus. Sie wundert sich, was in ihren Vater gefahren ist. Vielleicht hat er ja beschlossen, ihr keinen Cent zu hinterlassen. Nicht daß er ein Vermögen besäße, aber da er nie etwas ausgegeben hat, muß er doch wohl an die zwanzig- oder dreißigtausend Dollar haben.

Wie ein Fremdenführer bleibt Marian in der Tür zum kombinierten Wohn- und Schlafraum stehen und macht eine einladende Handbewegung. Schweigend betrachtet Ruthie die Neuanschaffungen: ein Sofa, eine Bettcouch an der gegenüberliegenden Wand, Sessel, eine neue Eßecke aus Holz mit Kapitänsstühlen und einer Lampe mit einem Steuerrad als Ständer. Ein marines Ambiente, denkt sie, noch bevor Marian es ausspricht. Sie folgt Marian, die sie auf die Muster der Schonbezüge aufmerksam macht, auf ein Barometer, ein gerahmtes Sprichwort, dessen Text auf Ruthie reichlich ironisch wirkt: »Liebe deinen Nächsten wie dich selbst.«

Marian sieht, wie Ruthie die gerahmten Fotos ihrer Geschwister betrachtet, ihres Bruders und ihrer Schwester. »Das ist nur gerecht, a-l-l-e drei«, erklärt sie. »Du bist kein E-i-n-z-e-l-k-i-n-d.«

Ruthie fällt auf, daß das Foto von Bess Goldman verschwunden ist, der Frau, nach der ihr Vater vor deren Schlaganfall ganz verrückt war.

Während Marian ein Kissen aufschlägt und sie auffordert, sich zu setzen, rechnet Ruthie insgeheim nach, daß ihr Vater mindestens fünftausend Dollar für seine neuen Möbel ausgegeben haben muß. Sie und ihr Vater lassen sich in den Sesseln nieder, Marian auf dem Sofa ihnen gegenüber. Er fragt, wie sie seine Neuanschaffungen findet.

»Sehr schön«, sagt Ruthie, um ihm einen Gefallen zu tun.

Er und Marian schauen sich an. Marian nickt, dann dreht er sich zu Ruthie. »Wenn du nach New York ziehst, gebe ich dir, was du willst, neue M-ö-b-e-l, alles.«

Marian wiegt den Kopf. »Ist doch t-o-l-l, oder?«

Ruthie lächelt mechanisch, während sie überlegt, was sie antworten soll. Sie hat seinen Vorschlag, nach New York zurückzukehren, schon einmal abgelehnt; daraufhin hat er ein paar Monate lang nicht mehr mit ihr gesprochen. Ihre Mutter hatte ihn schließlich dazu gebracht, sich wieder mit ihr zu versöhnen. Damals war sie mit Aaron verheiratet, was seinen Vorschlag noch absurder erscheinen ließ.

Sie hebt die Hand. »Meine A-r-b-e-i-t ist in P-o-r-t-l-a-n-d.« Daß es ihre Freunde sind, die sie dort halten, erwähnt sie nicht; er würde es ihr übelnehmen, daß sie ihr so viel bedeuten.

»Sie hat bestimmt einen Freund«, sagt Marian zu ihm und fragt Ruthie: »Wirst du heiraten?«

Ruthie schüttelt den Kopf. »W-e-n-d-e-l-l will nicht heiraten. Er liebt seine Freiheit. Ich meine auch.«

Ihr Vater schüttelt verärgert den Kopf und mahlt mit dem Kiefer, wie er es früher oft in der Gegenwart ihrer Mutter getan hat. »Du findest hier leicht einen J-o-b. Viele brauchen eine S-e-k-r-e-t-ä-r-i-n.«

Sie seufzt. Sie hat tatsächlich gehofft, es sei ihm klargeworden, daß sie keine Sekretärin ist, nachdem sie ihm das Werbebüro gezeigt hat, das sie geleitet hat, und vor allem nachdem sie ihm ihre damalige Sekretärin vorgestellt hat. »Ich bin jetzt Schriftstellerin, keine S-e-k-r-e-t-ä-r-i-n.«

»Such einen J-o-b, ich gebe dir genug für ein bequemes Leben.«

Sie denkt an das Frühstück für $ 1,39. Das reicht nicht einmal für zwei Espressos. Und selbst wenn er ihr genug gäbe für ein Frühstück im Plaza, es würde ihr Bedürfnis nach einer möglichst großen Distanz zwischen ihnen beiden nicht befriedigen.

»Tut mir leid«, sagt sie. Sie wartet auf seinen Wutausbruch, stellt sich schon vor, wie sie ihn nicht zu seiner Geburtstagsfeier begleitet, wie alle Verwandten nach ihr fragen ...

Nach einer langen Schweigepause fängt Marian an, über Baseball zu reden. Albert nickt dazu, sagt aber nichts.

»Dein Vater ist wütend«, meint Marian mit lauter Stimme.

Ruthie hebt die Hand, um seine Aufmerksamkeit zu wekken. Sie will ihn fragen, für welches Team er ist, aber er schaut nicht zu ihr herüber. Da geht sie, von sich selbst überrascht, auf ihn zu, lehnt sich über den Sessel, um ihn zu umarmen, und wundert sich noch mehr, als er sie nicht zurückstößt. »Bitte«, sagt sie. »Nicht böse sein. Es geht nicht anders.«

Er nickt kaum wahrnehmbar und schließt die Augen, als habe er ein schweres Kreuz zu tragen.

Gerade setzt Ruthie sich wieder hin, als Marian den Fernseher für das Baseballspiel einschaltet. Ruthie springt auf und stellt das Gerät leiser.

»L-a-u-t.« Marian legt sich die Hände auf die Ohren.

»Man meint fast, du kannst hören«, neckt Albert.

»Kann ich auch«, scherzt Marian und nennt ihm den Spielstand, der gerade eingeblendet wird.

Während die beiden sich das Spiel anschauen, fragt sich Ruthie, was er an dieser Frau wohl findet mit ihren kleinen, bläulichgrauen Locken, die ein langes Gesicht umrahmen und ihr in den Nacken fallen. Ruthies Mutter hatte eine so wundervolle, jugendlich glatte Haut, abgesehen von den Krähenfüßen um die Augen vom vielen Lächeln. Sie überlegt auch, ob Marian noch immer unter ihrer Gallenblase leidet und ob das vielleicht der Grund dafür ist, daß er mit Trudy in Urlaub fahren möchte. Wenn er bloß einmal mit ihrer Mutter zusammen Urlaub gemacht hätte, grübelt sie und verbietet sich gleich darauf solche Gedanken.

Aus lauter Langeweile beginnt sie die Vorgänge auf dem Bildschirm zu verfolgen. Der Fänger der Mets läßt sich den Ball abnehmen, und der Schlagmann rennt zum Base. Ihr Vater klopft sich auf die Knie, Marian hebt die Hände zum Kopf und sagt hörbar: »Ohh.« Der Fänger wirft seinen Handschuh auf den Boden.

Ihr Vater hat einmal einen Baseballhandschuh quer durchs Wohnzimmer geworfen und dabei ihre Lieblingsvase zerbrochen, die mit der chinesischen Dame. Ihr Bruder hatte den Handschuh geklaut, nachdem ihr Vater sich geweigert hatte, ihm einen zu kaufen. Sie erinnert sich an Sidneys Geschrei, während er mit dem Gürtel verprügelt wurde, und an das Gesicht ihres Vaters, verschwitzt und triumphierend, als er hinterher aus dem Badezimmer kam.

Und das ist mein Vater, denkt sie, als er auf die Sessellehnen schlägt, während er zuschaut, wie der Läufer das dritte Base erreicht. So ein schnuckeliger kleiner Mann.

In der nächsten Werbepause erklärt sie, sie müsse jetzt gehen, sie wolle noch eine Freundin treffen. Marian steht auf, um sie zu umarmen, und ihr Vater bringt sie zum Aufzug. Eine Kakerlake krabbelt durch die Ritze zwischen Fußboden und Wand. Der Korridor riecht nach Insektenschutzmittel, und es ist so heiß wie in einem Backofen. Sie fragt sich, warum ihr Vater mit einer Pension von der Post und der Sozialversicherung meint, hier leben zu müssen.

Am Aufzug umarmt er sie und drückt sie fest an sich, offensichtlich hat er sich damit abgefunden, daß sie nicht nach New York zieht. Als er sie schließlich losläßt, erinnert er sie noch einmal daran, wann sie zu seiner Geburtstagsfeier dasein soll – »Im Restaurant, halb eins« –, und an die Adresse.

Sie nickt und schaut in seine blaßblauen Augen, die sie an Wendells Augen erinnern. Als sie endlich allein im Aufzug steht, fängt sie an zu zittern, ihre Kleider sind feucht und verschwitzt. Eine Welle aus Angst schlägt über ihr zusammen. Blitzschnell sind ihre Gedanken bei dem Fenster im Hotel, das nicht vergittert ist und sich öffnen läßt, und dann bei der Frage, warum schon allein das Zusammensein mit ihrem Vater Selbstmordgedanken in ihr auslöst. Vorsichtshalber ruft sie sich Dr. Desseins Telefonnummer ins Gedächtnis, nur für den Fall, daß sie ihn braucht, und merkt, daß sie die Nummer wiederholt wie ein Mantra, während sie den Gehörlosen auf den Bänken zum Abschied zuwinkt.

Sie geht die 14. Straße hinauf und überlegt, wie sie den Rest des Tages verbringen soll, aber ihre Aufmerksamkeit wird von den Menschenmassen abgelenkt, die an ihr vorbeieilen, an ihr und den zahllosen Ständen, die die unterschiedlichsten Waren und Lebensmittel verkaufen. In Portland läuft niemand auf der Straße herum, außer in der Innenstadt oder in einer Mall. Niemand geht dort zum Spaß spazieren, denkt sie und überquert in einer Menschentraube, darunter auch ein Polizist, die Straße bei Rot. Sie zählt die verschiedenen Akzente, die zwischen der Second und Third Avenue an ihr Ohr dringen, und hört auf zu zählen, als sie zwei junge Männer reden hört, die aus der Bronx stammen könnten, auch wenn ihr Akzent nicht annähernd so stark ist, wie Aarons es war. Das korrekte Englisch der Bewohner von Oregon findet sie ebenso wenig inspirierend wie die homogene Bevölkerungsstruktur dort: Wo sie wohnt, gibt es kaum Juden und Iren, die meisten sind kinderlose WASPs. Und trotzdem ist sie nach ihrer Scheidung dort geblieben.

Weil sie es genossen hat, so weit weg von ihrer Vergangenheit zu sein? Oder weil es so leicht war, eine gutbezahlte Arbeit zu finden, auch wenn sie den Glauben an eine gute Regierung irgendwann verloren hat? Anders als andere Politiker, die sie kennt, hat Wendell immerhin vieles zum Laufen gebracht, ohne dabei altruistische Absichten vorzugeben. Nicht weil er sie an ihren Vater erinnert, fühlt sie sich von ihm angezogen, sondern weil er das genaue Gegenteil von ihr ist. Mit Wendell, so erklärt sie gern ihren Freunden, hat sie Spaß, und obendrein dient er ihr als Korrektiv.

Bei einem Straßenhändler kauft sie sich ein italienisches Eis und geht dann zu Fuß den ganzen Weg bis zum Kartenkiosk in der Stadtmitte, wo man Tickets zum halben Preis bekommt. Nach einer Stunde in der Schlange stellt sie fest, daß das Stück über die Aussöhnung einer zerstrittenen Familie, das sie eigentlich sehen wollte, gar nicht auf dem Spielplan steht. Also gibt sie sich mit einem Musical zufrieden, das schon seit sechs Jahren läuft. Das wäre etwas für Wendell.

Kurz entschlossen nimmt sie ein Taxi zum Empire State Building. Da sie damit rechnen muß, daß Vince nur wenig Zeit für sie hat, ruft sie ihn von der Lobby aus an.

»Warte auf mich«, sagt er, ohne zu zögern. »Ich komme sofort runter.«

Statt zu warten, kauft sie ein Ticket und fährt hinauf zur Aussichtsplattform. Natürlich ist sie nie hier oben gewesen, als sie noch in New York gelebt hat, genausowenig wie an der Freiheitsstatue, und sie fragt sich amüsiert, ob dieser Besuch sie nun ganz offiziell zu einer Touristin macht. Der Wind zerrt an ihren Haaren und ihrer Bluse, während sie herumschlendert und die Skyline betrachtet. Ein Wolkenkratzer nach dem anderen, aber wo sind die Menschen, fragt sie sich und erinnert sich an den Vers, den Melva ihr beigebracht hat, über die Kirche und die Kirchturmspitze. Sie klopft den Rhythmus mit den Fingern und verdrängt so die plötzlich aufkommende Traurigkeit.

In der Lobby sieht sie Vince, der sich einen Weg durch die Menschenmenge bahnt, und folgt ihm, bis er herumwirbelt und nach ihren Händen greift. Wie zu einem Square Dance aufgestellt, stehen sie sich gegenüber. Er entschuldigt sich für sein gelbes Leinenjackett mit dem braunen Hemd und der roten Paisleykrawatte. »Das hast du wohl nicht gewußt, daß ich jetzt bei der Mafia bin?« scherzt er.

»Sagen wir mal, du bist ein ziemlicher Angeber, Covello.« Seine Haare und seine Augen sind schwärzer, als sie sie in Erinnerung hat. Eine innere Stimme warnt sie: *Tu es nicht. Verlieb dich nicht wieder in ihn.*

»Als echter Angeber spendiere ich dir einen Drink.« Er führt sie hinaus.

Atme, sagt sie sich und muß rennen, um bei seinen langen Schritten mitzuhalten. Unfähig, sich auf seinen Wortschwall zu konzentrieren, schaut sie ihn verstohlen von der Seite an. Wie hat ihn ihre Freundin Emily immer genannt? Der *schejne goj*. Emily war Hals über Kopf in ihn verknallt, und er hat es nie erfahren; es ist ihm nicht einmal in den Sinn gekommen, daß eine Schönheit wie Emily sich für jemanden wie ihn interessieren könnte, und das machte ihn noch attraktiver.

Die Cocktail Lounge ist dämmrig, leer und so viel kleiner als die Bars in Portland. Kein Wunder, denkt sie, Platz ist hier Luxus.

»Bitte entschuldige das fehlende Ambiente«, sagt Vince. »Dafür sind wir hier unter uns.« Er zupft etwas Futter aus einem Riß im Vinylüberzug des Sessels.

»Macht nichts. Ich habe meine Ambitionen aufgegeben, was das sogenannte gute Leben betrifft.«

»Dazu kommen wir gleich, aber erst mal möchte ich wissen, wieso du angerufen hast. Ich dachte, du wärst noch immer sauer auf mich.«

»Vielleicht. Aber ich wollte gern eine vertraute Stimme aus meiner Vergangenheit hören.«

»Hast du so wenig Auswahl in New York?« Er bestellt eine weitere Runde Courvoisier.

Sie erzählt ihm von ihrem Vater. Alles. Das ist das Besondere an Vince, denkt sie. Sie kann praktisch aus dem Stand über alles mit ihm reden, über die schlimmsten Verletzungen, sogar die, die er ihr beigebracht hat ...

Er nimmt ihre Hand, drückt zärtlich ihre Finger. »Ich hoffe sehr, daß ich *meine* Kinder besser kenne, daß ich mehr über sie weiß und daß sie mehr über mich wissen.«

In ihr fängt etwas an zu rebellieren, und da hört sie sich schon sagen: »Wissen sie eigentlich, daß ihr Vater mit einer anderen Frau gevögelt hat?« Kühl beobachtet sie seine Reaktion, aufblitzende Wut, gefolgt von Abwehr. »Tut mir leid«, meint sie, »ich konnte mich nicht beherrschen. Ich bin mir sicher, daß ihr mehr übereinander wißt als die meisten anderen.«

Er drückt ihre Hand. »Wie geht es Wendell?«

Sie kontert. »Wie geht es Bibi? Arbeitet sie noch als Model?«

»Sie hat sich noch einmal eingeschrieben, sie will ihren Master in Französisch machen. Jetzt, wo die Kinder groß sind, will sie wieder mehr arbeiten ...«

Die Kinder sind groß. Ruthie kämpft gegen den Hoffnungsschimmer, der von irgendwoher auftaucht. Sie hat ihn noch nicht aufgegeben. Nicht endgültig. Als sie sich wieder auf ihn konzentriert, erzählt er gerade von einer Europareise, die er und Bibi unternommen haben, ohne die Kinder. Ein Hinweis zur rechten Zeit: Er ist nicht nur nicht frei, er ist gebunden. Glücklich gebunden.

»Während der ganzen Reise«, sagt er, »habe ich das da mit mir herumgetragen. Ich habe es einmal nachts in Amsterdam geschrieben. Ich habe sogar versucht, dich von der Hotellobby aus anzurufen.« Er nimmt ein zerknittertes Papier aus seiner Brieftasche, glättet es und liest ihr das Gedicht vor:

»Es war schöner als die Erinnerung daran
Sogar schöner als die Worte, mit denen er
Es ihr beschreibt. Süß, fast bis zum Schmerz,
Bitter, fast bis zur Liebe,
So kurz, und doch für immer.

Es handelt von uns«, sagt er.

»Ich weiß.« Wieder kämpft sie gegen die Gefühle, die plötzlich in ihr hochkommen. »Aber wir hatten nicht das Recht ...«

»Ruthie, wenn Bibi es nicht herausbekommen hätte ...«

»Aber sie hat es herausbekommen, und wir haben das herausgefordert, indem wir überhaupt erst damit angefangen haben ...«

Er hebt ihre Hand an die Lippen, küßt ihre Fingerspitzen. »Und wenn wir einfach Freunde sind – Freunde, die sich lieben?«

»Ohne eine Affäre?«

Er runzelt die Augenbrauen. »*Mit* einer Affäre.«

Sie wirft den Kopf zurück. »Oh«, sagt sie und fängt an zu lachen. »Ich bin so begriffsstutzig. Du willst ...« Sie beugt sich vor und senkt die Stimme. »Coucher avec moi, n'est-ce pas?«

»Deshalb hast du doch angerufen, oder?«

Sie überlegt. Weil sie sich an seinen langen, schönen Körper erinnert, wie er sich über sie beugt, sich bewegt, als surfe er auf einer unsichtbaren Welle? Oder weil er, wie sie es formuliert hat, die einzige glückliche Verbindung zu ihrer Vergangenheit in New York darstellt? Viel wahrscheinlicher aber, weil sie es nie verwunden hat, gegen eine andere Frau zu verlieren.

»Warum?« hakt er provozierend nach. »Doch nicht, weil wir zusammen in der Highschool waren?«

Sie schaut auf ihre Uhr. »Ich habe anderthalb Stunden, falls du mit in mein Hotel kommen willst.« Es schadet sicher nichts, mit ihm ins Bett zu gehen, vielleicht heilt es sogar die alte Wunde. Zumindest wird es dem Sicherheitsabstand guttun, den sie zwischen sich und Wendell braucht.

Im Hotelzimmer hängt er seine Kleider ordentlich über den Stuhl. »Worauf wartest du?« fragt er, und als sie sich nicht rührt, streift er ihr geschickt die Kleider vom Körper.

Sie liegen nebeneinander auf dem Bett. Nach ein paar Zungenküssen rollt er sich auf sie. Sie versteht nicht, warum sie zwar seine Berührungen spürt, an einigen Punkten, aber keine wirkliche Erregung. Mechanisch streichelt sie ihm über Rücken und Kopf. Als er eine ihrer Brustwarzen drückt, schreit sie auf.

»Früher hast du das gemocht.«

»So brutal?«

»Du hast es gemocht, wirklich, oder vielleicht hast du auch nur so getan. Sag mir, was dir gefällt.«

»Spontaneität«, antwortet sie, wohl wissend, daß es ihnen genau daran fehlt.

Er vögelt sie, während sie über die beschränkte Welt ihres Vaters nachdenkt, was sie Dr. Dessein erzählen wird, warum Vince damals Bibi nicht ihretwegen verlassen hat. Als er ihr in die Haare greift, seinen Mund auf ihren drückt und sich, wie früher, aufbäumt, spürt sie ein kurzes Aufflackern der alten Erotik, und dann kommt er.

»Bist du gekommen?« fragt er.

»Macht es einen Unterschied?«

»Bist du?« fragt er beharrlich.

»Bist *du*?« spöttelt sie. Sie empfindet Geringschätzung seiner Ignoranz gegenüber, der Ignoranz der meisten Männer, den verheirateten Liebhaber ausgenommen, den sie gelegentlich in Portland trifft und der sie mit der Zunge befriedigt, weil er immer zu früh kommt.

»Einen Dinero für deine Gedanken.«

»Obszöne.« Sie geht ins Badezimmer. Als sie zurückkommt, ist er bereits wieder halb angezogen.

»Warst du schon in unserem alten Viertel?«

Sie schüttelt den Kopf. »Nein, aber ich will noch hin. Es war ein ganz besonderer Ort.«

»*War* ist richtig. Jetzt ist es ...« Er schüttelt den Kopf. »Vielleicht haben wir uns das früher nur eingebildet, daß es schön war?«

Er sieht jungenhaft aus, so wie sie sich an ihn aus der Schulzeit erinnert, als er hinter Alan Goldfarb saß, in den sie von der vierten Klasse bis zur Highschool verliebt war. Ihre erste einseitige Beziehung. Wie früh sich Verhaltensmuster herausbilden.

Als habe er ihre Gedanken gelesen, sagt er: »Ich habe einen Brief von Alan bekommen. Er ist jetzt Manager beim Miss Young America-Wettbewerb.«

Sie schreit auf. »Die armen Lämmchen!«

»Ich fand nie, daß er gut aussieht«, sagt Vince nachdenklich.

»Ich nehme an, er war nicht dein Typ.«

»War er deiner?«

»Ich bin immer auf Charme reingefallen. Egal wie oberflächlich. Mein Exregierungsmitglied ist ein typisches Beispiel dafür. Mr. Charme persönlich.« Sie lacht in sich hinein.

»Der Exbeamte? Bist du in ihn verliebt oder was?«

»Ganz entschieden oder was«, antwortet sie. »Es ist eine Art therapeutische Affäre mit einem emotionalen Geizkragen. Normalerweise falle ich auf Männer rein, die sehr überzeugend über Liebe sprechen können.« Dafür wäre wiederum Vince ein prächtiges Beispiel, denkt sie.

Er runzelt die Brauen. »Du redest aber gerade ziemlich leichtfertig daher.«

»Ja«, sagt sie und möchte plötzlich nicht zugeben, daß sie ihm die reine Wahrheit gesagt hat. Sie fragt sich, warum sie Männern gegenüber immer eine gewisse Distanz wahrt, und denkt an die Kluft zwischen sich und ihrem Vater. Ein weiteres Thema für Dr. Dessein. Nur wird sie sich mit den Einnahmen aus ihrem Teilzeitjob kaum die fünfundfünfzig Dollar pro Stunde leisten können, die er ihr bei der letzten Sitzung abgeknöpft hat.

Nachdem Vince weg ist, stellt sie die Dusche an. Ein lautes Klopfen ruft sie wieder zur Tür. »Ich habe vergessen, dich nach deinem Buch zu fragen«, sagt er.

Er ist verdammt noch mal einfach zu nett, denkt sie. »Da gibt es nicht viel zu erzählen. Ich habe gerade erst damit angefangen.«

»Es handelt von Inwood, stimmt's?«

»Habe ich dir das gesagt?«

»Ich habe es geraten.«

Sie nickt. »Mein Nostalgietrip.«

»Es ist mehr als das. Du versuchst, etwas zu erhalten, damit es nicht nur in deiner Erinnerung existiert. Eine Welt, für die es sich lohnt ...«

Sie stellt sich auf die Zehenspitzen, um ihn auf den Mund küssen zu können. »Du bist ein Schatz, aber jetzt muß ich mich fertig machen, sonst komme ich zu spät.« Sie schließt die Tür und steigt in die Badewanne, und ihre Tränen vermischen sich mit dem herabströmenden Wasser.

Beim Anblick all der Paare im Theater tut Ruthie sich selbst ein wenig leid. Vor Beginn der Show beobachtet sie die Männer, die allein dasitzen, und nimmt mit einem von ihnen Blickkontakt auf, doch als die Lichter langsam ausgehen, läßt sich ein zweiter Mann neben ihm nieder. Zumindest überkommt sie jetzt nicht mehr dieses Gefühl der Beklemmung, das die Männer aus ihrem New Yorker Leben in ihr heraufbeschworen haben, denkt sie und versucht, sich auf die wilden Tänze und die glitzernden Kostüme der Eröffnungsnummer zu konzentrieren. Sie wickelt sich fester in ihren Pullover und ist froh, daß sie mit der Kälte, die die Klimaanlage verbreitet, gerechnet hat. Nach einer Weile läßt ihre Konzentration nach, die Songs und Tänze des ersten Akts verschwimmen. Sie hat es sich hier schöner vorgestellt, aber sie ist nicht unglücklich darüber.

In der Pause studiert sie den Theaterzettel, und ihr Blick fällt auf den Namen Ione D. Opals. Ione? Aus der Arden Street 46? Ruthies Mutter hat immer auf Ione aufgepaßt, wenn Mrs. Opals Iris und Ivy zu ihren Unterrichtsstunden brachte: Singen, Tanzen, Sprechtechnik, alles, was zur Vorbereitung auf das Showbusiness dienen konnte. Im zweiten Akt versucht Ruthie vergeblich, Ione unter den Stepptänzerinnen zu erkennen, aber alle sehen gleich aus mit ihren enganliegenden Kappen und Trikots. Vor siebzehn Jahren ist Ruthie von zu Hause weggegangen, um Aaron zu heiraten; damals war Ione noch ein kleines Mädchen.

Nach der Show, auf dem Weg hinter die Bühne, lächelt Ruthie in sich hinein, als ihr einfällt, wie Iris ihr einmal das richtige Gehen beigebracht hat. Mit ihr, der ältesten der

Schwestern, hat sie in dem vollgestellten Wohnzimmer gespielt, wann immer Iris zwischen ihren ganzen Unterrichtsstunden ein wenig Zeit hatte. Ruthie sieht sie noch vor sich, wie sie, mit einer Bibel auf dem Kopf, vorsichtig an Iones Bettchen vorbeischritt und ihr Anweisungen gab: »Es ist ganz wichtig, daß das Kinn parallel zum Boden ist, das gibt dir eine stolze Haltung.« In diesem Moment fiel die Bibel herunter, genau auf die Stirn des Babys.

Vielleicht sollte ich nach der kleinen Narbe Ausschau halten, überlegt Ruthie, während sie sich durch das Getümmel in der Garderobe schlängelt, wo sich die Darstellerinnen umziehen und ihre Sachen zusammenpacken. Soll sie jetzt laut Iones Namen rufen? *Gesucht wird Ione Dixie*? Als sie die blonden Locken und den Schmollmund entdeckt, muß sie einen plötzlichen Fluchtimpuls unterdrücken. Sie kämpft sich zu ihr durch, nennt ihren Namen und ist erleichtert, als Ione von ihrem Schminktisch aufspringt: »Ruthie Zimmer! Mein Gott! Ich kann's nicht glauben!«

Innerhalb von ein paar Minuten erfährt Ruthie, daß Mr. und Mrs. Opals gerade einen Parfümladen verkauft haben, in Palm Beach, wo sie jetzt leben. Daß Iris in Hackettstown, New Jersey, mit einem ehemaligen Footballspieler verheiratet ist, den sie kennengelernt hat, als sie Miss Washington Heights war. »Meine Schwester verdient mehr Geld mit dem Verkauf von Immobilien als Jim mit seinen Sportsachen«, erzählt Ione. »Sie ist genau wie mein Vater.« Erst da fällt Ruthie ein, daß ihr Bruder ihr einmal geschrieben hat, Mr. Opals habe ein Grundstück in Inwood verkauft – für eine halbe Million Dollar; davor hatte noch nicht einmal jemand gewußt, daß das Grundstück ihm gehörte. Damals haben die Opals schon am Central Park West gewohnt. Ione hört gar nicht mehr auf, von Iris zu erzählen, bis Ruthie sie schließlich unterbricht und nach der mittleren der drei Schwestern, Ivy, fragt.

Ione wühlt in einer roten Vinyltasche mit Metallbeschlägen. »Ivy will jetzt ihren Abschluß machen, als Beraterin für berufliche Wiedereingliederung, weißt du – Moment …« Sie nimmt eine Brieftasche heraus, klappt sie auf und zeigt Ruthie die Bilder.

Auf den ersten ist Iris leicht zu erkennen, obwohl sie ziemlich zugenommen hat. Unter dem Pullover ist der Speckwulst um ihre Taille deutlich zu sehen. Erstaunt fragt sich Ruthie, ob ihre Erinnerung sie trügt. War Iris nicht die diätbewußte in der Familie, diejenige, die Ivy immer aufgezogen hat, weil sie so gerne aß? Sie betrachtet Jim, unverkennbar ein ehemaliger Footballspieler mit seiner bulligen Gestalt und dem Stiernacken. Die beiden Teenagersöhne stecken in Footballtrikots.

Auf einem anderen Foto wirken Mr. und Mrs. Opals in ihren Freizeitkleidern aus Leinen wie frisch aus der *Travel and Leisure*. »Memorial Fountain«, kommentiert Ruthie die Sehenswürdigkeit in Palm Beach, wo sie und Aaron vor einer Ewigkeit ihre Flitterwochen verbracht haben. Abgesehen von den grauen Haaren sieht Mrs. Opals genauso aus, wie Ruthie sie in Erinnerung hat, mit den hohen Wangenknochen und der perfekten Nase eines Models, was sie vor ihrer Heirat auch war. Mr. Opals ist ein bißchen dünner als früher und geht leicht gebückt.

Angesichts eines Fotos von einer dicklichen Blondine mit hochtoupierten Haaren fragt Ruthie: »Ivy?«

»Yvette, Ivys Tochter«, erklärt Ione. Bevor Ruthie das verdaut hat, ist Ione schon beim nächsten Foto: »Und das ist Sam, Yvettes Baby.« Sie wartet auf Ruthies Reaktion.

»Das verstehe ich nicht. Wie kann Ivy … *Wie* alt ist ihre Tochter?« Ruthie blättert zu Yvettes Foto zurück.

Ione grinst. »Meine Mutter weigert sich immer noch, es zu glauben. Dir kann ich's ja sagen. Ivy ist mit sechzehn von zu Hause weggelaufen und hat geheiratet. Und wie die Mutter, so die Tochter. Yvette ist jetzt siebzehn, und Sam wird morgen sechs Monate alt. Das hier ist Ivy auf den Bahamas. Ein Bild von einer Oma!«

Ruthie atmet hörbar aus. »Das kann doch nicht sein! Oma? Ivy als Oma?« Sie läßt das Wort auf sich wirken, während sie die schlanke Brünette im schwarzen Bikini betrachtet und in ihrer Erinnerung kramt. »Ivy muß noch auf dem College gewesen sein, als ...«

Ione kichert. »Ivy war nie auf dem College. Sie hat gedroht, sich umzubringen, wenn mein Vater die Ehe für ungültig erklären läßt. Hättest du das für möglich gehalten?«

Ruthies Augen werden plötzlich feucht.

»O Gott! Es tut mir leid«, sagt Ione. »Ich hab vergessen, daß deine Schwester ...«

»Schon in Ordnung, es ist ja schon eine Weile her.« Ruthie erinnert sich noch gut an die Diskussionen mit ihrer Schwester. Melva war sich sicher, daß Ivy eines Tages berühmt sein würde. Ruthie hatte widersprochen, die Begabteste sei Iris. Schon in der Highschool hat sie mehrere Sprachen beherrscht. Wie hat Mrs. Opals immer gesagt? Eine geborene Schauspielerin? Obwohl Ione schon als Kleinkind gemodelt hat, hatten Ruthie und Melva sie abgeschrieben, als sie sich zu einem eher reizlosen Teenager entwickelte. Heute sieht sie aus wie Brigitte Bardot, denkt Ruthie.

Bevor Ione nun ihr Fragen stellen kann, beginnt sie von sich aus zu erzählen, daß sie sich von Aaron hat scheiden lassen, daß Sidney an einem Aneurysma gestorben ist und ihre Mutter vor einigen Jahren, daß sie in Portland lebt und arbeitet ...

»Da oben ist es ziemlich kalt, oder?«

Ruthie erklärt ihr, wie die Berge die Regenwolken abhalten, aber Ione hört gar nicht mehr richtig zu. »Was ist mit deinem zweiten Namen?« wechselt Ruthie das Thema. »Ich war immer neidisch auf euch, weil ihr zwei Vornamen habt.« Und noch einiges mehr, denkt sie.

Ione dreht sich wieder zum Spiegel und reibt sich Creme ins Gesicht. »Mein Agent – und auf den schwöre ich – meint, Ione Dixie klingt nach einer kleinen Stripteasetänzerin aus den Südstaaten.« Sie zieht sich die künstlichen Wimpern von den Lidern. »Mein Vater nennt diese Dinger Tausendfüßler. Er ist noch immer der Größte.«

Eine lange Pause tritt ein. Ruthie überlegt, was sie noch fragen könnte. »Warst du mal wieder in unserem alten Viertel?«

Ione schüttelt den Kopf. »Nein, da gehe ich nicht mehr hin, nicht mal für Geld. Obwohl inzwischen viele Schauspieler da hinziehen, weil sie es sich nicht leisten können, woanders zu wohnen. Aber ohne mich. Ich brauche meinen Schönheitsschlaf.« Sie bemerkt Ruthies fragenden Blick. »Die ganze Nacht das Geplärr aus den Radios. Autos, die zerlegt werden, klong, klong, klong, bis in den frühen Morgen. Nein, danke.«

Wieder Schweigen. »Na, dann«, sagt Ruthie. »Es war schön, dich zu sehen. Grüßt du alle von mir?« Sie legt ihre Visitenkarte auf den Schminktisch. »Weingartner ist der Name meines Mannes«, erklärt sie, »meines Exmannes.«

»Ich würde ja gern einen Cappuccino oder so mit dir trinken, aber ich bin mit meinem Freund verabredet. Bill spielt in *Winters*, deshalb treffen wir uns immer erst nach elf …«

Winters ist das Stück, das Ruthie eigentlich hatte sehen wollen. »Kein Problem«, sagt sie.

»Hier.« Ione schreibt einen Namen und eine Telefonnummer auf Ruthies Programmheft. »Mein Agent. Er weiß immer, wo ich bin.« Sie steht auf und umarmt Ruthie, wobei sie ihr Creme auf das Gesicht und die Haare schmiert. »Gott, tut mir leid.« Sie tupft sie mit einem Papiertaschentuch ab und deutet auf die Cremedose. »Das ist wie Dynamit für die Haut.«

Ruthie fallen die Krähenfüße um Iones Augen auf. Sie hebt die Hand, um zu winken, und weil sie nichts mehr zu sagen weiß, dreht sie sich um, holt tief Luft und geht rasch zum Ausgang. Draußen winkt sie sich ein Taxi herbei, verwirrt von diesem Abend, von dem ganzen Tag. Auf der Fahrt zum Hotel lächelt sie ironisch bei dem Gedanken, daß sie von allen Leuten aus der Arden Street, die sie vermißt, Ione immer am wenigsten gekannt hat.

Albert bindet sich die Krawatte, die blaue, die Marian mit ausgesucht hat, und fragt sich, ob das Gesicht, das er im Spiegel sieht, seiner Tochter wohl alt vorkommt. Achtzig Jahre, denkt er, wohin ist die Zeit verschwunden?

Sein Blick wandert zu dem gerahmten Foto seines Sohnes auf der Kommode. Sidney hat immer gut ausgesehen in einem Anzug, denkt Albert. Alle mochten Sidney. Sie hatten ja keine Ahnung, wie störrisch er war – genau wie Hannah. Hätte Sidney bloß auf ihn gehört, es hätte etwas aus ihm werden können!

Nachdem Albert seinen Kragen zurechtgezupft hat, zieht er die graue Sportjacke an; die Manschetten hat er vergessen, fällt ihm ein, aber dann lenkt ihn der Gedanke an seinen Neffen gleich wieder ab. Hoffentlich bringt Dan Terri mit zur Feier. Sie ist immer so nett zu ihm und notiert für ihn auf Zetteln, was die anderen sagen. Was spielt es schon für eine Rolle, daß Dan viel älter ist und sie keine Jüdin? Dan hat ihr ein wunderschönes Haus auf Long Island gekauft – einen richtigen Palast, groß genug für zehn Personen. Vielleicht ist sie deshalb konvertiert.

Er wirft einen Blick auf die Uhr auf seinem Nachttisch, wo auch Melvas Foto steht. Wie schade, daß seine älteste Tochter nie geheiratet hat. Sie hat eine Figur wie Jane Russell, hat Hannah oft gesagt. Er hat sich immer Sorgen um Melva gemacht, wenn sie solche engen Pullover anzog. Am Ende hat Larry alles verdorben, weil er sie nach ihrer Verlobung mit seinem epileptischen Anfall zu Tode erschreckt hat. Er war es, der sie verrückt gemacht hat.

Albert fällt ein, daß er seine Uhr am Spülbecken liegengelassen hat. Als er an der Mesusa vorbeigeht, küßt er seine Fingerspitzen und legt sie an die Rolle. Sein älterer Bruder Sol hat ihm als Junge das Kaddischgebet der Trauernden beigebracht, das er jetzt für Melva und Sidney murmelt. Er legt die Uhr an. Dann stellt er fest, daß er den Gürtel vergessen hat. Als das erledigt ist, geht er zu Melvas Foto zurück, küßt seine Fingerspitzen und berührt ihre Haare. Immer hat er gebetet, sie möge ihre Medikamente regelmäßig nehmen. Immer wieder hat er Hannah ermahnt, auf sie aufzupassen. Ja, ja, war Hannahs Antwort, doch er weiß, daß sie gelogen hat. Ruth hat allerdings immer auf ihrer Seite gestanden, aber wenn er ihr von Hannahs Lügen erzählt, wird sie ihn endlich verstehen. Er beschließt, es ihr zu sagen, bevor sie nach Portland zurückfliegt.

Er trottet zurück in die Küche, vergleicht seine Armbanduhr mit der Küchenuhr und wundert sich, warum Marian noch nicht da ist. Aus dem Schrank unter dem Spülbecken holt er den Schuhputzkasten. Er bückt sich etwas tiefer, um sich zu vergewissern, daß die Einmachgläser mit den Münzen noch da sind. Fast tausend Dollar in 25- und 50-Cent-Münzen. Mit einem alten Handtuch reibt er seine braunen Schuhe ab, so wie Vera, wenn er sie nachmittags besucht hat, während Otto in der Druckerei war. Sie hat immer behauptet, Hannah würde nicht richtig für ihn sorgen. Als Hannah die Sache mit Vera entdeckte, hat sie Otto alles erzählt. Das war schon lächerlich, denkt er, wie Otto ihn ins Gefängnis bringen wollte. Dieser Weichling! Albert hätte ihn gleich im Gehörlosenzentrum mit einem rechten Haken niederschlagen können, aber Vera zuliebe hat er es nicht getan. Schade, daß Vera weggezogen ist.

Das Licht unter der Decke blinkt auf. Schnell steht er auf, spürt einen leichten Schwindel und stützt sich mit der Hand auf dem Resopaltisch ab, der zu kippen droht, so daß er sich statt dessen am Herd festhalten muß. Als er sein Gleichgewicht wiedergefunden hat, eilt er zur Tür.

»Du bist zu s-p-ä-t«, bellt er Marian entgegen. Plötzlich fällt ihm ein, daß er das Küchenschränkchen offengelassen hat; er drängt Marian ins Wohnzimmer, eilt in die Küche, schiebt Tuch und Schuhputzzeug zurück ins Schränkchen und schließt die Tür. Marian wartet geduldig, während er ins Badezimmer geht, dann seine Brieftasche sucht, das Wechselgeld vom Nachttisch nimmt und ein Taschentuch einsteckt. »Okay?« fragt er sie und meint damit sein Aussehen.

»Die Manschetten«, erinnert sie ihn.

Er zieht eine Kommodenschublade auf. Soll er die goldenen nehmen, die Sidney ihm geschenkt hat? Er betrachtet die silbernen, die er einmal von Ruth zum Vatertag bekommen hat, entscheidet sich dann aber für die mit den grünen Steinen. Vielleicht hat Vera sie ihm geschenkt, er ist sich nicht sicher. Noch einmal betrachtet er sich prüfend im Spiegel. Er würde Vera vor seinem Tod gern noch einmal sehen. Vielleicht sollte er nach Las Vegas fliegen, zu seinen Cousins, einen Abstecher zum Lake Tahoe machen, wo Vera wohnt, und anschließend noch nach Portland fahren und Ruth überraschen. Im Frühling, wenn es bei den Fluglinien die Sonderangebote gibt. Genau.

Wieder baut er sich vor Marian auf. In der Gebärdensprache sagt sie: »Herzlichen Glückwunsch zum Geburtstag«, und will ihn küssen, aber er hebt abwehrend die Hand. »Vorsicht, nicht durcheinanderbringen. Komm jetzt«, sagt er, »T-r-u-d-y wartet unten.«

Im Restaurant findet Ruthie nur ihren Vater mit Marian und Trudy vor. Die Feier fängt zwar erst eine Stunde später an, erklärt er, aber er hat sich noch vergewissern wollen, ob alles in Ordnung ist. Die Kellner sind dabei, rosafarbene Tischdekken zu verteilen, auf den zwei langen Tischreihen mit schwarzen Stühlen, schwarzen Aschenbechern und Vasen mit blaßroten Nelken. Tatsächlich sieht alles viel schöner aus, als Ruthie es erwartet hat. Alle vier nehmen sie auf Stühlen vor einer Spiegelwand Platz und bemühen sich, ein Gespräch in Gang zu halten. Daddys Harem, denkt sie.

Eine halbe Stunde vor Beginn der Feier erscheint eine große Gruppe Gehörloser aus dem Chasen Center, dann kommen die Verwandten, gefolgt von einer Delegation Gehörloser aus Brighton Beach. Ruthie geht von Grüppchen zu Grüppchen und begrüßt die Freunde ihres Vaters, die sich so angeregt in der Gebärdensprache unterhalten, daß ihre Cocktailgläser dabei fast überschwappen. Weil ihr Vater am anderen Ende des Raums in ein Gespräch mit seinem Lieblingsneffen vertieft ist, übernimmt sie die Rolle der Gastgeberin. Von ihren anderen Cousins hatte keiner Zeit zu kommen, hat ihr Vater gesagt. Sie fragt sich, ob sie sie überhaupt noch erkennen würde. Seit sie zu Hause ausgezogen ist, hat sie weder ihre Cousins noch die Spielkameraden aus ihrer Kindheit wiedergesehen. Aber viel mehr als ihre Verwandten vermißt sie ihre Freunde.

»S-c-h-ö-n-e Feier«, bedeutet ihr Mrs. Kahn. »Die Drinks sind u-m-s-o-n-s-t.« Bei diesen Worten neigt sie den Kopf zur Seite, als sei das etwas Besonderes.

Mr. Mazzoli nickt heftig. »Prima.«

Derweil überprüfen Marian und Trudy die Arrangements und diskutieren, ob genug Stühle da sind. »Fünfzig«, bedeutet Marian.

»A-l-b-e-r-t sagt, achtundvierzig sind eingeladen«, widerspricht Trudy und deutet auf ihn. »F-r-a-g ihn.«

Ruthie schaut zu ihrem Vater hinüber, der gerade seinen Neffen nach Terri und den Jungen fragt. Dan antwortet mit deutlichen Lippenbewegungen, die sogar sie am anderen Ende des Raums lesen kann: »Zu Hause. Das Baby hat Grippe, hohes Fieber.« Es ist ihrem Vater anzusehen, wie enttäuscht er ist.

Nachdem sie alle begrüßt hat, bleibt sie bei ihren Verwandten stehen. Onkel Sol lehnt an einer schwarzen Säule, deren Marmormuster sich mit den schwarzweißen Karos seines Leinenjacketts beißt. Das Jackett läßt ihn noch kleiner erscheinen. Ohnehin reicht er Lois nur bis zur Schulter. Sie steht aufrecht neben ihm, in grüner, fließender Seide, einen goldenen Zigarettenfilter zwischen den Fingern. Als sie Ruthie sieht, drückt sie die Zigarette aus.

»Ich habe Onkel Sol von dem Exminister erzählt, meine Liebe. Dein Vater hat es mir gesagt. Habe ich irgendwelche Geheimnisse ausgeplaudert?«

Bevor Ruthie antworten kann, fügt Sol hinzu: »Kann er denn einer Frau ein angemessenes Leben bieten? Dir einen Pelzmantel kaufen?«

»In Portland ist es zu warm für Pelze, Onkel Sol.«

Was hat ihre Mutter immer über die Familie ihres Vaters gesagt? »Sie sind kalt. Denken nur ans Geld. Nicht wie meine Schwester, meine Verwandten. Die haben ein warmes Herz.« Sadie und Ben, denkt Ruthie, waren nicht nur warmherzig, sondern auch noch reich. Der Rest ihrer Familie mütterlicherseits schlug sich nur mühsam durch, aber großzügig waren sie trotzdem alle. Sie fragt sich, ob sie Rona oder Natalie je wiedersehen wird, aber nach New Hampshire zu fahren, kann sie sich nicht vorstellen, vor allem nach Ronas letztem Brief voller Lobeshymnen auf Richard Nixon.

Tante Lois läßt sich aus über die Zweckmäßigkeit von Pelzmänteln. Da Ruthie sich wenig interessiert zeigt, sagt sie:

»Ein praktischer Wettermantel mit einem herausnehmbaren Nerzfutter tut's auch, wenn man sich keinen Fuchs leisten kann.«

Merkwürdig, daß sie früher Tante Lois nachgeeifert hat, fasziniert von ihrem großen Haus, dem größten, das sie je gesehen hatte. Bis sie vor ein paar Jahren bei der Benefizparty eines Kandidaten für das Gouverneursamt war. Tante Lois hatte in jedem Zimmer echte Blumen, keine Plastikblumen, sogar in der Toilette. Und die Farben im Haus waren aufeinander abgestimmt, nur eine oder zwei Farben je Raum, nicht dieser Mischmasch wie bei ihnen zu Hause. Jetzt wird ihr klar, daß es die typischen WASP-Seiten an Tante Lois' Leben waren, die sie beeindruckt haben, und sie muß fast lachen, als Tante Lois sich erkundigt: »Sag, dieser Mann, mit dem du liiert bist, ist der eine sechsstellige Zahl wert?«

»Ihm gehört ein ganzer Industriekomplex«, sagt Ruthie. »Es ist also anzunehmen.«

»Und ihr seid fest zusammen?« fragt Sol.

»O nein, wir sind nicht ineinander verliebt.« Sie schaut in seine grauen Augen, die unter den hängenden Lidern kaum sichtbar sind. Mit seinen zweiundachtzig sieht er so viel älter aus als ihr Vater. Als hätte er schon einiges mitgemacht.

»Schätzchen, eine Frau sollte einfach heiraten«, sagt er, gerade als ihr Cousin sich zu ihnen gesellt.

»Heute ist das anders.« Dan zwinkert ihr zu, als sei sie eine ganz heiße Nummer.

»Das hat meine Davida auch immer gesagt, sie ruhe in Frieden«, sagt Onkel Sol. »Aber so wird eine Frau nicht glücklich. So wird sie nur zu einer Ware aus zweiter Hand.«

Um ihn vom Selbstmord seiner Tochter abzulenken, fragt Ruthie: »Und du? Geht es dir gut?« Aber jetzt muß sie selbst daran denken. Ist die Neigung zum Selbstmord erblich? Sol war drauf und dran gewesen, zu Davida nach Cleveland zu ziehen, aber nach ihrem Tod durch Kohlenmonoxydvergiftung, mit einem Abschiedsbrief an der Windschutzscheibe, hat er sich für Boca Raton entschieden. Davidas Buch wurde posthum veröffentlicht und schilderte in intimen Details, wie ihre Eltern sie in den Wahnsinn getrieben hatten. So mutig wäre Ruthie auch gern. Öffentlichkeitsarbeit mal ganz anders, witzelt sie im stillen.

Tante Lois wendet sich ihrem Bruder zu, der sich recken muß, um Ruthie die Schulter tätscheln zu können. »Ist sie nicht eine wunderschöne Frau geworden?« sagt sie. »Alberts Ebenbild. Ich bin so stolz auf sie.«

Ruthie verkneift sich den Witz, wie sie denn, nach ihrer Nasenoperation, noch Alberts Ebenbild sein könne. Mit ihrer Instamatic schlängelt sie sich durch die Gäste auf ihren Vater zu, um ihn zu einem Gruppenbild mit seinen Geschwistern zu bewegen. Immerhin ist es vielleicht das letzte Mal, daß alle drei beisammen sind. Er besteht darauf, erst mit Marian und Trudy fotografiert zu werden, dann mit ihnen und Ruthie. Als sie ihn endlich auf der anderen Seite des Raums hat, verlangt er ein Foto nur mit sich und Dan. Schließlich gelingt es Ruthie, ihn mit seinem Bruder und seiner Schwester zu fotografieren. Danach trottet er gleich wieder zu Marian und Trudy zurück.

»Großartig«, sagt Dan, »wie die Frauen deinem Vater nachlaufen. In seinem Alter!« Er rückt seine diamantenbesetzte Krawattenspange zurecht.

»Die Mädchen waren immer verrückt nach deinem Vater«, erklärt Tante Lois Ruthie. »Hast du das gewußt?«

Ruthie bemüht sich um einen neutralen Ton. »Ich erinnere mich daran, wie er eine Affäre hatte, als ich noch ein Kind war.«

»Hör mal, Liebes, deine Mutter, Gott hab sie selig, war auch nicht gerade einfach im Umgang …«

»Das ist keine Entschuldigung«, unterbricht sie Sol. »Ein

Mann von Ehre hält sein Wort und scharwenzelt nicht herum wie die Gojim.« Er sieht Dans Gesichtsausdruck. »Entschuldigung.« Ruthie nimmt an, daß er damit Dans nichtjüdische Frau meint. »Hundsgemein«, fügt er hinzu. »Anders kann man das nicht nennen.«

Sie folgt ihm zu einem Sessel, auf dem er sich niederläßt. Die anderen kommen hinterher. »Du warst immer der einzige, der Familientreffen einberufen hat, wenn es Schwierigkeiten gab«, sagt sie zu Sol und fragt sich, wer wohl dieses viel zu lebhaft gemusterte Jackett für ihn ausgesucht hat. Bestimmt nicht seine ernste und gesetzte Frau, die heute nicht dabei ist. Ihr Vater hat Elsa sowieso nie leiden können, weil sie sich eine Haushälterin leistet. »Ich weiß noch, wie du meiner Mutter geraten hast, sie soll sich von ihm scheiden lassen.«

Sol wirkt erfreut. »Das weißt du noch? Du warst noch so klein damals, und dabei schon so erwachsen, immer hast du für Albert und Hannah übersetzt. Du hast mir so leid getan.«

»Entschuldige mal«, wendet Lois ein. »Die Hauptsache ist doch, daß etwas aus ihr geworden ist. Albert kann also nicht alles falsch gemacht haben, Gott segne ihn, auch wenn sie ihm offenbar nicht besonders dankbar ist ...«

Ruthie hält sich zurück, sie nimmt einen Drink vom Tablett eines vorbeigehenden Kellners. Eines Tages wird sie ihnen all die Dinge über ihren Vater sagen, die sie nicht wissen oder nicht wissen wollen. Wenn er nur vor ihrer Mutter gestorben wäre! Sie vermißt ihre Mutter so sehr. Zu ihrem achtzigsten Geburtstag hatte Ruthie ein großes Fest geplant, aber knapp zwei Jahre davor ist sie gestorben. Ruthie hat noch ihr Gesicht vor Augen, wie sie im Sarg lag, so klein, so weich, und welche Grausamkeit ihr Vater vor dem Gottesdienst an den Tag gelegt hat. *Das* würde sie seinen Verwandten gern erzählen. Wie pflichtbewußt muß man als Tochter eigentlich sein?

Auf ein Zeichen von Albert nehmen die Gäste Platz. Am

einen Tisch sitzen sich Albert, zwischen Dan und Ruthie, und Sol und Lois gegenüber. An den Kopfenden des anderen Tisches sitzen Marian und Trudy. Alberts gehörlose Freunde haben sich auf die übrigen Plätze verteilt.

Wohin Ruthie auch schaut, überall sieht sie gestikulierende Hände, Kopfbewegungen, Gesichter, die sich verziehen, um die Gebärdensprache zu ergänzen. Nur vier von uns können sprechen, denkt sie, und keiner tut es. Bis Dan schließlich ein wenig prahlerisch von einer Kreuzfahrt erzählt, die er und Terri unternehmen wollen. »Die Star Pacific soll die Crème de la Crème sein, heißt es.«

»Sie ist ganz gut«, sagt Ruthie, »aber ich kenne bessere Schiffe.«

»Bist du schon mal damit gefahren?«

Auf ihr Nicken fragt er weiter: »Hat dich jemand dazu eingeladen? Oder hast du darüber geschrieben?«

Sie lacht. »Nein, einfach zum Vergnügen. Ein Haufen Jazzmusiker waren an Bord, es gab alle möglichen Vorträge ... Ich reise viel, aber normalerweise eher auf dem Landweg ...«

»Fürs Schreiben wird man ja offenbar gut bezahlt.« Er hört sich zweifelnd an.

»Nicht so gut wie ein Industrievertreter, aber ich komme klar.«

»Schön für dich! Ich bin froh, daß wenigstens eines von Alberts Kindern es geschafft hat.«

»Dan!« protestiert Lois. Sie zündet sich eine Zigarette an. »Wenn ich an Melva denke, dieses wunderschöne Mädchen ...« Sie drückt Ruthies Arm, ihre Augen füllen sich mit Tränen. Ruthie sieht, daß Sols Augen ebenfalls feucht werden. Toll, denkt sie, gleich fangen wir alle an zu weinen. Um einen leichten Ton bemüht, sagt sie zu Dan: »Familiengeschichten!«

»Meine Onkel hätten Besseres verdient.« Dan legt einen

Arm um Sol und die andere Hand auf Alberts Arm. Der Diamantring an seinem kleinen Finger funkelt.

»Deine Cousins und Cousinen hätten Besseres verdient«, kontert Ruthie.

Ihr Vater reagiert auf Dans Zuneigungsbekundung mit einer fragenden Gebärde. »A-l-l-e-s in Ordnung«, erklärt sie ihm. »Er m-a-g dich.«

Als die Kellner auf ihren Tabletts die Hühnersuppe hereintragen, steht er auf und bdeutet seinen Gästen, mit dem Essen noch zu warten. »Ich halte eine Rede.« Diejenigen, die seine Gebärden sehen, machen die anderen durch Schulterklopfen darauf aufmerksam. Ruthie weiß, daß ihr jetzt das Schlimmste bevorsteht, die Verlegenheit, in die er sie immer bringt, die unvermeidliche Übelkeit. In zwei Stunden, sagt sie sich, ist alles vorbei, und nichts davon wird noch eine Rolle spielen.

»Heute«, fängt Albert an, »ist der schönste Tag in m-e-i-n-e-m L-e-b-e-n. Ich habe G-l-ü-c-k, ich bin gesund, lebendig ...«

Ruthie übersetzt für die Verwandten, von denen keiner die Gebärdensprache versteht.

»Ich freue mich, daß ihr mit mir feiert: mein Neffe aus L-o-n-g I-s-l-a-n-d, meine Tochter R-u-t-h, die mit dem Flugzeug aus P-o-r-t-l-a-n-d gekommen ist, meine Schwester aus N-Y, mein Bruder aus F-l-o-r-i-d-a, meine Freunde von C-C und B-B ...«

Ruthie erklärt, daß er damit das Chasen Center und Brighton Beach meint.

»Glaubt nicht, daß ich alt bin. Ich bin achtzig und fühle mich wie ein K-i-n-d. Ich danke G-o-t-t, daß ihr alle lebt. Bleibt gesund und glücklich, ich wünsche euch ein langes L-e-b-e-n. Eßt, trinkt, seid f-r-ö-h-l-i-c-h, morgen ...« Er macht eine gerührte Pause, »... leben w-i-r.«

Während laut applaudiert wird, setzt er sich wieder.

Tante Lois wischt sich über die Augen. »Ich bin so stolz auf ihn. Er ist ein so bemerkenswerter Mann.«

Dan erhebt sich, klatscht übertrieben und formt mit den Lippen: »Großartig, großartig!«

Das hat er gut gemacht, dieser nette kleine Mann, denkt Ruthie und gibt sich selbst gegenüber zu: Sogar besser als nur gut. Warum war er zu Hause nie so charmant und eloquent? Und dann beantwortet sie ihre eigene Frage mit einer Gegenfrage: Wenn er die Möglichkeit dazu gehabt hätte, wäre er es doch sicher gewesen? Sie fischt ein Aspirin aus der Tasche.

Während die Kellner den Geburtstagskuchen hereinrollen, macht sie noch ein paar Schnappschüsse. Ihr Vater will ein Foto nur vom Kuchen haben. »Mit dem Namen«, verlangt er; die Schrift aus rosafarbener und gelber Buttercreme, »Herzlichen Glückwunsch zum Geburtstag, Avraham«, soll auf jeden Fall lesbar sein. Avraham ist sein hebräischer Name. Für das nächste Foto stellt er sich mit Marian und Trudy in Positur, dann schickt er sie zurück zu ihrem Tisch und läßt sich ganz allein beim Anschneiden des Kuchens fotografieren. Danach folgt ein weiteres Bild mit Dan, der neben ihm steht. Und schließlich macht Dan noch ein Foto von ihr und ihrem Vater beim Kuchenschneiden.

»Schön?« fragt ihr Vater und deutet auf den Kuchen.

»Sehr schön.« Sie zwingt sich zu einem Lächeln. Nie hat er ihr, Melva oder Sidney einen dekorierten Kuchen zum Geburtstag geschenkt – oder irgend etwas anderes. Sie ist stolz darauf, daß sie ihre Bitterkeit im Griff hat, daß sie eine pflichtbewußte Tochter ist, auch wenn Tante Lois sie für undankbar hält.

Albert bläst die siebzehn Kerzen aus: eine für jeweils fünf Jahre und eine fürs Glück. Alle klatschen, und eine Welle von Traurigkeit schlägt über Ruthie zusammen, Traurigkeit darüber, daß ihr achtzigjähriger Vater sich seine eigene Geburtstagsfeier ausrichten muß.

Am nächsten Morgen, beim Frühstück in Giorgio's Coffee Shop, hält Albert Ruthie ein Blatt Papier hin, eine Liste seiner Geburtstagsgeschenke. Sie überfliegt die ersten Punkte:

Mrs. Mazzoli – $ 5,- in bar
Mrs. Kahn – $ 10,- als Scheck
Trudie & Marian – Toaster
Lois – Krawattennadel
Sol – $ 100,- als Scheck
Dan & Terri – Bademantel

»Schön«, sagt sie. »Hast du meine Geschenke bekommen?«

»Danke«, erwidert er.

Wenigstens hat er sie nicht kritisiert, denkt sie. Sie hat ihm zwei Bücher über Münzen geschenkt, ein Foto von sich selbst in einem silbernen Rahmen, zwanzig mal fünfundzwanzig Zentimeter, und Briefpapier mit seinem Namen und seiner Adresse. Normalerweise behauptet er immer, er könne ihre Geschenke gar nicht brauchen. Daß ihm nie auffällt, wie teuer sie sind, amüsiert sie. Es macht ihr Spaß, ihn über ihre Pflicht hinaus zu beschenken. Nach all den Jahren, in denen sie von ihm nichts zum Geburtstag bekommen hat, gibt er ihr jetzt immer entweder fünf oder zehn Dollar – es ist ihr ein Rätsel, nach welchen Kriterien er die Entscheidung trifft.

In Giorgio's Coffee Shop ist es noch heißer als zwei Tage zuvor. Ihr Büstenhalter und ihr Slip kleben an ihrer Haut wie ein nasser Bikini. Ihr Vater sieht heute auch nicht mehr so frisch aus. Sein kariertes Hemd – eines der Hemden, die sie ihm im Frühjahr geschickt hat, als er an der Prostata operiert wurde – ist schlaff.

»Heiß heute.« Er wischt sich über die Stirn.

Diesmal ißt sie hastig, damit sie schneller wieder gehen können, aber als er fertig ist, fängt er an, über ihre Mutter zu sprechen. »Mama hat dich verdorben, auch S-i-d-n-e-y und M-e-l-v-a«, sagt er. »Sie hat dafür gesorgt, daß ihr mich haßt.«

»Mama hat dich geliebt, immer geliebt«, antwortet Ruthie und fragt sich, warum er jetzt davon anfängt, nachdem ihre Mutter schon zwei Jahre tot ist.

»Nein«, bellt er. »Warum hatte sie dann einen anderen Mann?«

»Was?«

»Heimlich im H-o-t-e-l, ich weiß es, sie hat gedacht, ich bin d-u-m-m.«

»H-o-t-el? Ein anderer Mann?« wiederholt Ruthie. Die Vorstellung dieser kleinen, lächelnden Frau mit ihrem Bauch und den großen Brüsten bei einem Stelldichein mit einem der Gehörlosen kommt ihr unglaublich vor. Lächerlich.

»J-a.« Ihr Vater reckt das Kinn vor. »Heimlich, in B-B. Warum sind wir wohl nach M-a-n-h-a-t-t-a-n gezogen?«

»Ich weiß nicht.«

»Darum.«

Sie gräbt in ihrer Erinnerung nach Fetzen von Gesprächen mit ihrer Mutter. Wie Albert sie das erste Mal geschlagen hat, lange vor Ruthies Geburt, als sie mit Sidney schwanger war. Wie sie den Strand von Brighton Beach entlanggelaufen ist und daran gedacht hat, ins Wasser zu gehen. Hat er ihre Mutter geschlagen, nachdem er sie mit dem anderen erwischt hat, oder hat sie sich mit dem Mann eingelassen, nachdem er sie geschlagen hat? Hat dieser Mann denn tatsächlich existiert? Gibt es eine unschuldige Erklärung dafür, warum ihre Mutter in dem Hotel gewesen sein könnte? War sie überhaupt dort? Ruthie ist auf sich selbst wütend, weil sie ihrem Vater fast geglaubt hätte.

»D-u-m-m, daß ich nicht i-n-v-e-s-t-i-e-r-t habe, als ich jung war«, sagt ihr Vater und behauptet, ihre Mutter habe ihn davon abgehalten, Aktien zu kaufen, die ihn früh reich gemacht hätten. »Z-u s-p-ä-t, um A-k-t-i-e-n zu kaufen«, meint er. Sie weiß, daß er ein paar Aktien hat, sie hat Post von Maklern in seiner Wohnung gesehen, aber nicht weiter darüber nachgedacht.

»Du hast A-k-t-i-e-n?« fragt sie ihn jetzt.

Er nickt. »Ich hatte G-l-ü-c-k«, sagt er stolz. »Das Geld wächst von allein.«

Sie denkt darüber nach, während er von neuem mit seinen Klagen über Irving Gold anfängt, der ihrer Mutter den Hof gemacht hat, nachdem Albert sich von ihr scheiden ließ. »I-r-v-i-n-g war nicht g-u-t«, sagt er, »hat immer Beihilfe bekommen, war immer arm ...«

Mit klopfendem Herzen unterbricht ihn Ruthie. »Was spielt das für eine Rolle? Du hattest deine Freunde und Mutter ihre.« Als sie sich ihm das letzte Mal widersetzt hat, war sie siebzehn. Damals hat er ihr verboten, weiter mit Aaron zusammenzusein. »Du bist wirklich ein wundervoller Vater«, hat sie ihm damals in der Gebärdensprache gesagt. Und er hat geantwortet: »Ehre deinen Vater«, und ihr ins Gesicht geschlagen. Nicht lange danach ist sie ausgezogen. Melva und Sidney haben damals noch zu Hause gewohnt. Sidney erholte sich gerade vom Ende seiner ersten Ehe, Melva war zwischen zwei Aufenthalten in einer psychiatrischen Anstalt.

Was denkt ihr Vater jetzt? Er starrt über ihre Schulter hinweg. Nach ein paar Minuten fragt er: »Magst du den neuen Teppich?«, als hätten sie die ganze Zeit über nichts anderes gesprochen. Sie versucht ihn abzuschätzen. Ist der Löwe im Grunde immer ein Kätzchen gewesen? War alles nur Show? Oder ist er milder geworden? Es dauert nicht lange, und er fängt wieder an, über ihre Mutter zu reden. Sie hätte es wissen müssen.

»Sie hat die Kinder nicht r-i-c-h-t-i-g erzogen«, sagt er.

Sie weiß, wenn sie jetzt aufsteht und geht, wäre das der endgültige Bruch. Warum tut sie es nicht? Mit scharfen Gesten, um ihren Ärger deutlich zu machen, antwortet sie: »Vergiß es. Vorbei. Mama ist tot.«

Ihr Vater starrt ins Leere, er sieht verloren aus.

Ein neues Gefühl der Bitterkeit ersetzt das alte, denkt Ruthie. Warum tut er das? Ihre Mutter kann sich nicht mehr verteidigen. Er hat Zweifel in ihr aufkeimen lassen, die die Erinnerung an ihre Mutter trüben, und sie kann sie nicht verteidigen – nicht mit letzter Sicherheit.

Die Kellnerin kommt mit einer Kaffeekanne in der Hand zurück, schaut aber fragend ihren Vater an, als bitte sie um Erlaubnis, Ruthies Tasse nachfüllen zu dürfen. »Ich möchte bitte noch etwas Kaffee«, sagt Ruthie scharf.

Ihr Vater schaut ihr beim Trinken zu, nicht gereizt, sondern wohlwollend, sein Blick ist merkwürdig sanft. Weiß er vielleicht gar nicht, was er mir antut, fragt sie sich verwundert. Wieso hat sie geglaubt, der Tod ihrer Mutter würde sie aus ihrem Loyalitätskonflikt befreien? Ruthie hat stets auf der Seite ihrer Mutter gestanden, doch daneben gab es immer auch einen geheimen Groll, weil sie nie die Freiheit hatte, ihren Vater zu lieben. Nicht daß er ihre Liebe verdient hätte, das auf keinen Fall, nach allem, was er ihrer Mutter, Melva und Sidney angetan hat. Trotzdem hat sie das Bedürfnis empfunden, ihn zu lieben. Wenn ihre Mutter das bloß verstanden hätte …

»Komm«, sagt ihr Vater, »ich zeige dir etwas.«

Sie nehmen einen Bus zur First Avenue. Er hat keine Klimaanlage, und Ruthie fühlt sich einer Ohnmacht nahe bei der heißen Luft, die ihr durch das offene Fenster ins Gesicht bläst. Als sie umsteigen müssen, sagt sie: »Ich b-e-z-a-h-l-e ein T-a-x-i«, aber er schüttelt heftig den Kopf.

»W-a-r-u-m? Verschwendung.« Und schnurstracks läuft er zum nächsten Bus. Sie steigen am Madison Square aus, und als sie Arm in Arm die Straße überqueren, zeigt er auf ein Gebäude. »Meine B-a-n-k.«

Sie folgt ihm hinein und fragt sich, warum er ihr den Ort zeigen will, wo er sein Geld liegen hat. Auf seinem Sparbuch steht ja bestimmt der Name der Bank, für den Fall, daß etwas passieren sollte. Statt in die Schalterhalle führt er sie jedoch über eine Wendeltreppe hinunter zum Tresorraum. Langsam steigen sie hinab, umgeben von kühlem grauen Marmor. Ihr Vater schiebt sich die Haare aus der Stirn.

»Hallo, Mr. Zimmer«, sagt der Wachmann, der ihnen die Tür aufschließt und sie eintreten läßt. Albert tippt sich grüßend mit zwei Fingern an die Schläfe.

»N-e-t-t-e-r Mann, ist schon lange hier«, erzählt er, während er sich einträgt.

»Kommt er oft her?« fragt sie den Wachmann und weiß die Antwort schon, als er an ein Fach tritt, einen Schlüssel herumdreht und darauf wartet, daß ihr Vater seinen eigenen Schlüssel benutzt.

»Jede Woche«, antwortet er. »Sie müssen seine Tochter sein. Er hat mir erzählt, daß Sie kommen.«

In einem spartanisch möblierten Raum sitzen sich Albert und Ruthie an einem langen Tisch gegenüber, die Tür ist geschlossen. Albert öffnet den Deckel der Metallbox. »Schau.«

Er nimmt eine Handvoll Uhren mit Armbändern aus Gold, Silber und Leder heraus und breitet sie auf dem Tisch aus. Dann legt er weitere dazu und erklärt: »Gefunden, auf der Straße. Ich habe schon viele verkauft.« Er hält einen fast durchsichtigen rosafarbenen Stein hoch. »Kennst du das?« Als sie den Kopf schüttelt, sagt er: »Gehört zu einer L-a-m-p-e.« Eine Schmuckrosette, erkennt sie. »Viel wert. A-n-t-i-k.« Dann legt er die Uhren und den Stein zurück in die Box und zeigt auf eine Reihe von Umschlägen, die ordentlich wie Karteikarten nebeneinanderstecken. Ein paar davon legt er auf den Tisch, hebt einen hoch und deutet auf eine kleine Markierung auf der Vorderseite, wie eine 1, höchstens einen halben Zentimeter hoch. »Siehst du?«

Sie nickt, obwohl sie nicht weiß, was er meint.

Er öffnet den Umschlag und nimmt ein dünnes Bündel zerknitterter Scheine heraus. »Zählen«, befiehlt er.

Sie schaut ihn unsicher an.

»Zählen«, bedeutet er ihr noch einmal.

Sie nimmt das Bündel, alles Fünfziger, und zählt.

»Wieviel?« fragt er.

»Zwanzig.«

»Wieviel?« fragt er wieder.

Sie multipliziert im Kopf. »Eintausend.«

Er nickt. Dann nimmt er ihr die Scheine aus der Hand, glättet sie, schiebt sie wieder in den Umschlag, den er rechts vor sich auf den Tisch legt, und reicht ihr die Scheine aus dem nächsten Umschlag: »Zählen.«

Jetzt ist klar, was die Markierung außen auf dem Umschlag bedeutet. Sie betrachtet die Umschläge, die noch in der Box liegen, versucht abzuschätzen, wie viele es sind.

Auch im zweiten, dritten und vierten Umschlag stecken jeweils zwanzig zerknitterte Fünfziger. Dann zählt sie einen mit zehn Hundertern. Sie zählt und zählt, und jedesmal sind es tausend Dollar. Das ist verrückt, denkt sie, macht aber trotzdem weiter. Über eine Stunde später hat sie alle Umschläge gezählt. Er hat das Geld wieder ordentlich verpackt und die Umschläge in der Box verstaut. Jetzt schiebt er ihr die Box zu. »Zählen«, sagt er und meint die Zahl der Umschläge.

»Wie viele?«

Sie zählt sie. »Zweihundertfünfzig«, stellt sie fest und denkt: Zweihundertfünfzigtausend Dollar. Eine Viertelmillion. Innerlich singt sie die Zahl fast in dem Versuch, sie zu begreifen.

»Wenn ich sterbe, bist du g-l-ü-c-k-l-i-c-h.« Er schaut sie erwartungsvoll an.

Sie bemerkt die unbeabsichtigte Ironie und nimmt sich vor, es zu Hause ihrer Freundin Allison zu erzählen. Allison, als armes kleines reiches Mädchen, hat einen gut entwickelten Sinn für Ironie. »Ich bin nicht g-l-ü-c-k-l-i-c-h, wenn du stirbst«, erwidert sie und runzelt die Stirn, um ihrem Vater zu zeigen, daß er etwas Falsches gesagt hat.

»Für dich gespart, ich sorge mich um deine Zukunft.«

Sie bemüht sich, ein erfreutes Gesicht zu machen, und würde ihm am liebsten ins Gesicht spucken, wenn sie nur den Mut dazu hätte. Mit der weißen Haarsträhne über einem Auge könnte er als ein alt gewordener Hitler durchgehen.

Als sie die Fifth Avenue zur Bushaltestelle hinunterschlendern, rät ihr eine innere Stimme: *Mach nichts Unbesonnenes. Zeig ihm deine Dankbarkeit. Halt am Status quo fest. Ruf Dr. Dessein an.*

Wenn die Stimme gerade schweigt, listet sie im stillen Beispiele für den Geiz ihres Vaters auf: das Frühstück in diesem schmuddeligen Café; die Milch- und Zuckerportionen, die er heimlich einsteckt; die billige Absteige, in der er unbedingt wohnen wollte, als er sie besucht hat ... bis sie sich dazu zwingt, einen Gang herunterzuschalten. Eine komische Formulierung für jemanden, der nicht mal einen Führerschein hat, denkt sie amüsiert. Warum hat sie eigentlich keinen Führerschein? Ist das ein Zeichen dafür, daß sie nicht erwachsen geworden ist?

An der 14. Straße steigen sie um. Taxis rasen vorbei. Ein schneller Tod, überlegt sie. Ein Lastwagen wäre sicherer. *Umzüge weltweit.* Ein ironischer Tod, wird sie Allison erzählen. Dann sieht sie den Bus kommen. Eine Stimme in ihr sagt: *Jetzt. Jetzt oder nie. Tu's.*

Eine andere Stimme sagt: *Bloomingdale's.*

Als der Bus zur Haltestelle rollt, schaut sie ihren Vater an, das Inbild eines zufriedenen alten Mannes. Sie bestärkt sich in ihrem Entschluß, noch heute eine ausgedehnte Einkaufsorgie zu feiern. An der Avenue A steigen sie aus, und sie ist drauf und dran, sich mit der Ausrede von ihm zu verabschieden, daß sie ihr Flugzeug erreichen müsse, als er sie bittet, ihn zum Chasen Center zurückzubegleiten.

»Es ist wichtig«, sagt er. »T-u mir den G-e-f-a-l-l-e-n.«

Sie wundert sich, daß er bittet, statt einfach anzuordnen. Und sie hat den Verdacht, daß das, was er ihr zeigen möchte, finanzieller Natur ist. »O-k-a-y.« Auf dem unebenen Gehweg nimmt sie ihn am Arm. In einer Stunde wird sie es hinter sich haben, wird wieder für sich sein und sich ihren wachsenden Ängsten stellen können. In Gedanken wiederholt sie Dr. Desseins Nummer, immer wieder, bis sie angelangt sind.

In seinem Apartment setzt er sich in den Sessel und sagt nichts. Nach ein paar Minuten fragt sie: »Was willst du mir zeigen?«

Er überlegt, steht auf, geht hinüber zum Schrank. Er greift nach einer Schachtel, stellt sie vor ihr auf den Tisch und fordert sie auf, sie zu öffnen. Einen Moment lang hält sie es für möglich, daß es ein Geschenk für sie ist, doch ihre Dummheit wird ihr klar, als sie den Bademantel in Grau und Blau herausnimmt, den er von Dan und Terri zum Geburtstag bekommen hat.

»Schön?« fragt er.

»Wunderschön.«

Er nimmt ihn ihr aus den Händen und streift ihn über seine Kleidung. »O-k-a-y?«

»Sehr schön.« Sie fühlt, wie ihre Kinnladen schmerzen, und löst die zusammengebissenen Zähne voneinander.

Sorgfältig legt er den Mantel in die Schachtel, stellt sie zurück in den Schrank und setzt sich wieder in den Sessel. »Schön, daß er dir gefällt.«

Sie wartet einen Moment, bevor sie fragt: »Fertig mit Zeigen?«

Er nickt und macht ein zufriedenes Gesicht. Als sie sich erhebt, steht er ebenfalls auf. Während er an der Wohnungstür mit den Schlössern zugange ist, zögert er plötzlich, führt sie dann in die Küche und deutet auf den kleinen Resopaltisch an der Wand, groß genug für eine Person. »Schön?« fragt er. Er will sie gerade daran erinnern, woher er ihn hat, als sie ihn unterbricht mit der Bemerkung, das wisse sie bereits. Sie geht zur Tür, wobei sie sich so fest auf die Zunge beißt, daß es blutet.

Er entriegelt eines der beiden Türschlösser, dann winkt er sie wieder in die Küche, öffnet die Tür des Unterschränkchens und fordert sie auf, einen Blick hineinzuwerfen. Sie betrachtet die großen Einmachgläser, die fast bis zum Rand mit Münzen gefüllt sind, und fragt sich gleichgültig, wie sie sie je zur Bank schaffen sollte.

Danach führt er sie ins Wohnzimmer, wo er unten aus dem Bücherschrank ein zehn Jahre altes Telefonbuch herausholt. Er schlägt es auf und zeigt ihr Blätter voller Briefmarken, die er hinten zwischen die Seiten geschoben hat. »Sehr w-e-r-t-v-o-l-l. Denk daran, wenn etwas passiert.«

Dann zeigt er ihr in der unteren Kommodenschublade, unter zusammengelegten Handtüchern, einen Stapel Sparbücher. Oben auf der Kommode steht ein Foto von Sidney im Fort Tryon Park. Ruthie wendet sich ab und entdeckt Melvas Bild auf dem Nachttisch. Ihr kommt ein Wort in den Sinn, das Vince gern benutzt hat: unbeschreiblich.

Irgendwann stehen sie endlich im Hausflur, vor der Wohnung. Er schließt die Tür zweimal ab und steht da, als denke er noch über etwas nach. »Weißt du«, sagt er nach einem Moment, »die Gehörlosen fragen a-l-l-e, warum es k-e-i-n-e Sterne gibt. Weil der S-h-u-t-t-l-e explodiert ist?«

Am Aufzug umarmt er sie lange. »Ich liebe dich«, murmelt er ihr ins Ohr. Als sie einen Schritt zurückweicht, sagt er es noch einmal laut, wieder nicht in der Gebärdensprache. Er greift in seine hintere Hosentasche und reicht ihr einen Umschlag. »Für deinen Geburtstag nächsten Monat.« Sie sieht seine feuchten Augen, spürt aber keine Schuldgefühle wegen der falschen Abflugzeit, die sie ihm genannt hat. »G-u-t-e-n Flug«, wünscht er ihr.

Sie winkt ihm durch das kleine Fenster im Aufzug zu. Draußen umarmt sie Marian und Trudy, die auf ihrer Lieblingsbank sitzen, und winkt auch den anderen zum Abschied zu. Auf dem Weg zur 14. Straße dreht sie sich noch einmal um, um sicherzugehen, daß ihr Vater ihr nicht gefolgt ist, und hält ein Taxi an.

Im Taxi öffnet sie den Umschlag. Ein Hundertdollarschein ist darin, nein, mehrere. Sie hält den Umschlag vorsichtig auf dem Schoß und zählt. Zehn Scheine. Tausend Dollar. Genug für den Flug und das Hotel. Zumindest hat sie diese Woche nichts gekostet. Dann denkt sie daran, was sie Dr. Dessein zahlen muß, und weiß, daß sie trotzdem im Minus ist. Plötzlich wird ihr bewußt, daß ihr Vater heute zum ersten Mal gesagt hat, daß er sie liebt. Ein Mensch kann sich ändern, denkt sie, sogar mit achtzig.

Bei Bloomingdale's schlendert sie durch die Designerabteilungen, stöbert bei den Sonderangeboten und probiert einiges an, aber etwas zu kaufen, bringt sie nicht über sich. Sie verläßt den Laden, sucht ein teures Chinarestaurant auf, bestellt sich etwas Ausgefallenes und stellt fest, daß sie keinen Appetit hat. Nach zwei Wodka-Tonics zahlt sie und geht.

Draußen ist es inzwischen dunkel geworden. Die Luft ist schwer. Ein Donnergrollen ist zu hören, aber sie sieht sich nicht nach einem Taxi um. Die ersten dicken Tropfen fallen, und dennoch geht sie weiter zu Fuß die Third Avenue entlang in Richtung Hotel. Selbst als es richtig anfängt zu regnen, beschleunigt sie ihre Schritte nicht. Ihre Kleider kleben ihr am Körper und werden durchsichtig. Vom nassen Asphalt steigt dieser eigenartig metallische Geruch auf, an den sie sich aus ihrer Kindheit erinnert. Der Regen ist mittlerweile so stark geworden, daß sie die Ampel nicht mehr erkennen kann. Als sie auf die Straße tritt, biegt plötzlich ein Auto um die Ecke. Sie macht einen Satz zurück, ihr Herz klopft heftig. Beinahe wäre sie überfahren worden. Dann merkt sie, daß das Auto sie vollgespritzt hat. Ein anderes Auto nähert sich der Pfütze in der Straße, sie bleibt stehen, spürt, wie das Wasser über ihre Beine läuft, und betrachtet die Schmutzstreifen auf ihrem gelben Rock. Sie weiß, daß sie sich wie eine Verrückte benimmt, aber es fühlt sich irgendwie gut an, so durchnäßt zu sein. Wie eine gerechte Strafe.

Der Sozialarbeiter winkt den alten Leuten vor dem Chasen Center und mahnt mit Gesten zur Eile, als sie für ihren kostenlosen Ausflug nach Atlantic City in den Bus steigen. Albert läßt Marian und Trudy zuerst einsteigen. Nachdem er die hohe Stufe erklommen hat, trottet er den Mittelgang entlang und sieht Marian und Trudy nebeneinandersitzen. So hat er sich das nicht vorgestellt. Wenn es nach ihm ginge, säße Marian auf einem Fensterplatz, er neben ihr und Trudy auf der anderen Gangseite. Doch nun ist er es, der auf der anderen Gangseite sitzt, und Trudy ist weit weg, am gegenüberliegenden Fenster. Er kann sie noch nicht einmal sehen, ohne sich vorzubeugen. Ihm gefällt die Bluse, die sie anhat. Vielleicht hat sie sie angezogen, weil sie weiß, daß er grün mag.

»Bist du ein g-r-o-ß-e-r Spieler?« fragt Marian ihn jetzt nach den Plänen für Atlantic City.

»Ich folge euch«, sagt er und scherzt: »Habt ihr viel Geld dabei?« Er hat vor, für jede von ihnen fünf Dollar in Münzen zu tauschen und für sich selbst zehn.

Trudy beugt sich vor: »Ich liebe M-e-e-r-l-u-f-t, das ist a-l-l-e-s.«

Wenn Trudy die für sie bestimmten Münzen nicht braucht, wird er sie eben, so überlegt er, selbst in einen Automaten stekken, für Ruth, und ihr die Hälfte des Geldes schicken, falls er gewinnt. Er fragt sich, ob bei ihr alles in Ordnung ist und wann sie wohl wieder von sich hören läßt.

Der Bus setzt sich in Bewegung, und er beugt sich vor, um einen Blick auf Trudy zu erhaschen, die aus dem Fenster schaut. Morgen, wenn Marian ihren Sohn besucht, wird er noch einmal mit Trudy über die Pocono Mountains sprechen. Die Bäume mit dem bunten Herbstlaub könnten ihr gefallen. Ruth hat gesagt, im Herbst sei es sehr schön auf dem Land. Es ist ihm ein Rätsel, warum sie sich nicht mehr über das Geld im Banksafe gefreut hat. Sie ist so still, denkt er, er weiß nie, was in ihrem Kopf vorgeht. Lois sagt, sie ist eine stolze Frau. Lois kann mit ihr sprechen, weil sie beide hören können. Er ist froh, daß Lois Ruth so gern hat. Sie meint immer, er könne stolz auf seine Tochter sein. Wenn Ruth ihn nur zum Großvater gemacht hätte, denkt er, bevor er eindöst.

An ihrem letzten Tag in New York nimmt Ruthie den Bus zum Fort Tryon Park, eine lange Fahrt, die sie als Kind oft unternommen hat, nur um einmal andere Wohngegenden als ihre eigene zu sehen. Der Bus fährt die Madison Avenue mit ihren Designerboutiquen und eleganten kleinen Restaurants entlang, dann durch Viertel, die seit den Neunzigern stark heruntergekommen sind, bevor er um die nördliche Spitze des Central Park biegt und nach Upper Harlem kommt, das sich immer weiter nach Norden in die Washington Heights hineingeschoben zu haben scheint. Früher war diese Gegend von deutschen Flüchtlingen bewohnt, doch jetzt leben hier hauptsächlich Latinos.

An der letzten Haltestelle auf der Fort Washington Avenue steigt sie aus und läuft einen Block weiter bis zum südlichen Eingang am oberen Ende des Parks. Die Gegend macht einen merkwürdig verlassenen Eindruck, und ihr fällt ein Artikel in der *New York Times* über Drogenkriminalität ein, den sie kürzlich gelesen hat. Sie betritt den Park, nicht ohne sich zu fragen, ob sie es wohl sicher bis zu den Cloisters schafft. Ein paar eher bedrohlich aussehende Teenager fallen ihr auf, die sich sofort hinter einen Busch ducken, und rasch und mit klopfendem Herzen macht sie wieder kehrt. Statt dessen beschließt sie, ihr altes Viertel zu besuchen, am anderen Ende des Parks. Während sie auf den Aufzug wartet, kommt ein Polizist auf sie zu.

»Sie sollten sich hier nicht allein aufhalten«, sagt er in scharfem Ton.

»Wie soll ich sonst zum Broadway kommen?« Sie weiß selbst, daß das eine dumme Frage ist.

»Schauen Sie, ich sage Ihnen das nur zu Ihrer eigenen Sicherheit. Wir hatten hier in den letzten Monaten ein paar Vergewaltigungen.«

Sie bedankt sich für seine Warnung und versucht, dieses neue und bedrohliche Bild von Inwood mit dem Gefühl der Sicherheit und Geborgenheit aus ihren Erinnerungen in Einklang zu bringen. Der Polizist fährt mit ihr zusammen im Aufzug und begleitet sie sogar noch um die einsame Straßenecke zum Broadway. Diesmal bedankt sie sich überschwenglich.

»Ich tue nur meine Pflicht. Wir können nicht noch mehr negative Schlagzeilen brauchen.«

Am liebsten würde sie ihn fragen: Nicht noch mehr Vergewaltigungen oder nicht noch mehr negative Schlagzeilen? Ist alles nur noch eine Frage der Darstellung in der Öffentlichkeit? Aber sie ruft sich ins Gedächtnis, daß auch sie selbst an diesem Spiel beteiligt ist. An der schlimmsten Art von Imagepflege – der für Politiker.

Während sie an der Parkmauer entlanggeht, die hier an den Broadway grenzt, denkt sie an den Herbst, in dem sie sich in Aaron verliebt hat, im zarten Alter von dreizehn Jahren. Morgens, auf dem Weg zur Schule, raschelte das Laub unter ihren Schuhen, während sie darüber nachdachte, wie schrecklich es wäre, zu sterben, bevor Aaron und sie miteinander geschlafen hätten. Sie glaubt Kastagnetten zu hören und sieht auf, aber das Geräusch stellt sich heraus als das Geplapper einer Gruppe Latinas. Sie bewegt sich in einem Strom von Frauen und Kindern mit hellbrauner Haut, die auf ein flaches weißes Gebäude zugehen, das an der Stelle des ehemaligen A&P steht. Ein Schild verkündet, daß es sich um das Sozialamt handelt.

Ihr plötzlich aufsteigender Zorn überrascht sie. All diese Leute hier, die von der Sozialhilfe leben und die Staatskasse belasten! Ihre Mutter hat schon mit vierzehn als Näherin in einem Ausbeuterbetrieb gearbeitet. Die Einwanderer, denkt Ruthie, lassen sich in zwei Kategorien einteilen, die einen, die Arbeit finden, und die anderen, die Sozialhilfe beziehen; die einen, die Englisch lernen, und die anderen, die alles zweisprachig haben wollen. Mit Erschrecken wird ihr klar, daß ihre Mutter vielleicht weiter zur Schule hätte gehen können, wenn es damals so etwas wie Sozialhilfe gegeben hätte. Und was ist mit Großvater? fragt ihre innere Stimme weiter. Er hat nie etwas anderes als Jiddisch gesprochen.

Am nördlichen Parkende sind die Bänke leer, keine älteren Leute, die sich dort niedergelassen haben, keine Kinderwagen, die junge Mütter vor sich abgestellt haben. Die Bänke sind vollgesprüht mit Graffiti, vielen fehlen einzelne Latten. Abgesehen von ein paar Latino-Kindern auf den Schaukeln und einem Jungen, der Tauben jagt, ist der große Spielplatz verlassen. Wie voll war es hier immer an den Nachmittagen, wenn sie mit ihrer Mutter herkam, um f-r-i-s-c-h-e Luft zu schnappen! Das Wasserbecken ist ausgetrocknet, der Springbrunnen verschwunden. Sie und Robin Reinstein haben hier im Sommer immer gebadet. Robin war die erste, die einen zweiteiligen Badeanzug trug. Ruthie lächelt; eines der wenigen Male, an denen sie als Kind ihren Willen durchsetzte, war eines Tages ihre strikte Weigerung, ohne ein passendes Oberteil zu ihrer Badehose schwimmen zu gehen. Mit Robin ist sie immer auf dem Betonboden um die dicht belaubten Bäume herum Rollschuh gelaufen, Bäume, die jetzt nackt und dürr aussehen. Auf den Bänken rund um den Sandkasten sitzen keine Gehörlosen, niemand, der mit den Händen gestikuliert, während er sich unterhält.

Sie nimmt ihr Notizbuch heraus, schreibt schnell einige Stichworte auf und verbringt dann die nächste Stunde damit, die Dyckman Street auf und ab zu gehen. Die Dyckman ist noch immer die Einkaufsstraße von Inwood, aber heute ist alles hispanisch. Ihr begegnen nur wenige Weiße. Wir sind hier die Ausnahme, scheinen sie zu sagen. Ein letztes Mal geht sie die Straße entlang und bleibt dabei immer wieder stehen, um ihre Eindrücke festzuhalten.

Dyckman Street:

Nedick's (der erste Laden mit Klimaanlage. Sidney hat mich da immer zu Orangensaft eingeladen): weg!

Dr. Howard Schlusser (Mamas Optiker. Mama hat vor ein paar Jahren erzählt, er sei an einem Herzanfall gestorben): weg!

Five and Ten (später Woolworth's. Mama hat mir dort

während eines Blizzards heißen Kakao mit Marshmellows spendiert. War ich sechs? Für mich war das eine große Sache!): weg!

Der Fischmarkt (Metallständer auf dem Bürgersteig mit Eiswürfeln und glasäugigen Fischen darauf. Habe nie verstanden, warum im Laden der Boden mit Sägemehl bestreut war): weg!

Miss Marguerites Tanzstudio (Stepptanz & Akrobatikstunden mit Glory. Dot hat spanische Kostüme für die Frühlingsaufführung genäht und mir Maracas gekauft): weg!

Nick's Fruits (Kisten auf dem Bürgersteig. Mama hat seiner Waage nie getraut): weg!

Bäckerei (Name? Mama hat mich immer hingeschickt, um Roggenbrot zu kaufen. Ohne Kümmel, geschnitten): weg!

Loews Lichtspieltheater (20 Cent für eine Doppelaufführung mit Cartoons und Wochenschau. Süßigkeitenautomaten für Lakritz und Schokodrops mit Streuseln): weg!

Schiffman's Toys (Ballerinamarionette namens Mitzi, damals mein glühendster Wunsch): weg!

Dyckman Street heute:

Discounter (Kruschläden; Plastikschuhe, goldbemalte Heiligenfiguren, Nippes verschiedenster Art)

Prostituierte (junge Teenager, schwarze toupierte Haare, pinkfarbene Miniröcke und Stiefel, auf der Suche nach Lastwagenfahrern, eine hängt aus einer Kabine, zeigt ihren nackten Hintern)

Zuhälter (bunte Tank Tops, schwarze Ledermützen und -hosen)

Latino-China-Restaurant (Neonreklame – *cerveza fria*)

Bodega (grüne Bananen im Schaufenster)

Junge mit Lockenkopf, so wie Hopalong? (er sieht mich schreiben und fragt, ob ich eine »Sozialhilfesau« bin)

An der Ecke von Dyckman Street und Nagle Avenue steckt sie ihr Notizbuch weg und atmet einmal tief durch, bevor sie sich auf den Weg zur Arden Street macht. Während sie den Platz überquert, wo eine kurze Zeit lang Mahmoud's Garden geblüht hat, denkt sie lächelnd daran, wie Mr. Mahmoud hinter ihrer pummeligen Mutter her war und ihr auf die Plastikblumen Rabatt gegeben hat. Die Anschuldigungen ihres Vaters fallen ihr ein.

In der Arden Street muß sie sich einen Weg zwischen Gruppen von Latinos mit Ghettoblastern auf den Knien bahnen, zwischen mageren Kindern, die auf dem schmutzigen Bürgersteig herumhüpfen. Sie spürt die Blicke der Männer; ihr Versuch, in ihrem khakifarbenen Ramiekostüm möglichst unauffällig zu wirken, ist offenbar fehlgeschlagen. Schon allein an seinem Schnitt erkennt jeder, wie teuer es ist. Sie hält den Blick geradeaus gerichtet, kann aber nicht anders, als sich nach zwei Mädchen umzudrehen, die in einer Einfahrt hokken, mit schlaffen Augenlidern, eine Spritze vor sich auf dem Boden.

Der Schweiß auf ihrem Rücken wird klebrig, und ihre Füße fühlen sich an wie Blei, als sie sie in Richtung ihres früheren Zuhauses bewegt, über die kleine Straße, an zwei Autos ohne Stoßstangen, Reifen und Türen vorbei. Aus einer grünen, aufgeplatzten Plastiktüte stinkt es nach Müll, ihr Inhalt liegt vor dem Gäßchen verstreut, in dem früher die Händler Messer geschliffen und Straßenmusikanten für ein paar Münzen gesungen haben. Wie viele Male hat sie von da unten zu Melva oder Sidney hinaufgerufen, damit sie ihr die Rollschuhschlüssel oder ihren Basketball herunterwarfen.

Auf dem ersten Treppenabsatz spielen vier Latino-Mädchen Seilspringen, sie haben Pferdeschwänze wie Ruthie damals auch, aber sie hat als Kind nie Jeans getragen. Die Mädchen machen keine Anstalten, aufzuhören oder einen Schritt zur Seite zu gehen, als sie sich zwischen einer der Seilhalterinnen und dem Eisenzaun hindurchzwängt, der einmal den Garten umgeben hat. Jetzt ist dort nur noch ein staubiger Flecken Erde ohne Blumen oder Sträucher. Auf dem zweiten Absatz kann sie den Garten auf der anderen Seite sehen und fragt sich, wer wohl den Quarter gefunden hat, den sie da vergraben hat. Schwarze Graffiti bedecken die Außenwände rund um die Fenster im Erdgeschoß.

Sie schaut hinauf zu dem Fenster, das einmal den Opals gehört hat, dann zu den Fenstern der Silbermans im mittleren Gebäude im Erdgeschoß. Vor all diesen Fenstern sind jetzt schmiedeeiserne Gitter angebracht. Am Eingang des Hauses Nummer 38, in dem sie zusammen mit ihrer Familie die ersten siebzehn Jahre ihres Lebens verbracht hat, liest sie die Namen auf den Klingelschildern: Martinez, Delgado, Ruiz, Sanchez und dann Reinstein. Kaum zu glauben, daß die Reinsteins noch immer hier sind, zumal sie damals auf der anderen Hofseite gewohnt haben; trotzdem drückt sie auf die Klingel. Sie hört den Summer und öffnet die Haustür.

Im Flur vor ihr häuft sich der Müll, Dosen und Schachteln liegen vor der Wohnung verstreut, in der einmal ihre Freundin Glory mit ihrem Halbbruder Nelson gelebt hat. Und mit Dot, die Ruthie beigebracht hat, daß es noch andere Welten außer Inwood gibt. Ruthie geht an dem zerrissenen Gummiläufer vorbei, an den Briefkästen, von denen drei nur noch an ihren Scharnieren hängen. Sie steigt die Marmorstufen hinauf, vermeidet die Vertiefungen in der Mitte und ertappt sich plötzlich dabei, daß sie die Stufen zählt, wie früher als Kind, neun Stufen bis zum Absatz, zwei Absätze bis zum Apartment 3G, direkt unter 4G, in dem sie gewohnt haben.

Sie klingelt an der Tür. Erst nach einer Weile wird ihr klar, daß die Klingel nicht funktioniert. Auf ihr Klopfen hin hört sie, wie erst der Spiondeckel zur Seite geschoben, dann die

Kette vorgelegt wird; die Tür geht ein paar Zentimeter weit auf.

»Wer ist da?« fragt eine Stimme mit deutschem Akzent.

»Mrs. Reinstein? Ich habe früher eine Treppe höher gewohnt. Ruthie. Ruthie Zimmer.«

»Ich kaufe nichts«, sagt die Stimme.

»Eine Treppe höher«, ruft Ruthie. »Erinnern Sie sich nicht an meine Mutter, Mrs. Zimmer?«

»Gott im Himmel!« Die Tür geht zu, die Kette rasselt, dann steht vor ihr eine kleine gebeugte Frau mit vorspringendem Unterkiefer und grauen Haaren, die ihr über Stirn und Augen hängen. Ein skelettartiges Gesicht, nur Knochen und eingesunkene dunkle Augen.

»Mrs. Reinstein?«

»Sie sind nicht Ruth«, sagt Mrs. Reinstein. »Wer sind Sie?«

»Doch, ich bin's. Ich sehe nur anders aus.«

»Anders? Du siehst aus wie ein Filmstar. Komm rein, komm rein. Was hast du mit dir angestellt?«

Ruthie versucht, tief einzuatmen, bevor sie in den dunklen Flur tritt, aber sie bekommt kaum Luft. Es riecht nach Mottenkugeln, die Küche hat schmutziggelbe Wände, der Speiseaufzug ist geschlossen und mit Farbe überstrichen worden. Mrs. Reinstein fordert sie mit einer Handbewegung auf, sich zu setzen, füllt einen Kessel mit Wasser und stellt ihn auf den Gasofen, dann setzt sie sich ebenfalls und fährt sich mit der Hand durch ihre spärlichen Haare. »Dreh dich mal zur Seite«, sagt sie.

Ruthie gehorcht. »Hast du dir die Nase machen lassen?« Ohne auf eine Antwort zu warten, fügt Mrs. Reinstein hinzu: »Und du hast dir die Haare gefärbt. Steht dir. Das Rot sieht aus wie echt.«

Ruthie grinst. »Bisher ist es keinem aufgefallen. Mein

Vater hat nie was dazu gesagt, die Leute, mit denen ich in die Schule gegangen bin, auch nicht ...«

»Meine Robin hat mich immer zehnmal am Tag gefragt, wie man eine Nase wie deine bekommt, sie hat ausgesehen wie die Nase einer römischen Göttin ...«

Ruthie sagt, das müsse sie geträumt haben. Einmal hat sie sich beinahe umgebracht, nur weil sie unbedingt so eine hübsche kleine Stupsnase wie Robin haben wollte. Glücklicherweise hat ihr Bruder so lange schwarzen Kaffee in sie hineingeschüttet, bis sie die ganzen Aspirintabletten wieder erbrochen hat.

Mrs. Reinstein löffelt Instantkaffee in ihre Tasse. »Wenn ich gewußt hätte, daß du kommst, *Bubale*, hätte ich einen Kuchen gebacken. Wie geht es dir? Es tut mir so leid wegen deiner Mutter. Sie war eine wunderbare Frau.«

Ruthie versucht, ihre Gefühle zu ignorieren. »Mein Vater lebt jetzt in der 12. East.«

»Bitte, ich will nichts von ihm hören.« Mrs. Reinstein verzieht das Gesicht, als wolle sie gleich ausspucken. »Pfui!« Sie beugt sich vor und greift nach Ruthies Hand. »Wegen ihm hat Mrs. Cafferty zweimal die Polizei gerufen. Was wäre wohl mit deiner Mutter passiert, wenn sie es nicht getan hätte?«

Ruthie spürt, wie es sie in der Kehle würgt, und Mrs. Reinstein hält ihr ein Taschentuch hin, aber sie hat noch ein paar Papiertaschentücher dabei.

»Iß ein Stück Kuchen, das wird dir guttun«, sagt Mrs. Reinstein und nimmt eine Kuchenform aus Alufolie aus dem Kühlschrank. Mit dem Messer in der Hand erzählt sie, daß Mr. Reinstein vor fünf Jahren an einer Lungenentzündung gestorben ist. Sie hat mit ihrem Sohn und dessen Frau diese Wohnung hier übernommen, doch dann hat ihre Schwiegertochter ein Baby bekommen, und sie sind ausgezogen. Ruthie kann sich an Howie kaum erinnern. War er derjenige, in den Melva einmal verknallt war? Noch immer über den Kuchen gebeugt, erzählt ihr Mrs. Reinstein von Howies Haus in Hempstead und von seinem großartigen Job als Buchhalter bei der Regierung.

»Nur ein kleines Stück, bitte«, sagt Ruthie, um Mrs. Reinsteins Aufmerksamkeit wieder auf den Kuchen zu lenken. Es funktioniert. Sie bekommt ein dickes Stück. Mrs. Reinstein stellt die Form zur Seite und setzt sich, den Kopf zurückgelehnt, als schwelge sie in Erinnerungen.

Obwohl Ruthie ein wenig Angst vor der Antwort hat, erkundigt sie sich nach Robin. Mrs. Reinstein verzieht ihren faltigen Mund, was ihre Wangen noch eingefallener erscheinen läßt. Sie seufzt, steht auf und geht aus der Küche. Als sie zurückkommt, hat sie ein Fotoalbum in der Hand, das sie Ruthie hinhält. Die Bilder zeigen Robin in Nairobi.

»Zwei Millionen Kinder wohnen in New York, und meine Tochter muß ausgerechnet in Afrika als Lehrerin arbeiten«, sagt Mrs. Reinstein. »Haßt sie mich denn so sehr?«

Ruthie versucht, etwas Tröstendes zu sagen, während sie die Fotos betrachtet. Robin sieht noch immer aus wie früher, dunkel und schlank, mit forschenden, hervorquellenden Augen und kurzer gerader Nase. Nach einer Weile fragt sie: »Würde es Ihnen etwas ausmachen, wenn ich mal durch Ihre Wohnung gehe? Sie ist wie unsere, nur einen Stock tiefer, und ich würde mich so gern erinnern ...«

»Was gibt es da zu erinnern, *Bubale*? Eine Bruchbude. Deine Mutter ist hier gestorben. Ich werde hier sterben.« Aber sie steht trotzdem auf, um ihr alles zu zeigen.

Die Dielenböden sind noch immer in gutem Zustand. Vermutlich putzt und wachst Mrs. Reinstein sie ebenso, wie ihre Mutter es getan hat. Die Schlafzimmer sind so luftig und hell, wie sie sie in Erinnerung hat. Die Fenster gehen hinaus zur Arden Street, die gar nicht so weit unten zu liegen scheint, aber hier ist sie ja auch ein Stockwerk tiefer. Wie viele Stunden haben sie und Melva und ihre Mutter damit verbracht, sich aus dem Fenster zu lehnen und das Treiben unten auf der Straße zu beobachten? In dem Sommer, in dem Sidney sich mit Autowaschen ein bißchen Geld verdiente, haben sie und Melva immer auf der Feuerleiter gesessen. Damals gab es noch keine Eisengitter vor den Fenstern, sie brauchten nur das untere Fenster hochzuschieben und hinauszuklettern.

»Sie kommen von überall her rein.« Mrs. Reinstein meint die Diebe. »Wie die Kakerlaken.«

»Ich muß mal auf die Toilette«, sagt Ruthie, um das Badezimmer allein betrachten zu können, obwohl sie sich gar nicht sicher ist, ob sie es überhaupt sehen will. Aber es ist ihre letzte Chance, denkt sie.

Sie steht da, mit dem Rücken zur Tür, und betrachtet die weißen Fliesen, die rechteckigen an den Wänden und die kleinen achteckigen, die nun alle Sprünge haben, auf dem Fußboden. Wie viele tausend Male war sie in diesem Badezimmer, nur einen Stock höher?

Vor ihren Augen hat sie das Bild ihrer nackten Mutter, wie sie aus der Dusche tritt, wie ihr die Brüste auf den runden Bauch hängen. Und sie erinnert sich an die Male, die sie selbst auf dem kühlen Fliesenboden lag, mit dem Gesicht nach unten, die Beine fest zusammengepreßt, bis dieses seltsame, unheimliche Gefühl in ihr aufstieg und ihr Herz heftig anfing zu klopfen. An die Nächte, in denen Melva so tat, als wäre sie Peola, das Tausende von Jahren alte Geschöpf, das Ruthie entführen und in eine Person namens Petunia verwandeln wollte.

An dem schmalen Fenster fährt Ruthie mit der Hand über das unebene, blaugrün gefärbte Milchglas. Sie stellt sich Melva vor, wie sie da steht, ihren Pyjama ablegt, das Fenster öffnet, hinausklettert … Wie hat Melva das geschafft, mit ihrem

Übergewicht von dem Essen in der Klinik? Hat sie auf dem Fenstersims gesessen und sich abgestoßen wie von einem Sprungbrett? Oder ist sie kopfüber gesprungen?

Mrs. Reinstein klopft an die Tür. »Alles in Ordnung?«

»Ja, ich bin in einer Minute fertig«, ruft Ruthie und öffnet leise das Fenster. Sie lehnt sich weit genug hinaus, daß sie direkt ins Gäßchen hinunterschauen kann, und stellt sich Melvas Körper vor, wie er nackt auf dem Zementboden liegt. »Ich weiß, daß du jetzt glücklicher bist«, sagt sie leise, bevor sie das Fenster wieder schließt.

Als sie unten aus dem Haus geht, spielen die Mädchen immer noch vor dem Eingang. Aus einem der oberen Stockwerke tönt spanische Musik. Die Mädchen tanzen in zwei konzentrischen Kreisen, nur eine große Dunkle hüpft allein um den äußeren Kreis herum. Ruthie fragt sie, was sie da spielen.

Die Mädchen schauen erst sie an, dann einander, sie sprechen spanisch. Die Dunkle sagt: »Was geht Sie das an, Lady?«, und die anderen kichern.

Als sie weitergeht, trifft sie plötzlich etwas am Rücken. Sie dreht sich um und sieht ein zerknülltes Snickerspapier. Die Mädchen starren sie erwartungsvoll an.

»*Adiós*«, sagt sie und wirft ihnen eine Kußhand zu. Dann geht sie die Straße hinunter auf das Haus zu, das einmal das feinste in der ganzen Gegend war. Linda Lindemann hat darin gewohnt, es hatte einen Aufzug, und in Ruthies Erinnerung hatte Linda sogar ein eigenes Zimmer. Die Fenster im Erdgeschoß sind mit Brettern verbarrikadiert. Die graue Steinfassade ist fast schwarz vor lauter Graffiti. Ruthie erinnert sich an die kühlen Marmorstufen im Haus, auf denen sie und Aaron oft spätnachts miteinander geschlafen haben, denn damals konnte man, sofern man nicht verheiratet war, nirgendwo sonst hingehen. Heute setzen sich vielleicht gerade auf diesen Stufen Teenager einen Schuß oder dämmern weg, so stellt sie es sich vor und wundert sich, daß sie alt genug ist, um den Niedergang eines Viertels erlebt zu haben.

Als sie in die Sherman Avenue einbiegt, steigt Übelkeit in ihr auf. Sie schafft es noch zum Randstein, wo sie hilflos würgt. Als es vorbei ist, hält ein Junge auf einem Fahrrad direkt vor der Pfütze mit ihrem Erbrochenen und sagt etwas, aber sein Akzent ist so stark, daß sie ihn nicht versteht. Eine Frau kommt herbeigelaufen und schreit auf Spanisch. Der Junge schreit zurück, dann verschwindet er.

»Er hat gefragt, ob Sie Dope wollen«, erklärt die Frau. »Aber ich hab gesagt: Die nicht, das ist 'ne Lady.«

»Danke«, sagt Ruthie schwach und denkt: Toll! Innerhalb von zwei Tagen zwei Röcke ruiniert, der hier ist jetzt lachsfarben gesprenkelt. Sie hätte sich doch etwas bei Bloomingdale's kaufen sollen.

»Warten Sie.« Die Frau verschwindet in einer Bodega. Mit einem nassen Papierhandtuch kommt sie zurück und hilft Ruthie, ihren Rock zu säubern.

»Ich würde Ihnen gern etwas geben.« Ruthie greift in ihr Portemonnaie. Die Frau hebt abwehrend die Hände und weicht ein Stückchen zurück. Ruthie bedankt sich noch einmal.

Sie entscheidet sich gegen den Bus und geht hinüber zum Broadway, um ein Taxi zu nehmen. Während das Taxi den West Side Highway entlangbraust, denkt Ruthie daran, wie sie und Glory vor dem Haus Schauspielerinnen gespielt und sich mit den Schals, dem Schmuck und dem Make-up herausgeputzt haben, die Glorys Mutter ihnen gegeben hat. Dot ist es immer gelungen, alles in ihrer Umgebung zu verwandeln, mich eingeschlossen, denkt Ruthie. Nachmittags saß sie immer in einem orangefarbenen Chenillemorgenrock unter ihrer großen Trockenhaube und polierte sich die Nägel, oder sie nähte Kleider mit Pailletten und Perlen. Außer an ihrem freien Tag. Da band sie sich die Haare zu einem Pferdeschwanz und zog eine weite Tunika über ihre lange Hose. Keine der anderen Mütter trug damals Hosen. Dot nahm ihre Kinder und Ruthie mit zu Orten, von deren Existenz Ruthie nicht einmal geträumt hätte. Einmal ging sie mit ihnen zu einer Kunstausstellung im Freien, am Washington Square. Ein andermal fuhr Dots Freund sie alle zum Bear Mountain. Als Dot und ihre Kinder nach Westchester zogen, ging für Ruthie die Welt unter.

Im Lauf des letzten Jahres hat Ruthie mehrere Anzeigen in New Yorker Zeitungen und Illustrierten aufgegeben, um Glory zu finden; allerdings war der Anzeigentext ziemlich allgemein formuliert: »Für ein Buch über die Arden Street 38-42-46 suche ich Leute, die in den vierziger und fünfziger Jahren dort gewohnt haben. Ruth Zimmer Weingartner« Nur eine einzige hat sich gemeldet, eine Frau, die am anderen Ende der Arden Street gewohnt hat und keinen kannte, den Ruthie gekannt hat, und umgekehrt.

Vielleicht ist Glory nach Hawaii zu ihrem Vater gezogen, Dots zweitem Ehemann – einem Ringer namens Tiger Joe. Ruthie stellt sich Glory vor, in Batikstoffe gehüllt, die graziösen Arme elegant auf einer Verandabrüstung aufgestützt, während sie über die Bucht von Kihei blickt. »Glory, bitte melde dich. Ich denke an dich«, sagt sie sich mit geschlossenen Augen. »Hörst du mich?«

»Hey, Lady, hören Sie mich? Sechs vierzig.«

Ruthie greift in ihr Portemonnaie und gibt dem Fahrer einen Zehner. »Stimmt so.« Sie schlägt die Autotür zu, die aber nicht richtig schließt, weshalb sie sie noch einmal zuknallt. Am Zeitungsstand kauft sie sich ein Magazin, weil ihr das Foto von Vizepräsident Rockefeller auf der Titelseite gefällt. Noch ein wenig grauere Haare, und es könnte fast Wendell sein. Die Vorstellung, allein in ihrem Hotelzimmer zu bleiben, treibt sie in die Hotelbar, wo sie sich auf einen Barhocker setzt und einen Drink bestellt. Es dauert nicht lange, da sitzen zwei Männer neben ihr, auf jeder Seite einer, und wetteifern um ihre Aufmerksamkeit. Der eine ist ein Softwarevertreter aus Raleigh, blond, ziemlich gutaussehend und aalglatt. Der andere ist der Herausgeber eines Handelsmagazins in Boston, linkisch, mit scheuen dunklen Augen, die ihr immer ausweichen, wenn er das Wort an sie richtet. Sie entscheidet sich für den Schüchternen und konzentriert sich auf ihn, woraufhin der Vertreter an einen Tisch mit zwei geschwätzigen Frauen wechselt. Sie erfährt, daß der Schüchterne genau wie sie schon einmal im Stadtrat saß und daß er Präsident Ford ebenfalls nicht leiden kann. Daß sie Reden für Politiker schreibt, scheint ihn sehr zu interessieren.

Nach ein paar Drinks wird er mutiger und lädt sie ein, mit auf sein Zimmer zu kommen. Dort legen sie sich auf sein Bett und umarmen sich. »Ich bin sehr nervös«, sagt er und setzt sich wieder auf.

Sie lacht ziemlich beschwipst und öffnet seinen Reißverschluß. »Das wird ganz wunderbar klappen.« Sie streichelt ihn, während er sie auszieht, und fragt sich, ob sie ihr Versprechen wohl halten kann. Als er anfängt, sich zu entschuldigen, legt sie ihm ihren Finger auf die Lippen, dann nimmt sie seinen Penis in den Mund, bis er eine Erektion hat. Sie setzt sich auf ihn. Während er sich in ihr bewegt, streichelt er sie so phantasielos, daß ihre Gedanken bald anfangen zu wandern.

»O Gott«, sagt sie plötzlich und ist erstaunt, als er fragt: »Was?«

O Gott, denkt sie noch einmal. Die Zinsen. Bei zweihundertfünfzigtausend Dollar hat sie allein im letzten Jahr fünfundzwanzigtausend Dollar verloren, mehr als genug, um bequem davon leben zu können.

»Ich glaub das einfach nicht«, murmelt sie, als er kommt.

Am Flughafen in Portland ist keiner da, um sie abzuholen. Natürlich gibt es keinen Grund, deswegen wehmütig zu sein, aber sie ist es trotzdem. Sie hat niemanden darum gebeten, sie abzuholen, weder Wendell noch Allison, weder Barbara noch einen der anderen, die es angeboten haben. Im Flughafenbus zur Stadtmitte erscheinen ihr die Umrisse der hohen Gebäude draußen fremd und vertraut zugleich. Sie erinnern sie an Aaron. Als sie sich scheiden ließen, arbeitete er gerade an einem Artikel über die Psyche von Menschen, die zwischen Wolkenkratzern aufwachsen. Wie ironisch, denkt sie; während ihr altes Viertel gestorben ist, hat sie einer anderen Stadt dabei zugesehen, wie sie sich zu einer Großstadt entwickelte. So etwas nennt Wendell gern »ausgleichende Gerechtigkeit«. Trotzdem, sie beneidet Aaron, weil er nach der Scheidung in den Osten zurückgegangen ist, und hofft, daß es ihm am College in Virginia gutgeht – oder ist es Maryland?

Von der Stadt aus nimmt sie ein Taxi in die nordwestlichen Bezirke. Sie fahren die Burnside hinauf, die wie die meisten Straßen in Portland nachts menschenleer ist. Bald wird die Adrenalinproduktion in ihrem Körper nachlassen, denkt sie, und dann wird sie New York nicht mehr vermissen.

Am nächsten Morgen ruft sie in Dr. Desseins Praxis an.

»Ist es ein Notfall?« fragt die Sekretärin.

»Ich glaube nicht«, antwortet Ruthie und bereut gleich darauf ihre Ehrlichkeit, als sie einen Termin in zwei Wochen bekommt.

In den folgenden Tagen ist sie völlig antriebslos. Sie schläft viel, trinkt zuviel Kaffee, sogar nach ihren eigenen Maßstäben, nicht nur nach denen ihres Vaters. Ihre beiden besten Freundinnen haben keine Zeit für sie. Allison muß den Abgabetermin für einen Artikel einhalten, und in Barbaras Leben gibt es einen neuen Mann. Ein Treffen mit ihrem verheirateten Liebhaber schiebt sie immer wieder auf. Wendell ruft nicht an. Sie braucht doppelt so lange wie sonst, um sich die Broschüren und Reden für ihre Kunden aus den Fingern zu saugen, hat aber Schuldgefühle, ihnen auch doppelt soviel zu berechnen. Also verlangt sie nur das Anderthalbfache dessen, was sie normalerweise nimmt. Als keiner protestiert, erwägt sie, ihre Preise zu erhöhen.

Als Antwort auf einen Brief ihres Vaters, der wie üblich an Mrs. Aaron Weingartner adressiert ist und mit den ebenfalls üblichen Worten schließt: »Viele Grüße von Trudy und Marian«, beginnt sie einen harmlosen Brief mit den üblichen Informationen über das Wetter der letzten Tage (wolkig und mild), über ihre Gesundheit (gut, wie immer) und wieviel sie zu tun hat (sehr viel, wie immer), zerreißt ihn dann aber. Sie trinkt einen Becher Kaffee, läuft in ihrem Wohnzimmer herum, bereitet sich eine zweite Tasse Kaffee, geht in ihr Arbeitszimmer, legt ein Blatt Papier in ihre Schreibmaschine.

»Lieber Dad«, tippt sie. »Ich weiß, daß du diese Litanei an Beschwerden nicht verstehen wirst …«

Sie hält inne, macht sich klar, daß er das Wort »Litanei« vermutlich nicht kennt, streicht es aus, reißt das Blatt aus der Schreibmaschine, legt ein anderes ein und beschließt, trotzdem in ihren eigenen Worten zu schreiben.

»Lieber Dad,

vielen Dank für die tausend Dollar zu meinem Geburtstag und für Deine Absicht, mir das zu geben, was Du in Deinem Banksafe und auf Deinen Konten usw. hast. Du wirst es bestimmt nicht verstehen, warum ich diesen Brief schreibe, und Du wirst mit dem Gedanken ins Grab gehen, daß Deine Tochter undankbar ist. Ich kann Deine Hände förmlich sehen, wie sie ›nicht d-a-n-k-b-a-r‹ buchstabieren. ›Böse und dumm‹, wirst Du über mich sagen. Aber weil Mama, Sidney und Melva nicht mehr da sind, um Dich mit dem zu konfrontieren, was Du ihnen angetan hast – und mir auch –, werde ich das jetzt tun, auch wenn ich weiß, daß meine Anstrengungen vergeblich sind.

Sicherlich hast Du von mir erwartet, daß ich Dir sage, wie beeindruckt ich von dem vielen Geld bin, das Dir gehört – einem gehörlosen Mann ohne großartige Schulbildung. Tatsächlich aber ist mir beim Anblick dieses Geldes schlecht geworden. Es macht mich wütend, wenn ich daran denke, daß Du immer Deinen angeblichen Geldmangel ins Feld geführt hast, um uns kurzzuhalten. Es macht mich verrückt, wenn ich überlege, daß nur ein Bruchteil davon für unsere Familie einen großen Unterschied gemacht hätte.

Du hast Mama kaum genug Geld gegeben, um die Rechnungen zu bezahlen. Sie war ein Genie, wenn es darum ging, uns mit Mehl und Kartoffeln satt zu kriegen. Leckere Suppen, Blintzes, Crêpes, Knisches, Knödel, Pfannkuchen, Kugel! Aber Du hast sie nie dafür gelobt, Du hast sie immer nur kritisiert. Du hast ihr alle Arbeiten im Haushalt überlassen und Dich geweigert, eine Hilfe anzustellen, obwohl sie Probleme mit dem Herzen hatte. Unter dem Vorwand, nicht genug Geld zu haben, hast Du es abgelehnt, mit ihr auszugehen, Du hast sie zu Hause gelassen, während Du zu den Gehörlosenversammlungen und zu all Deinen Verwandten auf dem ganzen Kontinent gefahren bist, um Deinen Spaß zu haben. Nach eurer Scheidung hattest Du sogar die *chuzpe*, Dich darüber zu beklagen, daß Sidney mit ihr nach Hawaii in Urlaub gefahren ist und nicht mit Dir!

Erinnerst Du Dich an den Baseballhandschuh, den Du ihm damals nicht gekauft hast? Ist zu teuer, hast Du gesagt. Also konnte er nicht in der Mannschaft spielen und fing statt dessen an, sich mit jugendlichen Straftätern zusammen die Zeit zu vertreiben, und als sie bei einem Ausflug in einem geklauten Auto erwischt wurden, landete er im Gefängnis. Du sagtest, das sei der Beweis dafür, daß er ›verdorben‹ sei. Im Gegensatz zu dem Vorbild, das Du ihm gegeben hast, war Sidney aber immer freundlich und großzügig. Dir hat er seinen völligen Mangel an Selbstwertgefühl zu verdanken, und an der Zeit im Gefängnis, auch wenn es nur ein paar Tage waren, ist er zerbrochen.

Was Melva betrifft, so war sie zu stolz, um gebrauchte Kleider zu tragen, aber Du hast ihr noch nicht einmal Geld gegeben, damit sie sich ein Kleid für die Abschlußfeier kaufen konnte. Mama mußte eines bei Alexander's leihen, und Melva trug es mit den Preisschildern nach innen. Warum konntest Du Dir nicht vorstellen, wie Melva sich gefühlt hat? Ich erinnere mich, daß Du einmal in der U-Bahn einem fremden blinden Mann zehn Cent für seine Bleistifte gegeben und mir gesagt hast, wie leid er Dir tut. Wieviel Mitleid hast Du je für Deine Familie aufgebracht?

Mit Deinem Gehalt von der Post (ganz zu schweigen von den Aktien) hättest Du die Kunstschule für Melva bezahlen können, aber Du hast behauptet, Du könntest das Geld nicht aufbringen. Du hast sie dazu gezwungen, Sekretärin zu werden, obwohl sie es gehaßt hat. Ausgerechnet Du! Weil es für Gehörlose so wenig Möglichkeiten gab, warst Du selbst gezwungen, einen Job bei der Post anzunehmen, obwohl du intelligent genug gewesen wärst, eine anspruchsvollere Arbeit zu machen.

Und da ich gerade von Möglichkeiten spreche: Ich erinnere mich, wie Du dagegen gekämpft hast, daß ich zum College ging. Du wolltest, daß ich nach meinem Highschool-Abschluß voll arbeite, damit ich Dir Kost und Logis bezahlen kann, und deshalb bin ich ausgezogen. Du hast nie gewußt, daß ich schon mit fünfzehn nachts gearbeitet habe, mit einer falschen Sozialversicherungsnummer. Dieses Geld hat mich, zusammen mit den Stipendien und den Sommerjobs, durchs College gebracht. Erinnerst Du Dich, daß Du Mama verboten hast, sich mit mir zu treffen, weil Du nicht damit einverstanden warst, daß ich mit siebzehn ausgezogen bin? Du sagtest, ich sei eine ›H-e-r-u-m-t-r-e-i-b-e-r-i-n‹, und damit meintest du ein Flittchen.

Und das alles nur, weil Du von mir ein paar Dollars haben wolltest, die Du noch nicht einmal gebrauchen konntest. Wie soll ich das je verstehen? Nicht daß Du uns zum Narren gehalten hast. Wir wußten, daß Du ein Geizhals bist. Wir hatten nur keine Ahnung, in welchem Ausmaß. Und obwohl ich hier vorwiegend Beispiele für das Geld anbringe, das Du *nicht* für uns ausgegeben hast – das Schlimmste war, daß Du von Dir selbst so wenig gegeben hast.

Abgesehen davon, daß Du so sehr mit Deinem Geld und Deiner Liebe gegeizt hast, warst Du, wie Melva immer gesagt hat, ›der größte Heuchler der Welt‹. Du hast für Sidney *schiwa* gesessen, als er eine Nichtjüdin geheiratet hat, Du hast vor Deinem Bruder Sol und Deiner Schwester Lois geweint, und sogar vor Deinem Gott. Und gleichzeitig hattest Du selbst ein Verhältnis mit einer Schickse.

Auch mit einer Viertelmillion Dollar kannst Du mir keine andere Vergangenheit kaufen. Du kannst nicht meine Erinnerungen daran auslöschen, wie Du Mama geschlagen hast, daß Du Sidney mit dem Gürtel verprügelt und Melvas Nase gebrochen hast. Du kannst mich nicht dazu bringen, Mitleid mit Dir zu haben, wenn ich die Narben an Deinem Nacken und Deinem Rücken sehe, die von damals stammen, als Du Mama am Herd angegriffen hast und sie einen Topf mit kochendem Wasser nach Dir warf. Es gibt nur weniges, über das ich mich so gefreut habe, das gebe ich gern zu.

Und wenn ich schon dabei bin, will ich auch noch erwähnen, wie ich Dich bei Deinem Besuch in Portland ausgetrickst habe. Du hast es so genossen, Dich von mir unterhalten zu lassen, daß Du erklärt hast, nach Portland ziehen zu wollen, wenn es hier ein gutes Gehörlosenzentrum gebe. Als Du mich batest, Dich zu diesem Club zu bringen, habe ich einen Umweg gemacht: Normalerweise braucht man mit dem Bus zwanzig Minuten, nicht Stunden. Es tut mir leid, daß ich Dich getäuscht habe, aber noch mehr tut es mir leid, daß das überhaupt notwendig war.

Die Wahrheit ist die: Dreitausend Meilen zwischen uns sind genau die richtige Entfernung. Wir könnten uns gefühlsmäßig nicht näher sein, auch wenn wir nebeneinander wohnen würden. Du sagst immer, Du würdest Deine Tochter lieben und sie vermissen, aber Du hast nicht die geringste Ahnung, wer oder was ich bin. Schlimmer noch, Du hast nicht mal den Wunsch, es herausfinden. Du warst immer nur mit Deinen eigenen Bedürfnissen beschäftigt, und wirst es immer sein, genau wie damals, bei Mamas Beerdigung.

Während ich mich so gut wie möglich um die Trauergäste gekümmert habe, bist Du mit Deinen beiden Freundinnen in der Kapelle aufgetaucht und hast verlangt, mich unter vier Augen zu sprechen. Da war Mamas offener Sarg, und im Nebenraum hast Du mir mitgeteilt, was Dir so dringend war: Du wolltest sichergehen, daß ich Dir Mamas Küchentisch mit der Resopalplatte gebe. Wenn ich an solche Momente denke, halte ich es für ein Wunder, daß ich mich nicht schon längst unter einen Lastwagen geworfen oder jemanden erschlagen habe, Dich zum Beispiel. Ich habe damals meinen Zorn nicht gezeigt, ich war wie gelähmt von Deiner Gefühllosigkeit und habe mit meiner Antwort gezögert. Und was hast Du getan? Du hast mich ermahnt: ›Immer erst an deinen Vater denken.‹

Um es kurz zu machen, ich werde Dein Geburtstagsgeschenk behalten und mir mit dem Geld, das Du mir fürs College hättest geben sollen, etwas Extravagantes kaufen – etwas vollkommen Unnützes. Weiter will ich nichts von Dir. Keinen Cent. Such Dir jemand anderen, den Du ›lieben‹ kannst, und

mach ihn oder sie zu Deinem Erben. Da Melva und Sidney tot sind, bist Du jetzt kinderlos: der einzige Überlebende.
Ruth«

Er wird das nie verstehen, denkt sie, noch nicht einmal, wenn es ihr gelänge, den Brief in seinem eigenen Vokabular zu schreiben. Sie stellt sich vor, wie sie ihm in der Gebärdensprache bedeutet: »Du bist ein schrecklicher Vater, e-g-o-i-s-t-i-s-c-h ...« Trotzdem muß sie ihm diesen Brief schicken, vielleicht dringt ja doch etwas davon zu ihm durch. Vielleicht. Vielleicht auch nicht. Wahrscheinlich nicht. Sie stellt sich vor, wie ihr Vater Marian vorjammert, daß seine Tochter geistig krank (»verkehrter Geist«) sei. Sie sieht ihn unter der Mesusa stehen und Gott fragen, warum sie ihn haßt, nachdem er ihr doch alles angeboten hat, was er besitzt.

Sie bringt den Brief zum Briefkasten, wirft ihn aber nicht ein. Den Rest des Abends verbringt sie mit dem Versuch, die glücklichen Erinnerungen an ihre Familie auszugraben. Jede einzelne wird hastig notiert: eine kurze Liste, und nie ist ihr Vater dabei.

Am nächsten Tag liegt der Brief auf ihrer Kommode, während sie zum Mittagessen zu Orvio's geht, ein Luxus, den sie sich oft gegönnt hat, als sie noch die Pressechefin des Bürgermeisters war. Der Inhaber erkennt sie und erkundigt sich mit übertriebener Empörung, wo sie die ganze Zeit gesteckt hat. Sie scherzt mit ihm, wirft den Kopf zurück, lacht und entdeckt plötzlich Wendells silbernen Haarschopf auf der anderen Seite des Raums. Vorsichtig wirft sie einen Blick auf sein Gegenüber und ist erleichtert, als er auf einen Mann im grauen Nadelstreifenanzug fällt.

Nachdem sie Platz genommen hat, sieht Wendell sie ebenfalls und kommt an ihren Tisch. Er erzählt, daß er nicht in der Stadt gewesen sei, sie aber bald anrufen werde. Nie zuvor ist ihr aufgefallen, wie steif er sich bewegt, wie ein älterer Herr, obwohl er erst siebenundvierzig ist. Der makellose Anzug kann seinen Bauchansatz nicht länger verbergen.

Sie beobachtet ihn unauffällig und empfindet ein kindliches Vergnügen dabei, sich ihre gemeinsamen intimen Momente in Erinnerung zu rufen. Die meisten Leute, die stehenbleiben, um ein paar Worte mit ihm zu wechseln, hat sie noch nie gesehen. Allen gemeinsam ist ein gewisses angeregtes Funkeln in den Augen, wenn sie mit ihm gesprochen haben. Wendells besondere Gabe.

Sie hat sich kalte Muscheln, einen Selleriesalat mit Senfdressing und ein Glas Wein bestellt, das Ganze kostet siebenundzwanzig Dollar. Sie beneidet Wendell um sein Geld, ihrer Ansicht nach hat sie es viel mehr verdient als er, an einem solchen Ort zu essen, da sich sein Geschmack auf Schinken mit Kartoffelbrei beschränkt. Ab und zu hat sie schon mit dem Gedanken gespielt, wie es wäre, ein Kind von ihm zu haben, eines, das er großzügig unterstützen würde. Eine Weile hat sie sogar heimlich versucht, schwanger zu werden, und es vor sich selbst damit gerechtfertigt, daß er einmal gesagt hat, er wünsche sich einen Sohn.

Später, als sie die Arbeit für ihre Klienten erledigt hat, streckt sie sich mit einem Glas Wein in der Hand auf dem Sofa aus und lauscht einer Aufnahme von Chuck Mangione, die sie zum letzten Mal gehört hat, als sie und Wendell vor ihrer Abreise nach New York miteinander geschlafen haben. Die ganze Zeit hat sie sich, während er auf ihr lag, an seinen behaarten Unterarmen festgehalten, die sie an die ihres Vaters erinnern. Er forderte sie auf, ihm in die Schulter zu beißen, und behauptete, es tue ihm nicht weh. Er drängte sie sogar, noch fester zuzubeißen, was ihr anfangs nur gelang, indem sie sich vorstellte, er sei ein kleiner Welpe und müsse von seiner Mutter festgehalten werden. Dann begann es ihr Spaß zu machen, seine und ihre Grenzen auszutesten, und als er in einer Mischung aus Schmerz und Lust aufstöhnte, kam sie.

»As long as we're to-ge-e-e-ther«, singt sie mit der Musik, als das Telefon klingelt.

»Ich habe beschlossen, eine Party auf der Jacht zu veranstalten«, sagt Wendell ohne jede Einleitung. »Dreißig gute Freunde. Am Samstag. Kannst du kommen?«

»Ja«, sagt sie zögernd. Die Einladung ist sehr kurzfristig. Hat jemand abgesagt?

»Ich hole dich um fünf ab. Nein, besser halb fünf.«

Erst nachdem sie aufgelegt hat, fällt ihr auf, daß er weder gefragt hat, wie es ihr geht, noch wie ihre Reise war. Wendell hat einfach keine Manieren, denkt sie. Aber es ist mehr als das. Er ignoriert ihre Existenz, sofern sie nichts mit ihm zu tun hat. Wie ihr Vater. Und die beiden Männer, mit denen sie vor Wendell eine Beziehung hatte. Aaron war da ganz anders, ständig hat er sie gefragt, was sie tat, was sie dachte, wie sie sich fühlte. Schon fast übergriffig.

Bitte, lieber Gott, denkt sie jetzt, gibt es denn nicht irgendwo einen Mittelweg?

Obwohl sie weiß, daß Wendell sich verspäten wird, ist Ruthie am Samstag um halb fünf fertig, in einem grünen Seidenkleid und mit passenden Sandalen, alles zusammen hat fast tausend Dollar gekostet. Er kommt um fünf, kommentiert mit keinem Wort ihr Äußeres und bemerkt nur, sie trage ja Stelzen. Mit ihren Absätzen ist sie ein paar Zentimeter größer als er.

»Ich dachte, du bist längst fertig«, sagt er eingeschnappt, während Ruthie sich noch die Lippen schminkt, und ignoriert ihre Erklärung, sie habe ihn küssen wollen, ohne ihn mit Lippenstift zu beschmieren. Eine überflüssige Vorsichtsmaßnahme, stellt sie im stillen fest, denn er küßt sie nicht.

»Deine Haare glänzen wie Alufolie.« Sie überlegt, ob er sie wohl gefärbt hat, wagt aber nicht, ihn zu fragen.

»Und wenn schon«, sagt er. »Können wir jetzt endlich gehen?« Sein Ton ist kühler als üblich. Sie lächelt bei dem Gedanken, wie er später in ihren Armen und zwischen ihren Beinen dahinschmelzen wird.

Im Aufzug hinunter zum Parkplatz legt sie den Arm auf sein Jackett und läßt die Hand über das seidenweiche Leinen bis zu seinen Pobacken gleiten. Sie spürt, wie seine Muskeln sich anspannen, aber nicht weil es ihn erregt. Ist es das Alter, überlegt sie, das ihn so anders reagieren läßt als Scott, ihren ersten Liebhaber nach der Scheidung? Scott war überall dazu bereit, überall und jederzeit, einmal im Aufzug, einmal abends sogar in seinem Kombi am Flughafen von Portland, nachdem er sie abgeholt hatte. Schade nur, daß sie mit Scott nie reden konnte.

Wendell fährt den Porsche quietschend rückwärts aus der Parklücke, rast mit erschreckendem Tempo die Straße entlang und bremst an der Ampel Stoßstange an Stoßstange mit dem Auto vor ihm. »Die besten Bremsen, die man für Geld bekommt«, verkündet er fröhlich, bevor er ausschert und an dem anderen Auto vorbei die Straße hinunterbraust.

Sie kontrolliert ihren Sicherheitsgurt, streckt den Fuß aus, um sich abzustützen, und stellt fest, daß ihr Leben ihr nicht halb so gleichgültig ist, wie sie angenommen hat. Früher hat sie Wendells Flirt mit der Gefahr immer genossen. »Wendell ...« Sie spricht nicht weiter, weil sie weiß, daß er dann nur noch schneller fahren wird. Sie schwört sich, den Führerschein zu machen, um nie wieder von der Gnade anderer abhängig zu sein.

Sobald sie an Bord seines »Boots« sind, wie er die fünfundzwanzig Meter lange Jacht nennt, legt es ab. Wendell genießt ganz offensichtlich die Aufmerksamkeit seiner Gäste und ihre Bewunderung für die Jacht, die hauptsächlich aus Holz gefertigt ist und deren Schönheit sie gar nicht genug loben können.

»Eins zu vier«, benennt er prahlerisch das Verhältnis von Crew und Passagieren. Ruthie erkennt Freddie, der schon auf Wendells letzter Party bei ihm zu Hause als Barkeeper fungiert hat, und Diana am Klavier. Sie fragt sich, wo er die Frau am Cembalo wohl aufgetrieben hat, die mit einem starren Lächeln die Saiten anschlägt. Vermutlich ist sie ganz entzückt, für einen Mann zu spielen, der der nächste Gouverneur sein könnte. Ruthie wartet geduldig, während ihn die weiblichen Gäste umarmen und küssen, wobei sie einen Blick über seine Schulter werfen, um sie abzuschätzen. Einige der Namen sind ihr geläufig – eine Bankerin, eine Stadtplanerin, eine Staatssekretärin –, aber sie kennt keine von ihnen persönlich, außer Lucinda Bratt, die jetzt auf sie zutänzelt. Sie ist die künstlerische Leiterin eines großen Architekturbüros und eine von Ruthies wenigen Kunden, die nicht aus der Politik stammen, eine Empfehlung des Bürgermeisters, für den Ruthie vorher gearbeitet hat.

Lucinda küßt Wendell auf den Mund, wischt mit ihrem Taschentuch die roten Lippenstiftspuren von seinem Gesicht und schwenkt es dann kokett vor ihm hin und her. »Ruthie, wie grün du aussiehst«, sagt sie.

»Und wie multichrom *du* aussiehst«, entgegnet Ruthie mit einem Blick auf die Mischung aus Leder, Satinstreifen und Tüllblumen an ihrem hautengen grauen Kleid.

»Ich kann multi-was-auch-immer noch nicht einmal buchstabieren, aber das muß ich ja auch nicht.« Lucinda hält den Blick auf Wendell gerichtet. »Korrigiert sie deine Grammatik auch immer, Liebling? Autoren sind solche Pedanten.« Sie dreht sich zu Ruthie um. »Macht er dir Kummer? Er wird immer schöner.« Sie tätschelt seinen Bauch. »Du gehörst ins Fitneßstudio, mein Schatz, aber *tout de suite*.«

Dann lacht sie belustigt über ihre erstaunten Gesichter, fährt sich durch ihre dauergewellte blonde Haarfülle, macht eine plötzliche Drehung wie ein Model auf dem Laufsteg und ist verschwunden.

Wendell stößt Ruthie mit dem Ellenbogen an. »Bratts Bart hat mein Kinn zerkratzt.«

»Armer Schatz«, erwidert Ruthie. »Und was wirst du in ein paar Jahren über mich sagen?« Ihr wird klar, daß die Formulierung »Jahre« vielleicht übertrieben ist. Bei jeder Verabredung mit ihm rechnet sie damit, daß es die letzte ist, daß er nichts anderes ist als ein Frauenaufreißer. Wenigstens hat sie, anders als Lucinda, nichts mit ihm gehabt, während er noch verheiratet war. Es gibt nichts Schlimmeres als ein Verhältnis mit einem verheirateten Mann, sagt sie sich, als ihr Blick den eines Rechtsanwalts trifft, den Wendell ihr gerade erst vorgestellt hat. Demonstrativ starrt sie auf seinen Ehering, bevor sie sich wieder Wendell zuwendet.

»Ich werde dich meinen jüdischen Wein nennen«, sagt er im Hinblick auf ihren Nachnamen.

»Wein oder Weinen?« witzelt Ruthie.

Während sie ihre Runde auf dem Deck beenden, kann Ruthie sich des Gefühls nicht erwehren, der Gegenstand der allgemeinen Neugier zu sein. Sogar der Barkeeper starrt sie an. Wahrscheinlich, so beschließt sie, leidet sie an Verfolgungswahn; sie trinkt ihr Glas aus und nimmt sich ein neues, in der Hoffnung, sich zu entspannen. An einem heißen Sommerabend gibt es nichts Schöneres, als auf dem Wasser zu sein, sagt sie sich und ist plötzlich froh, daß sie hergekommen ist. Ihrer Mutter hätte es hier sicher sehr gefallen. Einmal hat Onkel Ben ihre Mutter zu einer Schiffsfahrt eingeladen, von der sie noch Jahre später erzählt hat. Die Fotos müssen in einer der Schachteln sein, die durchzuschauen Ruthie noch nicht den Mut gefunden hat.

»Du bist aber weit weg mit deinen Gedanken.« Wendell küßt sie auf die Wange. »Das ist ein schönes Kleid. Neu?«

»Ist Alkohol nicht wunderbar?« sagt sie. »Er macht uns so weich.« Sie küßt ihn ebenfalls auf die Wange. Er ist Gift für dich, G-i-f-t, buchstabiert sie im stillen, als würde sie die Gebärdensprache benutzen.

Die Jacht fährt langsam den Columbia River hinauf, die Gäste winken den Passagieren auf anderen Jachten oder prosten ihnen zu. Alles ist in das pfirsichfarbene Licht des Sonnenuntergangs getaucht. Von sich selbst überrascht, lehnt sich Ruthie in ihrem Stuhl zurück, legt den Kopf an Wendells Schulter und genießt das sanfte Schwanken des Schiffes. Als die Pianistin »I Get No Kick from Champagne« zu singen beginnt und sich selbst dazu begleitet, springt Wendell auf. »Geh nicht weg«, sagt er, »ich hole uns was zu trinken.«

Sie bemerkt kaum, wie die Zeit vergeht, bis plötzlich die Lampions brennen und sich gegen den tintenfarbenen Himmel abheben. Wohin sie auch schaut, sieht sie aneinandergeschmiegte Paare, nicht weil es kalt ist oder die Musik so romantisch (gerade wird »Smoke Gets in Your Eyes« gespielt), sondern weil man auf einer Mondscheinkreuzfahrt nicht anders kann. Sie steht auf und macht sich auf die Suche nach Wendell. An Deck ist er nicht. Sie geht hinunter, legt sich den Schal um die Schultern, den sie dort vergessen hat, und hört Lucindas kehlige Stimme auf der anderen Seite der Wand, und dann, sie ist sich ganz sicher, Wendells Stimme. Die Stimmen dringen hinter einer geschlossenen Tür hervor. Sie bleibt stehen und lauscht, aber plötzlich ist es wieder still. Sehr still, denkt sie und spürt erst Wut in sich aufsteigen, dann Verwirrung, weil sie keine Ahnung hat, was sie jetzt tun soll. Schließlich ist sie nicht an Land, wo sie einfach weggehen könnte.

Sie geht die Treppe wieder hinauf und plaudert nervös mit dem Barkeeper über Lemon Twists. Es würde gar nichts schaden, wenn Wendell sie beim Flirten mit Freddie sehen würde, immerhin ist er jung und sieht gut aus, obwohl er nicht ihr

Typ ist: zu hübsch, zu muskulös. Sein Geplauder lenkt sie ab, bis er fragt: »Wo *ist* der Mann eigentlich? Er sollte doch längst zurück sein, um sich einen neuen Drink zu holen.«

»Unten«, antwortet sie unverbindlich.

Sein Blick wandert über das Deck. »Sagen Sie bloß nicht, er ist mit dieser Kuh zusammen!«

»Lucinda.«

»Die mit den zehn Zentimeter langen Nägeln? Sie würde sie Wen glatt ins Herz schlagen, wenn sie das Bedürfnis hat, sie zu feilen.«

Wen? Sie lächelt. Unbekümmert sagt sie: »Ich bin ziemlich sicher, daß er mit ihr zusammen ist. Kann ich noch ein Glas haben?«

»Macht es Ihnen etwas aus, sich selbst zu bedienen?« Der Barkeeper kommt hinter der Theke hervor. Sie beobachtet seinen muskulösen Rücken, bis er auf der Treppe verschwunden ist, dann mischt sie sich einen starken Drink. Ein paar Minuten später hört sie unten lautes Geschrei. Es ist eindeutig Wendells Stimme, obwohl er sonst nie laut wird. Kurz darauf kommt er an Deck gerannt, ohne Jacke und ohne Krawatte.

Nun hört sie Lucindas kehlige Stimme von unten.

Aller Augen sind auf Wendell gerichtet, der sich einen doppelten Whisky eingießt. Er kippt ihn hinunter, dann schaut er in die Runde und hebt die Hand zu einer abwehrenden Geste: »Nur eine kleine Meinungsverschiedenheit, Leute. Da hat wohl jemand zuviel getrunken.«

Er dirigiert Ruthie zu dem Platz zurück, an dem sie zuvor gesessen haben. Was würde sie dafür geben, dort unten jetzt Mäuschen spielen zu können. Lucinda kommt die Treppe heraufgestolpert, mit nur einem Schuh. Der andere kommt ihr hinterhergeflogen und schlägt mit einem lauten Knall auf dem Deck auf. Ruthie hält den Atem an. *Mach dir Notizen*, sagt sie sich. *Um ihn kannst du dich später kümmern*. Aus dem

Augenwinkel sieht sie Wendells Gesicht, wie eine Maske aus Stein. Der Barkeeper ist jetzt auch wieder an Deck, er kommt auf sie zu. Mit schneidender Stimme, die das Cembalo mühelos übertönt, fragt er: »Ist das deine Rache? Eine homophobe Hure?«

Ruthie beißt sich in die Wange und fragt sich, ob Wendell überhaupt weiß, was das Wort bedeutet. Als Wendell sich zu ihr umdreht und ihr einen Blick zuwirft, sagt Freddie: »Nicht *sie*, die Kuh!«

Lucinda hat inzwischen auch den zweiten Schuh ausgezogen und kommt mit kampflustig erhobenem Arm auf sie zu. Wendell steht auf, im Mondlicht ist sein Gesicht leichenblaß. Er stürzt sich auf den Barkeeper. Ruthie wendet den Blick ab, hört den Aufprall. Als sie sich wieder umdreht, liegt Freddie auf dem Boden und ruft: »Mehr, Baby, gib's mir.«

Ein paar Männer packen ihn an den Unterarmen und befördern ihn halb schiebend, halb ziehend die Treppe hinunter.

»Fred ist ein Irrer«, sagt Wendell, laut genug, daß alle es hören können, obwohl er zu Ruthie spricht. Hastig blickt er von einem zum andern, als versuche er, seine Situation abzuschätzen. Er deutet auf den Jachtclub vor ihnen. »Land ahoi.« Ruthie kommt der Gedanke, daß sich die Geschichte bis zum Morgen im ganzen Land verbreitet haben wird. So ein kleines Land, und die Welt der Politik ist sogar noch kleiner. Wendells Sturm auf das Gouverneursamt ist damit vielleicht beendet, noch bevor er überhaupt begonnen hat. Sie trinkt ihren Wodka Tonic, nimmt eine eingelegte Riesengarnele von einem Tablett, und bevor sie sich beherrschen kann, sagt sie: »Du hast deinen eigenen Untergang wirklich äußerst stilvoll organisiert.«

Er starrt sie an. »Warum, wolltest *du* etwa Lucinda ficken?«

Sie steht auf. »Nette Party, Wen. Ich meine, Wen und seine dreißig engsten Freunde, Freunde *und* Freundinnen.« Nach ein paar Schritten dreht sie sich um. »Ich korrigiere mich: neunundzwanzig.«

Sie bemüht sich, ihre Kiefermuskeln zu lockern, während sie im Wartezimmer auf Dr. Dessein wartet, und wiederholt in Gedanken, wie sie die Stunde beginnen will. Als die Sprechstundenhilfe sie hineinbittet und sie den vertrauten Praxisraum betritt, ist alles, was sie sich vorgenommen hat, wie weggeblasen. Seine eisbärartige Gestalt bewegt sich langsam auf sie zu, einen Arm ausgestreckt, um ihr die Hand zu schütteln. Sein weicher, fleischiger Nacken und seine Hängebacken erinnern sie an ihre Mutter, die, wenn auch viel kleiner, ebenfalls weich und fleischig war. Seine Augen scheinen zu fragen, wie es ihr geht, obwohl er lediglich sagt: »Kaffee?«

Sie nimmt die Tasse und setzt sich ihm gegenüber an den Tisch. Er nickt ihr aufmunternd zu, sagt aber nichts. Sie starrt eine Weile vor sich hin, wendet den Blick ab, schaut sich im Zimmer um, fühlt sich wie eine Katze, die sich in einem fremden Raum orientiert, aber außer ihrem Blick bewegt sich nichts. »Ich habe meinen Vater in New York besucht«, fängt sie an zu erzählen.

Lange unterbricht Dr. Dessein sie nicht. Sie berichtet von der Geburtstagsfeier, daß sie Ione und Vince getroffen hat, von der Arden Street, und schließlich erwähnt sie das Bargeld im Banksafe. »Am liebsten möchte ich ihm sagen, daß ich ihn nie mehr wiedersehen will.«

»Warum?« fragt Dr. Dessein.

»Ich möchte ihm das Geld ins Gesicht werfen.«

»Würde er das verstehen?«

»Nein«, gibt sie zu.

»Wozu wäre es dann gut?«

Sie erinnert ihn daran, wie sie als Neunjährige Pläne geschmiedet hat, ihren Vater umzubringen, und sogar ein paar merkwürdige und völlig erfolglose Versuche unternommen hat.

»Sie wollten ihn umbringen, weil …«

»Weil er meinen Bruder und meine Schwester geschlagen hat, weil er meine Mutter geschlagen hat. Ich habe es Ihnen doch schon erzählt …«

»Ihre Reaktion auf ihn …«

»Ich hatte das Gefühl, als müßte ich sie beschützen. Weil sie nicht für Gerechtigkeit sorgen konnten, war das meine Aufgabe. Niemand hätte mich je verdächtigt: Ich war Vaters Liebling.«

»Und jetzt?«

»Jetzt habe ich das Gefühl, meine Familie rächen zu müssen.«

»Was würde Ihre Mutter dazu sagen, daß Sie das ganze Geld aufgeben?«

Sie schaut Dr. Dessein herausfordernd an. »Sie wäre außer sich.«

»Warum?«

»Sie hat immer zu mir gesagt, ich soll ihm schmeicheln, damit er mich gut behandelt. Es hat funktioniert. Und außerdem war ich zu feige, um mich mit ihm so anzulegen, wie die anderen es getan haben – deshalb hatten sie ja ständig Probleme. Wenn mein Vater Melva diese Viertelmillion Dollar gezeigt hätte, hätte sie das Geld abgefackelt.«

Dr. Dessein scheint darüber nachzudenken. »Wer kam besser im Leben zurecht, Ihre Mutter oder Ihre Schwester?«

Ruthie wirft ihm einen wütenden Blick zu. »Meine Mutter!« Sie betrachtet ihre Hände, drückt einen Fingernagel in die Handfläche. Nach einer langen Pause sagt sie: »Warum hat sie diesen Schweinehund nur nicht überlebt …« Sie bricht in Schluchzen aus. »Sie hätte an dem Geld ihren Spaß haben können, zusammen mit mir.«

Dr. Dessein sagt nichts. Nachdem sie sich die Nase geputzt hat, begegnet sie seinem Blick. »Es sind Schuldgefühle, nicht wahr«, sagt sie, überrascht von ihrer Entdeckung. »Ich würde mich schuldig fühlen, wenn ich das Geld ohne sie genießen würde. Obwohl sie einen tödlichen Herzanfall hatte. Warum sollte ich mich schuldig fühlen, weil ich ihn liebe?«

Er läßt die Frage eine Weile unbeantwortet in der Luft hängen, bevor er sagt: »Sie möchten schreiben. Das Geld wird Ihnen von Nutzen sein.« Er schlägt sein Notizbuch zu. »Unsere Zeit ist vorbei. Wenn Sie mögen, machen wir einen neuen Termin.«

Sie denkt an Wendell, an ihre Selbstvorwürfe. »Ich rufe an wegen des Termins.« Sie steht auf und gibt ihm die Hand. Impulsiv geht sie um den Tisch herum und umarmt ihn und ist dankbar, als sie spürt, daß er ihre Umarmung erwidert.

Auf dem Heimweg hat Ruthie noch die feste Absicht, den Brief an ihren Vater zu zerreißen. Doch dann ertappt sie sich bei der Überlegung, ihn doch einzuwerfen. Sie ruft ihre Freundin Allison an und erzählt ihr von dem Debakel auf Wendells Jacht. Allison schlägt vor, die Szene in ihrem Roman zu verwenden. »In meinem nächsten«, sagt Ruthie. »Wenn ich bis dahin nicht schon alles vergessen habe.« Als sie Barbara anruft, denkt sie bereits nicht mehr an den Brief. Sie unterhalten sich darüber, was eine zweite Ehe für Barbara bedeuten würde, und Ruthie spürt Neid in sich hochsteigen. Als Barbara vorschlägt, sie einem Freund ihres Verlobten vorzustellen, will sie eigentlich schon ablehnen, doch dann wird ihr bewußt, daß es außer ihrem gelegentlichen und sehr verheirateten Liebhaber, mit dem sie sowieso nichts mehr zu tun haben will, keinen Mann in ihrem Leben gibt. »Wie sieht er aus?« fragt sie.

Mehrere Tage verstreichen, ohne daß sie an ihrem Roman gearbeitet hat. Die Frage, was mit dem Geld werden soll, hängt ihr immer noch nach. Sie weiß, daß es verrückt ist, aber sie beschließt, den Brief an ihren Vater abzuschicken. Diesmal bringt sie ihn zur Post und wirft ihn ein.

Ein paar Minuten später verursacht sie einen Aufruhr, als sie versucht, den Brief zurückzubekommen. Der Abteilungsleiter wird gerufen, dann der Chef des Abteilungsleiters. Nach vielen Fragen und Erklärungen, nachdem sie ihren Ausweis vorgezeigt und eine Verzichterklärung unterzeichnet hat, bekommt sie den Brief zurück. Sie bedankt sich überschwenglich. Viele neugierige Blicke folgen ihr, während sie den Brief zerreißt und in einen Papierkorb wirft.

Auf dem Heimweg geht Ruthie bei einer Fahrschule vorbei und meldet sich für den Unterricht an. Eigentlich ist sie gerade eher knapp bei Kasse, aber dann fällt ihr die lange Reihe weißer Umschläge ein. Wie benommen stellt sie der Fahrschule einen Scheck aus, als wäre es eine Investition in ihre Zukunft.

Erschöpft kommt sie zu Hause an und legt sich kurz hin. Als sie aufwacht, ist es fast Mitternacht. Sie legt eine CD von Mangione ein, wechselt zu Segovias Bach-Interpretationen, macht sich eine Tasse Kaffee. Sie fragt sich, was ihr Vater in New York wohl gerade träumt, wo es jetzt drei Uhr nachts ist. Wahrscheinlich von dem Spaceshuttle, der die Sterne zum Erlöschen gebracht hat. Statt ihm etwas von Luftverschmutzung zu erzählen, hätte sie ihm die Schwarzen Zwerge erklären sollen, die Überreste von Sternen, die unentdeckt durchs Weltall ziehen.

Wenn sie die Augen schließt, sieht sie ihn vor sich, wie er an seinem Geburtstag seine Rede hält, aufgeregt und glücklich. Ganz bestimmt hat jedes Geschöpf das Recht auf ein paar Momente des Glücks, sagt sie sich. Wann ist er wohl je glücklich gewesen? Vielleicht während er mit Mrs. Klepp zusammen war. Sogar das sollte sie ihm vergeben.

Das starke Aroma des Kaffees bringt sie wieder in die Realität zurück. Sie füllt ihre Tasse, holt den Ordner aus dem Schrank, in dem sie das letzte Jahr über ihre Notizen zu den Charakteren, Dialogen und möglichen Szenen für ihren neuen Roman gesammelt hat, und läßt sich in ihrem Arbeitszimmer nieder. Mitten auf die erste Seite tippt sie »Der einzige Überlebende« und darunter eine Widmung: Für Hannah, Sidney und Melva. Als sie bemerkt, daß ihre Tasse schon wieder leer ist, steht sie auf, um Nachschub zu holen.

Das Mondlicht, das ins Wohnzimmer fällt, lockt sie zum Fenster. Die Sterne glitzern wie die Flittersteine, mit denen Dot damals die schwarzen Wickelröcke besetzt hat, die sie und Glory bei Miss Marguerites Frühjahrsaufführung trugen. Sie schüttelten ihre Maracas, während sie einen Stepptanz vorführten, und Dot sagte hinterher, sie habe beim Zuschauen völlig vergessen, daß sie in Inwood waren. Ihre beiden kleinen spanischen *Chiquitas* hat sie sie genannt, die Hawaiianerin und die Jüdin.

Ruthie beschließt, auch Dots Namen in die Widmung aufzunehmen. Das Buch wird genügen, denkt sie. Ihr Vater wird nie erfahren, daß seine Lieblingstochter ihn hat umbringen wollen.

Sie hebt den Aluminiumriegel an und öffnet das Fenster. Es ist nicht die Art von Fenster, das man hochschiebt, mit einem breiten Fensterbrett, auf das man die Ellenbogen stützen kann; sonst könnte sie sich jetzt hinauslehnen, wie früher. Sie reckt den Hals und sieht einen Siebenachtelmond, so silbern wie die Haare ihres Vaters, und einen Himmel, so dunkel wie Glorys mit Glitzer geschmückter Schopf. *Daddy, die Sterne sind lebendig und wohlauf. Wenn du sie nur sehen könntest.*

Inhalt

I.
Arden Street

II.
Nachzeichnungen